LÀ OÙ VONT
LES BELLES CHOSES

DU MÊME AUTEUR

La Vie dont nous rêvions, Belfond, 2019

MICHELLE SACKS

LÀ OÙ VONT LES BELLES CHOSES

Traduit de l'anglais (Afrique du Sud)
par Romain Guillou

belfond

Titre original :
ALL THE LOST THINGS
publié par Little, Brown and Compagny,
Hachette Book Group

Retrouvez-nous sur www.belfond.fr
ou www.facebook.com/belfond

Éditions Belfond,
92, avenue de France, 75013 Paris.
Pour le Canada,
Interforum Canada, Inc.,
1055, bd René-Lévesque-Est,
Bureau 1100,
Montréal, Québec, H2L 4S5.

ISBN 978-2-7144-9393-4
Dépôt légal : XXX 2021

Belfond | un département **place des éditeurs**

place
des
éditeurs

Pour mon père, Norman

Samedi

J'ÉTAIS EN TRAIN DE SAUVER un bébé lion quand Papa m'a prise dans ses bras pour m'emmener. Clemesta et moi étions au beau milieu d'une opération chirurgicale compliquée pour aider un lionceau coincé dans le ventre de sa maman à venir au monde. Je m'occupais de l'intervention parce que je suis douée pour tous les soins médicaux et Clemesta faisait l'aide-soignante, elle me passait les instruments que je lui demandais, genre LAME BISTOURI, RECOUSEUSE ou PINCE À LIONCEAUX. Le jeu s'appelle Les Vétérinaires à la rescousse et tous les jours, on sauve la vie précieuse de plein d'animaux et on les aide à aller mieux s'ils sont malades ou blessés à cause de combats féroces. J'ai dit, « ASPIRATEUR À SANG S'IL VOUS PLAÎT », mais avant que Clemesta ait pu me le donner, Papa nous avait portées jusqu'à la voiture et c'est comme ça qu'a commencé le plus beau jour de ma vie.

— Où est-ce qu'on va ?

Papa m'a laissée tomber sur la banquette arrière. Son visage brillait un peu et il s'est essuyé le front avec le dos de la main.

— Papa, où est-ce que tu m'emmènes ?

— On part à l'aventure tous les deux.

Dans sa bouche, ça sentait une centaine de tasses de café et derrière, il y avait aussi une autre odeur.

Il a souri de toutes ses dents et m'a adressé un clin d'œil, puis il a tapoté mon nez. Ça m'a fait froncer tout le visage.

— On part à l'aventure ? ai-je demandé.

Papa a acquiescé.

— Oh oui, a-t-il dit, on part à l'aventure.

J'étais hyperexcitée parce que c'était une énorme surprise à laquelle je ne m'attendais pas. D'habitude, les aventures, c'était pour mon anniversaire ou le matin de Noël. Ça fait seulement deux jours dans toute l'année qui en compte trois cent soixante-cinq en temps normal et trois cent soixante-six quand c'est une ANNÉE BISSEXTILE, mais ça n'arrive que tous les quatre ans, le 29 février. C'est aussi le jour de l'anniversaire de Deacon, un garçon de ma classe qui a des super grandes oreilles, mais il a quand même droit à une fête d'anniversaire tous les ans. Enfin bon, j'étais mégacontente et quand Papa m'a attachée avec la ceinture de sécurité, je ne lui ai pas dit que je le faisais toute seule depuis des siècles parce que j'étais trop occupée à me creuser la tête pour savoir où est-ce qu'on pouvait bien aller, et quel genre d'aventure ça allait être, et comment ça se faisait qu'on partait d'un coup comme ça, un samedi matin normal et ordinaire où il n'y avait rien d'écrit au crayon rouge sur le calendrier des Jardins de campagne anglais de la famille fixé au réfrigérateur par trois aimants qui ressemblent à des cookies mais qui ont le goût de plastique, alors c'est même pas la peine d'essayer de les manger.

Papa est monté à l'avant et a posé un sac de voyage sur le siège à côté de lui. Il s'est encore une fois essuyé le visage avec la main.

— Qui part avec nous à l'aventure ? ai-je demandé.

— Il n'y a que nous deux. Toi et moi.

— Et Clemesta, ai-je ajouté, parce que Clemesta déteste être exclue et devient bougonne quand ça lui arrive.

Papa a fait démarrer la voiture et je me suis chargée d'attacher Clemesta en toute sécurité pour qu'elle aussi soit protégée en cas d'accident ou si la voiture tombait d'un pont, ce qui peut arriver pour de vrai. Je l'ai vu un jour à la télé. L'équipe de secouristes a dû passer des cordes autour de la voiture pour la sortir de l'eau. Tous les passagers étaient déjà morts noyés. Il faut savoir que la noyade est la QUATRIÈME PRINCIPALE CAUSE DE DÉCÈS du pays. J'ai oublié ce qui arrive en première position, peut-être les maladies cardiaques ou ce cancer qui fait sans arrêt mourir des millions de personnes, comme le monsieur qui vivait dans notre rue ou la directrice de mon ancienne école, Mlle Jessop, que ça a rendue chauve, ou la maman de Maman qui était ma mamie, et plein d'autres personnes dont je ne me rappelle plus exactement le nom.

Papa a sorti la voiture de l'allée et je me suis retournée pour regarder notre maison. Elle est située au 31-42 Crescent Street à Astoria, dans l'État de New York, code postal 11106, et c'est une très belle maison en brique rouge avec tout un jardin derrière rien que pour moi. Il y a un grand arbre centenaire au milieu du jardin et Papa m'a promis de construire une cabane dedans un de ces jours. Je l'appellerai « SARL quartier général de Dolly » et j'y dormirai certains soirs si c'est sûr et certain qu'il n'y a pas d'araignées ni de souris sournoises prêtes à me grignoter pour leur casse-croûte de minuit. Clemesta sera avec moi évidemment parce qu'elle ne me quitte jamais.

Je ressentais des chatouilles dans le ventre comme s'il y avait un millier de papillons dedans. Ça m'arrive quand je suis nerveuse ou excitée par quelque chose. Mes papillons sont de beaux papillons tropicaux multicolores. Et là, ils volaient dans tous les sens parce qu'ils faisaient une grosse fête avec des banderoles et des ballons.

J'ai serré Clemesta dans mes bras.

— Où est-ce qu'on part à l'aventure ? ai-je demandé à Papa.

Il a tapé quelque chose sur son téléphone pendant qu'on attendait au feu.

— C'est une surprise.

— Allez, dis-moi !

— Je ne peux pas. Pas tout de suite.

— Alors il faut que tu me donnes un indice pour que je puisse commencer à deviner. Puis tu me diras, « Tu chauffes, tu te réchauffes, TU BRÛLES » si je me rapproche, ou au contraire, « Tu gèles, tu te refroidis, TU ES AU PÔLE NORD » si je devine mal. C'est comme ça que ça marche.

Papa s'est gratté le menton.

— Euh, a-t-il dit. Eh bien, c'est un endroit.

— Quel genre d'endroit ?

— Un endroit génial.

— Mieux qu'ici ?

— Ouais.

— Genre, le meilleur endroit du monde ?

— Ouais.

— C'est Disneyland ! me suis-je exclamée.

— Non, c'est pas Disneyland.

Je me suis laissée retomber dans mon siège et j'ai fait ma tête de pleurnicharde : c'est quand ma bouche entière se retourne pour dire à tout le monde qu'à l'intérieur, je suis triste et déçue.

— C'est mieux que Disneyland, a ajouté Papa. Encore plus amusant. Tu vas adorer.

— Comment tu le sais ?

— Je le sais, c'est tout.

— On va mettre combien de temps pour y aller ?

— Quelques jours. Pas très longtemps.

— Des jours entiers ?

— Ouais.

J'ai regardé le sac de voyage qui dépassait sur le siège avant.

— Est-ce que tu as fait tes bagages ?

— Ouais.

— Et les miens aussi ?

— Ouais.

— Mais je ne t'ai pas dit tout ce dont j'avais besoin.

— J'ai essayé de deviner. Parce que je voulais que ça soit une surprise.

— Oh. C'est gentil. Et c'est rien que pour nous, en plus.

— Ouais.

— Toi, moi et Clemesta.

Papa a acquiescé.

— Et Maman, alors ?

Papa m'a regardée dans le rétroviseur avec ses grands yeux marron qui sont exactement comme les miens.

— Oh, Maman est partie en week-end avec ses copines, tu te rappelles ?

J'ai bâillé parce que ma fatigue ne voulait pas s'en aller même si l'heure du réveil était déjà passée depuis longtemps.

— Avec Rita ?

Papa a hoché la tête.

— Je crois que j'ai oublié.

— Elle est partie tôt, a précisé Papa. Avant que tu sois levée.

— Oh.

— Du coup, je me suis dit qu'on allait se faire un week-end juste tous les deux.

J'ai approuvé d'un signe de tête.

— Ouais, et on va sûrement mieux s'amuser qu'elle.

Je me suis souvenue du jeu des Vétérinaires et de la petite ambulance renversée sous le porche de la maison.

— J'espère que le lionceau va bien, ai-je confié à Clemesta en aparté.

— Il va s'en sortir, a répondu Clemesta. De toute façon, c'est pour de faux.

— Ouais, et nous on part à la vraie aventure. C'est plus important.

— Ouais.

— En fait, on n'est jamais partis à la vraie aventure avant. Seulement pour des vacances de trois nuits et quatre jours à Montauk avec Maman et Papa.

— Ouais, a dit Clemesta, mais là c'est pas pareil.

— Exactement. Parce que c'est une surprise et qu'il y a trois secondes, on ne savait même pas que ça allait arriver.

Clemesta a acquiescé et les papillons se sont de nouveau tous envolés. J'étais tellement heureuse d'avoir Papa pour moi toute seule.

Comme moi, Clemesta avait l'estomac noué ; normal, vu qu'on est des vraies jumelles. On pratique couramment la TÉLÉPATHIE, ce qui signifie qu'on peut se parler d'esprit à esprit et lire les pensées de l'autre, mais aussi voir dans son cœur. On est toujours d'accord sur tout, sur ce qu'on préfère manger ou ce qui nous rend tristes, ou les gens qu'on n'aime pas et qu'on souhaiterait pouvoir faire disparaître d'un coup de baguette magique. Clemesta et moi, on a toutes les deux les cheveux châtains, très longs et lustrés. Ça veut dire qu'ils sont épais et soyeux et plus beaux que ceux de tout le monde. Elle me les brosse et moi, je m'occupe des siens. Je lui donne CENT coups de brosse par jour pour les ENTRETENIR. C'est du travail, mais ça vaut la peine parce qu'on les aime vraiment beaucoup, nos cheveux, et puis c'est ce que font les princesses pour qu'ils soient assez résistants pour que les princes puissent grimper au sommet de leur tour s'ils n'ont pas d'échelle.

Plus Papa s'éloignait de notre maison, plus elle devenait petite, et c'est à cause de la PERSPECTIVE qui est un mot difficile que je sais épeler dans ma tête mais aussi écrire sur une feuille de papier parce que j'ai le CERVEAU BIEN DÉVELOPPÉ. C'est ce que Mlle Ellis dit, et c'est ma maîtresse alors elle s'y connaît en cerveaux de CP. Peut-être même que Mlle Ellis connaît tout ce qui existe dans le monde tellement elle est intelligente, mais elle est aussi très douce et gentille alors cette année, je lui ai fait une carte pour la Saint-Valentin sur laquelle j'ai agrafé un cœur en chocolat. Il a un peu fondu dans mon cartable, mais elle s'en fichait et elle a dit qu'il était EXQUIS, ce qui veut dire délicieux mais en meilleur.

Mlle Ellis a commencé à me donner des devoirs supplémentaires les week-ends, ce qui peut faire penser à une punition, mais en fait c'est une bonne chose parce que ça va me rendre encore plus intelligente et continuer à me STIMULER LE CERVEAU, un organe dont tout le monde dit que c'est une éponge qui aime absorber plein de choses comme un gros gourmand. Puisque je suis intelligente, je peux épeler des mots vraiment difficiles comme PALÉONTOLOGIE et PHOSPHATES et je sais comment aider une personne qui s'étouffe, et je peux aussi faire du feu en frottant deux brindilles l'une contre l'autre et même si je ne l'ai jamais fait pour de vrai, je peux quand même le faire si je veux. Je suis aussi fortiche en maths et pour me souvenir de tous les noms des pays. Je connais des tours de magie comme faire apparaître des pièces dans les oreilles des gens, et aussi je peux lancer des sorts qui sont des fois bons et des fois mauvais, mais ça c'est seulement si les gens le méritent comme TU SAIS QUI.

Papa a tourné au feu et on est passés devant M. Abdul qui se tenait sur le trottoir devant l'épicerie. Je lui ai fait un signe de la main, mais j'imagine qu'il était trop occupé à fumer ses cigarettes dégoûtantes pour me répondre. Même s'il fume et qu'il va sûrement mourir d'un cancer des poumons ou tellement abîmer ses gencives qu'elles vont finir par saigner et devenir toutes noires, c'est un monsieur très aimable, toujours gentil avec moi quand on va acheter quelque chose chez lui. Au moment de partir, il me dit toujours, « Passez une excellente journée, jeune fille » et je lui réponds, « IDEM », un mot que j'adore et que j'essaie d'utiliser dès que possible. Mes autres mots préférés du moment sont FAUX-BOURDON, GROTESQUE et FUNICULAIRE. Mlle Ellis m'autorise à prendre le dictionnaire de la classe pendant le week-end pour que je puisse apprendre tous les mots du monde. D'abord en anglais, puis certainement dans toutes les autres langues.

Je connais des millions de mots, mais ils ne sont pas tous agréables. Parmi les pires mots de la vie, il y a DIVORCE, LOS ANGELES et DÉPRIMÉ, qui sont tous des mauvaises choses. Un autre mot pour dire MAUVAIS, c'est AFFREUX et une autre façon de dire AFFREUX, c'est ÉPOUVANTABLE. ÉPOUVANTABLE, ça rime avec FRÉQUENTABLE, mais ça ne veut pas dire la même chose et je le sais très bien.

J'aimais bien être toute seule avec Papa, et ça me plaisait vraiment d'être dans sa nouvelle Jeep Renegade toute brillante. Papa a beaucoup de chance parce qu'il peut changer d'auto à sa guise, il n'a qu'à dire, « Une nouvelle voiture s'il vous plaît » et voilà. C'est parce qu'il a un travail très important à Value Motors où il vend des automobiles flambant neuves à ses clients. Ils en ont des centaines et elles sont toutes belles et récentes, et dedans, elles sentent bon la pomme de pin parce qu'il y a un désodorisant en forme d'arbre accroché au rétroviseur pour donner l'impression qu'on est assis dans une forêt et pas dans une voiture. J'aimerais bien qu'ils en fabriquent à d'autres parfums comme sauce au chocolat fondu ou cookie aux pépites de chocolat, comme ça on aurait l'impression d'être chez le glacier ou peut-être même dans une cuisine avec une gentille maman qui prépare notre gâteau préféré.

En tout cas, il faut être très intelligent pour faire le travail de Papa et lui, il est très malin. Il porte tous les jours un costume gris avec un badge sur lequel sont écrits son nom et les mots « Responsable commercial » en dessous. Papa va bientôt avoir une promotion et ça veut dire qu'il aura un badge encore plus important, ON CROISE LES DOIGTS. Il gagnera aussi plus d'argent et c'est une bonne nouvelle parce que le BUDGET EST SERRÉ et que la maison RISQUE D'ÊTRE SAISIE, c'est-à-dire qu'ON CROULE SOUS LES FACTURES, les pires choses qu'on puisse voir sur la table de la cuisine parce que dès qu'il y en a une qui disparaît, elle est immédiatement remplacée par une autre qui ouvre grand sa bouche d'enveloppe affamée en disant, « Donnez-moi votre argent à manger ».

Des fois, je fais un tour de magie et les factures disparaissent sous mon lit. Comme ça, Maman et Papa ne sont pas de mauvaise humeur et ne se sentent pas à bout de nerfs. Le stress est une maladie que les adultes attrapent quand ils sont malheureux et en fait, ça peut les tuer, alors j'essaie toujours de faire en sorte qu'ils soient de bonne humeur. Pour y arriver, je me conduis bien, j'écoute, je suis adorable et je ne fais pas de bêtises mais par contre je raconte des blagues amusantes. Un jour, j'ai entendu quelqu'un dire que le rire était le meilleur des médicaments, ça veut dire que si quelqu'un est malade ou triste, on peut le guérir avec une plaisanterie, mais il faut qu'elle soit très très drôle et pas trop grossière sinon il se fâcherait.

C'était la première fois que je montais dans la nouvelle Jeep parce que Papa l'a seulement ramenée le mois dernier. Ou c'était peut-être avant, mais de toute façon il n'avait pas eu l'occasion d'emmener quelqu'un faire un tour avec lui.

À l'intérieur, la Jeep était beige et impeccable, et la banquette était douce et moelleuse, comme un canapé de salon très confortable. J'ai appuyé sur le bouton pour ouvrir la vitre, la refermer, puis l'ouvrir encore jusqu'au moment où j'ai trouvé le bon niveau de VENTILATION, c'est-à-dire d'air, et ça c'est un autre mot que je peux épeler si je me concentre suffisamment. VENTILATION, ça rime avec NATION qui rime avec NATATION. Je suis aussi très forte pour trouver des rimes. Avec Mlle Ellis, on fait un jeu de lecture où on doit dire un mot qui rime à la fin de chaque phrase et je gagne tout le temps parce qu'il y a toujours un mot dans un coin de ma tête qui attend d'être associé à un autre. Je ne me vante pas, c'est simplement la vérité, comme le fait que la Terre est ronde ou que ça porte la poisse de marcher sur les fissures des trottoirs parce que les petits trolls invisibles qui vivent dedans vous mangent les doigts de pied si jamais vous les dérangez. Et il ne faut pas non plus parler aux chats noirs, parce que ça aussi ça porte malheur. Des fois, quand j'en vois un, je lui dis, « Désolée, petit chat adoré, j'aimerais pouvoir discuter avec toi, mais c'est impossible ». Ils comprennent toujours parce qu'ils ont l'habitude que les gens leur disent ça, même s'ils n'ont pas l'impression de porter le mauvais œil.

Partir à l'aventure dans la Jeep, c'était vraiment une chose incroyable, comme manger de la glace au petit déjeuner ou trouver un billet de 5 dollars dans la rue, et c'était encore mieux parce que j'avais Papa rien que pour moi et ça n'arrive presque jamais.

J'ai inventé une chanson, *À l'aventure*, qui fait comme ça :

On part à l'aventure, hi-hi-hi,

Papa, Dolly et Clemesta, c'est parti !

Je l'ai chantée à Papa et il a souri. Il n'a pas chanté avec moi. Certainement parce qu'il ne connaissait pas encore les paroles et qu'il était concentré sur la circulation, parce que c'était sa mission en tant que conducteur. C'est pareil dans les avions. Il ne faut pas déconcentrer le pilote avec des chansons sinon il risque de prendre la mauvaise direction et de foncer sur des oiseaux migrateurs en plein ciel.

Clemesta et moi, on regardait par la vitre quand on a dépassé le magasin de pneus puis les pompes funèbres où ils gardent les morts avant de les enterrer, et on a vu tous les chantiers de construction qui ENVAHISSENT le quartier, comme tout le monde s'accorde à dire. J'ai aperçu un monsieur accroupi, un sac plastique sur la main, en train de ramasser la crotte de son caniche et j'étais très contente de voir qu'il était responsable parce que tout le monde sait que LES CROTTES, C'EST DANS LE SAC. Quand j'aurai un chien, je le dresserai pour qu'il ramasse ses crottes tout seul, comme ça j'aurai même pas à les toucher parce que c'est dégoûtant ; ma main sentirait mauvais toute la journée et personne ne voudrait jouer avec moi à l'école. Je le dresserai aussi pour qu'il aille chercher mon goûter à la cuisine et qu'il fasse la roue, parce qu'on peut tout apprendre à un chien sauf peut-être à conduire un camion.

Papa a donné un grand coup sur le volant.

Il a dit, « Allez ! », mais on n'a pas bougé, on est restés coincés dans notre bouchon comme toutes les autres voitures qui essayaient d'aller quelque part. J'étais sûre que les autres n'étaient pas en route pour l'aventure, ils devaient seulement aller acheter des provisions ou se rendre chez le médecin pour faire des prises de sang.

— Des petites veinardes, ai-je dit à Clemesta. On est deux petites veinardes.

Papa a tourné d'un seul coup dans la rue suivante pour essayer de sortir des embouteillages.

— Regarde, c'est la maison de Savannah là-bas, lui ai-je montré.

— Hein ?

— Savannah.

— C'est qui ?

— Ma meilleure amie.

— Oh.

— J'ai peut-être oublié de te le dire.

Je me suis mordu la lèvre, à l'endroit le plus charnu. Clemesta m'a donné un coup dans les côtes.

— Hé ! s'est-elle offusquée.

— C'est seulement ma meilleure amie quand je suis à l'école. Le reste du temps, c'est toi ma meilleure amie, un million de fois plus.

Papa est arrivé au bout de la rue de Savannah et il a pris à gauche. On est retombés en plein dans les embouteillages.

— Bon sang, a-t-il juré.

Une autre voiture essayait de se glisser devant la Jeep mais Papa l'en a empêchée. Le monsieur a levé les mains et secoué la tête. Papa a serré la main pour former un poing, comme quand on se prépare à donner un coup. Moi, je m'entraîne à donner des coups pour être forte et agile, et EN FORME comme Maman, mais aussi pour l'AUTODÉFENSE, c'est-à-dire pour me protéger des méchants quand ils arrivent par-derrière dans la rue, alors tu leur donnes un grand coup de coude comme ça, YI-HA. Ils tombent par terre et tu t'enfuis aussi vite que possible.

— Ma deuxième meilleure amie, c'est Casey, ai-je confié à Papa. Elle a un serpent comme animal de compagnie.

Mais il vit dans une grande boîte en verre. Il ne peut pas s'échapper sauf si on le fait sortir.

Papa n'a rien dit.

— Il mange des rats. Ils les gardent dans le congélateur. Pas dans celui où ils mettent leur nourriture, mais dans un spécial pour les rats congelés. Je crois qu'il se trouve dans leur sous-sol. Ils ont aussi une gerbille, mais elle vit dans une autre cage.

Papa tapotait des doigts sur le volant en regardant droit devant. J'imagine qu'il essayait de rester bien concentré sur la route pour éviter qu'on se perde. Être perdu, c'est la DEUXIÈME PIRE CHOSE au monde et je le sais parce que ça m'est arrivé une fois. Maman et moi, on était au zoo du Queens, c'était un cadeau pour mon dixième bon point sur le tableau de bonne conduite accroché à la porte de ma chambre. J'ai droit à un bon point quand je suis polie, quand j'ai des bonnes notes ou quand j'aide à la maison et que je ne me plains pas, et aussi des fois quand je garde des secrets importants.

Avec Maman, on cherchait Mme Puma, et elle me parlait quand tout à coup, je n'étais plus à côté d'elle, alors elle a complètement paniqué. Moi aussi j'ai paniqué dès que je me suis rendu compte que j'étais perdue. C'était quand je parlais avec l'ours des Andes et qu'il m'a demandé, « Dolly, où est ta maman ? ».

J'ai essayé de me souvenir de tout : ne pas parler aux inconnus, trouver un adulte capable de m'aider et ne pas entrer dans les enclos des animaux même s'ils m'invitent en disant, « Allez viens, s'il te plaît ». J'ai trouvé la dame de la sécurité qui marchait près de l'entrée et je lui ai donné le numéro de téléphone de Maman dont je me souviens toujours en cas d'urgence. Intérieurement, je tremblais comme une feuille morte parce que je pensais que je ne reverrais peut-être plus jamais Maman, Papa, ni la maison, et que je devrais vivre au zoo ou me faire adopter par la dame de la sécurité qui avait mauvaise haleine et plein de petites paillettes blanches dans les cheveux qui devaient tomber dans les plats quand elle cuisinait, alors ça te coupe un peu l'appétit.

Heureusement, Maman a répondu tout de suite au téléphone et elle a dit, « Dolly, ne refais jamais ça », et je ne l'ai jamais refait depuis et je ne le referai jamais.

Des fois Maman donne de bons conseils et d'autres fois, elle dit des choses vraiment trop bêtes.

Dans le rétroviseur, les yeux de Papa étaient grands ouverts comme s'il faisait un duel de regards. On en fait le soir quand il rentre tôt du travail. On se fixe et on essaie de ne pas cligner des yeux. La plupart du temps je pouffe de rire et je cligne des yeux en premier. Je perds la partie mais en fait, je suis quand même gagnante parce que je me suis amusée et qu'à la fin, j'ai ri.

Pendant que Papa conduisait, j'essayais de me rappeler toutes les choses dont je voulais lui parler en faisant une liste dans ma tête. Je voulais lui rappeler toutes les choses importantes à mon sujet au cas où il ne s'en souviendrait pas, par exemple que mon parfum de sorbet préféré c'est la framboise et que je sais danser le hip-hop, le ballet et faire des claquettes, et que je n'ai pas peur des araignées, seulement un petit peu si elles sont grosses et poilues, et que j'économise tout mon argent pour acheter une boîte à bijoux en satin rouge sur laquelle sont cousues des perles dorées. À l'intérieur de la boîte, il y a une belle ballerine qui danse sur de la musique à chaque fois qu'on ouvre le couvercle et c'est le plus beau trésor que j'aie jamais vu.

Je voulais aussi parler à Papa de Mlle Ellis et de notre projet qui s'appelle « la Semaine de la gentillesse », un temps pendant lequel on doit essayer de faire des choses gentilles pour des inconnus, comme ramasser les détritus sur les trottoirs ou faire des câlins aux gens qui ont l'air tristes et seuls. Ma liste commençait à devenir tellement longue qu'elle ne tenait plus dans ma tête, alors j'aurais bien aimé avoir un carnet pour écrire tout ce à quoi je pensais.

Mon écriture n'est pas aussi bien développée que mon cerveau, mais Mlle Ellis dit que si je continue à m'exercer, elle sera bientôt parfaite.

J'ai de nouveau chanté *À l'aventure*, mais doucement et seulement pour Clemesta.

— Tu as une belle voix, a-t-elle dit. Comme un ange ou une chanteuse célèbre.

— Merci.

J'ai passé mes doigts dans sa crinière. Elle était douce comme du velours.

Papa a pris la sortie du tunnel et je savais que c'était la route de Manhattan parce qu'on y est allées des centaines de fois avec Maman. La plupart du temps, on prend la ligne N du métro à la maison et on sort à la station la plus proche de l'endroit où Maman a fait une croix sur la carte. À un moment c'était amusant de faire le voyage, mais plus maintenant. Maintenant, ça me met dans une humeur noire pour toute la journée. C'est pas la faute de Manhattan, c'est à cause de Maman.

Un truc que j'aime bien à Manhattan, c'est regarder tous les immeubles de la ville parce qu'ils grimpent haut dans le ciel, certainement jusqu'à la lune. La silhouette des immeubles forme L'HORIZON et un jour j'ai eu tout un cahier de coloriage sur les différents horizons du monde. Pour Manhattan, j'ai choisi des couleurs qui rappelaient la nuit et c'était très beau.

J'ai reconnu certaines rues dans lesquelles on passait, les grands magasins avec leurs enseignes lumineuses, les vendeurs ambulants et les millions de personnes toutes vraiment très pressées. Il y avait des centaines de papas qui marchaient dans Manhattan, et j'étais triste pour les enfants qui ne partaient pas à l'aventure. Certainement que ceux de ma classe auraient dit que j'étais pourrie-gâtée, mais je m'en fichais parce qu'on allait dans le meilleur endroit au monde, mieux encore que Disneyland, et que c'était notre aventure à tous les deux, à Papa et à moi.

— De toute façon, tu mérites un cadeau surprise, a dit Clemesta, et peut-être pas eux. Peut-être qu'ils sont méchants, malpolis ou ingrats.

— Exactement. Surtout Neshi. Elle est les trois à la fois.

On est passés devant un clochard qui poussait son caddie. Il avait une pancarte autour du cou et j'ai tourné la tête pour la lire parce que j'aime tout lire et je suis toujours à la recherche de nouveaux mots à apprendre.

Il avait écrit ANCIEN COMBATTANT SDF et j'essayais de me souvenir de ce que veut dire SDF. J'ai horreur de voir des clochards dans la rue parce qu'ils ont toujours l'air si seuls, comme si personne ne leur parlait jamais ni ne leur faisait jamais de câlins alors que peut-être c'est tout ce dont ils ont besoin pour aller mieux. Les câlins sont un bon médicament, comme les blagues et le sirop pour la toux.

Papa a fait une grimace en regardant sa montre.

— C'est une aventure à Manhattan ? ai-je demandé.

— Non, a répondu Papa. On ne fait que passer.

J'ai vu un panneau pour des CRÉDITS EN ESPÈCE et j'ai regardé Clemesta. Elle a mis son sabot devant ses lèvres.

— Je sais, ai-je soufflé. Je suis contente de quitter Manhattan. Ça me rappelle plein de mauvaises choses.

Papa était de nouveau silencieux, mais en fait, c'est pas un bavard. Je crois qu'il n'aime pas trop parler. Il y a des gens qui naissent comme ça, alors pas la peine de leur en vouloir si la plupart du temps ils ne disent rien.

On est entrés dans le tunnel Lincoln et tout est devenu noir.

— Lincoln comme Abraham Lincoln, ai-je dit. C'était le président. Il a construit tous les tunnels d'Amérique et peut-être même du monde entier.

— Hum, a fait Papa.

— Je connais le nom de tous les présidents, par exemple : John F. Kennedy, Theodore Roosevelt et Thomas Jefferson. Lui, il est sur les billets de 2 dollars. Benjamin Franklin, il est sur les billets de 100 dollars, certainement parce qu'il était plus gentil. À Aruba, ils ne mettent pas de présidents morts sur leurs billets, il y a des coquillages, des tortues et des serpents à la place. Tu peux mettre la radio ?

Papa est passé de station en station, mais ça grésillait à cause du tunnel. Il était noir et bruyant : ça me faisait penser aux films, quand les méchants poursuivent les gentils, il y a des étincelles sur la route et des fois, une des voitures fait un tonneau mais personne n'est blessé et les gens en sortent en rampant puis se mettent à courir pour s'éloigner des flammes.

À la sortie du tunnel, on a retrouvé le monde normal et Clemesta a plissé les yeux pour s'habituer à la lumière. Ses yeux sont très sensibles parce qu'elle a une vision perçante. Elle peut voir des choses que les autres ne voient pas. Ça s'appelle la vision X-Men.

Si vous ne connaissez pas Clemesta, il faut que je vous dise que c'est un magnifique cheval alezan, qu'elle a une longue et jolie crinière, une grande et belle queue et des yeux noirs très expressifs qui reflètent toute sa gentillesse et sa sagesse. Clemesta est faite de plastique recouvert de poils de cheval et tout le monde croit que c'est seulement un jouet mais la vérité secrète que je suis la seule à connaître, c'est qu'en fait, c'est une reine cheval très intelligente qui descend du feu, des rois, des fées magiques, de morceaux d'étoile, de poussière de lune et de baisers d'ange. Je le sais parce qu'une nuit sous les couvertures, elle m'a raconté toute son histoire à voix basse. J'étais censée dormir pour que Maman et Papa puissent avoir une de leurs DISCUSSIONS D'ADULTES si bruyantes qui me font un truc bizarre au cœur, mais à la place, Clemesta m'a parlé de sa vie en tant que faux jouet et vraie reine cheval possédant plein de pouvoirs spéciaux.

Bien sûr, je lui ai promis de ne rien dire à personne, et je tiendrais parole jusqu'à mon dernier souffle parce que c'est ce que font les vrais amis. On m'a offert Clemesta pour mon quatrième anniversaire et d'habitude, elle restait assise sur la dernière étagère de ma chambre, mais la nuit où elle m'a raconté toute son histoire, elle a volé vers moi avec ses ailes de cheval magiques et a atterri sur mon oreiller, et à partir de ce moment-là, on est devenues MEILLEURES AMIES ET JUMELLES pour toujours.

Je raconte tout à Clemesta et si j'ai besoin de son aide pour quelque chose, elle est toujours de bon conseil. Des fois, Maman essaie de lui parler mais à ce moment-là elle fait semblant de n'être qu'un cheval en plastique et je ne l'oblige pas à révéler sa véritable identité parce que ce serait cruel. Je suis meilleure que Clemesta en maths, en lecture, en coloriage, en vocabulaire et plein d'autres trucs encore grâce aux pouvoirs spéciaux de mon cerveau. Elle est meilleure en sorts magiques, malédictions, télépathie, pour se souvenir de choses et pour remplir des missions d'ange gardien comme me protéger du danger et s'assurer que je n'aie jamais peur. On sera les meilleures amies pour la vie parce qu'on se l'est promis et aussi, on a fait un pacte de sang quand à Thanksgiving je me suis ouvert le doigt avec un couteau dans l'évier de la cuisine puis que j'ai piqué Clemesta avec une fourchette et que j'ai mélangé notre sang pour qu'on soit liées pour la vie.

J'ai enfoui mon nez dans la crinière de Clemesta et elle a bâillé. Elle aime bien faire la sieste en voiture, alors elle s'est blottie contre mes genoux pendant que moi, je gardais l'œil ouvert pour essayer de deviner où on allait. Je me suis creusé la tête pour me rappeler tous les endroits autour de Manhattan, comme Long Island, Newark et Staten Island. Je ne me souvenais pas des autres, mais je connais tous les États d'Amérique et aussi tous les pays du monde, comme la Suède, l'Irlande, le Canada et l'Espagne où ils sont tellement fous et méchants qu'ils forcent des taureaux à se battre contre un homme dans une arène jusqu'à ce que l'un des deux meure. Ça s'appelle de la CRUAUTÉ ANIMALE et c'est affreux parce que les animaux, ils ne peuvent même pas se défendre tout seuls ou manifester dans la rue. Mlle Ellis dit qu'on doit s'exercer à la BIENVEILLANCE ANIMALE et c'est pour ça que Clemesta et moi, on aide dès qu'on peut en faisant les Vétérinaires à la rescousse.

Un panneau nous a souhaité : BIENVENUE DANS LE NEW JERSEY.

— Papa ! On a quitté l'État de New York.

— Ouais.

— Ça ne m'est jamais arrivé avant. Et toi ?

— Si.

— Combien de fois ?

— Plusieurs fois. Je voyageais beaucoup dans le temps… pour le travail.

— Quand toi et Maman viviez en Floride ?

— C'est ça.

— Clemesta vient d'un autre État elle aussi. En fait, d'une autre planète. Enfin, d'un genre d'autre planète, parce qu'elle est faite de magie et de plein de différentes choses spéciales. De fées et de reines, c'est en elle… dans son sang. Ses grands-parents étaient magiques. Contrairement à Papi.

— Ça a l'air génial, a commenté Papa.

— Oh oui. C'est super.

J'essayais de réfléchir à d'autres choses intéressantes à raconter pour que Papa s'exclame, « Bon sang, Dolly, tu es de bonne compagnie ! », et qu'il se rende compte que c'est vraiment trop bien d'être avec moi. Généralement, il est très occupé et il travaille dur, ce qui fait que la plupart du temps, je suis seule avec Maman et qu'il n'est pas là.

Le soir quand il rentre à la maison après avoir travaillé toute la journée, il est rarement D'HUMEUR À BAVARDER et il ne m'adresse pas beaucoup la parole avant que Maman dise, « Allez, il est l'heure d'aller au lit, ma petite marmotte ». Des fois, je lui demande, « Comment s'est passée ta journée ? » et il hausse les épaules et répond, « La routine, comme d'habitude ». S'il reste du temps, on fait un duel de regards, sinon je vais au lit sans avoir pouffé de rire.

J'aimerais bien qu'il puisse passer des centaines d'heures à jouer avec moi, à me raconter des histoires, à m'emmener nager, à m'apprendre comment faire des figures avec mon vélo, à m'aider à retenir des nouveaux mots du dictionnaire et plein d'autres trucs encore. Mais là, on était partis à l'aventure et il m'accordait toute son attention, ce qui était ÉPATANT, un mot pour dire FORMIDABLE mais en mieux.

J'ai sucé mon bras avec ma bouche pour essayer de faire un suçon. Savannah m'a appris comment faire la semaine dernière. Il faut sucer longtemps jusqu'à ce que ça fasse une marque, alors ça veut dire que quelqu'un t'aime vraiment beaucoup. Ma peau avait un goût salé et un petit peu savonneux. La marque était rouge, mais elle formait un cercle au lieu d'un cœur.

On est passés devant des centres commerciaux, des champs, des arbres, des camions et un panneau publicitaire sur lequel était écrit FILLES DISCRÈTES. Dessus, il y avait une dame avec le doigt sur les lèvres, ce qui signifie qu'elle aussi, elle sait garder un secret.

Je me suis souvenue de quelque chose à raconter à Papa.

— Tu sais quoi ? Eh bien, il y a un garçon dans ma classe, Ross, qui est déjà monté dans un hélicoptère. C'était une urgence médicale parce qu'il s'était cogné la tête en faisant de la luge. Il va bien maintenant. Il n'a pas eu de lésion cérébrale ni rien.

— C'est bien, a dit Papa.

— Et tu savais qu'il y a un autre garçon dans ma classe qui sait faire le grand écart en l'air ? Il saute et ses jambes vont tout droit, en plus il ne s'entraîne même pas beaucoup. Il va sûrement travailler dans un cirque.

J'ai regardé mon suçon, mais il avait déjà presque disparu.

— Pourquoi est-ce que tu te frottes les yeux sans arrêt ?

— J'essaie de me réveiller, a expliqué Papa.

— Tu dors encore ?

— J'ai encore un peu sommeil.

— Moi aussi. Je crois que c'est parce que j'ai trop dormi cette nuit. Comme si je n'allais jamais me réveiller. Sauf qu'en fait je me suis quand même réveillée. Mais j'étais toute cotonneuse.

— Mouais.

— Tu étais tout cotonneux, toi aussi ?

— Oui, j'ai pas beaucoup dormi.

— En tout cas, tu sais qui c'est l'élève le plus intelligent de ma classe ?

— C'est qui ?

— C'est moi !

— Vraiment ? C'est toi la plus intelligente !

— Ouais. Je suis vraiment la plus intelligente.

Papa m'a adressé un sourire dans le rétroviseur et ça m'a fait chaud au cœur, même si je me suis sentie un peu mal d'avoir raconté un petit mensonge. Les petits mensonges ne sont pas de vrais mensonges, c'est quand on arrange la vérité pour ne pas faire de la peine ou quand on crâne un petit peu pour impressionner son papa.

En vérité, je ne suis pas la plus intelligente de la classe, mais la troisième.

— Ouais, mais c'est seulement parce que cette idiote de Verity suit plein de cours particuliers, a précisé Clemesta.

— Et a une jeune fille au pair, lui ai-je rappelé.

— Une fille gros pépère, s'est moquée Clemesta.

On était PLIÉES EN QUATRE. C'est quand tu te tords tellement de rire qu'après il faut qu'on te déplie. On pense toutes les deux que Verity est la fille la plus agaçante de l'école. Elle ne mange pas de bonbons et elle joue du violon, alors je l'inviterai certainement pas à mon prochain anniversaire même si elle me supplie à genoux et qu'elle pleure comme une grosse madeleine.

J'ai regardé à l'avant de la voiture pour lire l'heure ; ce n'était pas une de ces horloges rondes avec deux aiguilles mais une qui donne tout de suite les chiffres. Il était 13:47, c'est-à-dire après le déjeuner et avant le dîner, mais j'avais très faim tout à coup parce que je n'avais rien mangé depuis le bol de Cheerios de ce matin.

— Clemesta a très faim, ai-je fait savoir à Papa.

— Qui a faim ?

— Clemesta.

Je l'ai soulevée pour que Papa puisse la voir et elle a soufflé, ce qui veut dire en cheval qu'elle était énervée parce que quelqu'un avait encore oublié son nom.

— Elle a faim ? a demandé Papa.

— Oui. J'entends même son ventre gronder, pour te dire.

Le ventre de Clemesta fait des bruits très forts quand elle n'a pas mangé depuis longtemps et aussi des fois quand elle a besoin d'aller aux cabinets pour faire la grosse commission.

Papa a hoché la tête.

— D'accord, je vais trouver un endroit.

Il y avait écrit BIENVENUE EN PENNSYLVANIE sur un panneau et j'ai regardé Clemesta, les yeux tout écarquillés. Elle avait la bouche grande ouverte.

— Deux États, a-t-elle dit.

— C'est parce qu'on part à l'aventure, ai-je précisé. Il faut partir loin pour voir les grands espaces. À moins que ce soient les espaces sauvages ?

— Grands et sauvages, j'imagine, a tranché Clemesta.

Elle s'est tournée pour regarder les prairies verdoyantes.

À la station essence suivante, Papa s'est garé. J'ai bondi hors de la voiture et je lui ai pris la main puisqu'il avait oublié de me donner la sienne. Ses mains sont grandes et des fois, elles serrent trop fort, mais j'aime tellement quand il me tient que quand c'est comme ça, rien ne me fait lâcher. Je trotte-trotte-trottine et mes cheveux rebondissent sur mes épaules, ils doivent être magnifiques dans la lumière.

À la boutique de la station, la dame derrière le comptoir avait de belles et longues tresses et du rouge à lèvres orange. Elle lisait le magazine people que Maman aime acheter pour voir quelles actrices célèbres deviennent grosses et vieilles. Les photos qu'elle préfère sont celles où il y a écrit VISION D'HORREUR ou LES BOURRELETS DE L'ÉTÉ.

La dame ne nous a pas dit bonjour même si sourire fait sûrement partie de son travail.

Je me suis arrêtée devant les rayons.

— On ne peut pas acheter notre déjeuner ici ! Il n'y a que des bonbons et des COCHONNERIES.

— Eh bien, a dit Papa, je suis sûr qu'on va trouver quelque chose.

Il a cherché dans les rayons et m'a tendu un paquet de bœuf séché.

J'ai secoué la tête.

— Beurk. Je déteste ça.

— Et les bretzels, tu aimes ça ?

— Oui. Mais pas les épicés. Seulement ceux qui sont un peu salés.

— Tu aimes les cookies ?

— Oui.

Papa a choisi « pépites de chocolat », mon troisième parfum préféré après avoine et puis beurre de cacahuète, mais je ne lui ai pas rappelé ces choses importantes et intéressantes à mon sujet.

J'ai pris un Twix dans un rayon et des chocolats au beurre de cacahuète pour Clemesta.

— Je peux prendre ça aussi ?

Papa a hoché la tête.

— Mais ça, c'est aussi des COCHONNERIES.

— Hum, a fait Papa.

— Je ne dirai rien à Maman, ai-je chuchoté.

Papa s'est servi un café à la machine et y a ajouté trois sachets de sucre. Il a pris deux sodas dans le frigo ainsi qu'une bouteille d'eau et deux Red Bull, une boisson interdite aux enfants parce qu'elle donne trop d'énergie et qu'après ils s'envolent.

— Tu veux un soda ? m'a demandé Papa.

J'ai secoué la tête.

— Je me retiens de faire pipi.

Papa a froncé les sourcils en me regardant.

— Ne fais pas ça, a-t-il dit. Va aux cabinets. On ne va pas s'arrêter avant longtemps.

— Tu surveilles la porte alors ?

Papa a acquiescé. Il a calé les courses dans ses bras de manière à garder une main libre pour boire son café.

L'odeur à l'intérieur des toilettes me brûlait les narines. Celui ou celle qui les avait nettoyées avait utilisé des tonnes de désinfectant, mais au moins tous les microbes étaient bel et bien morts, alors ils n'allaient pas se jeter sur moi.

Je me suis assise et j'ai attendu de me vider. Ça a pris un temps fou. Je me suis souvenue de me laver les mains en utilisant deux giclées de savon, et je les ai séchées à la machine à air chaud fixée au mur.

Papa n'attendait pas exactement devant la porte, mais il était suffisamment près pour venir me chercher en courant si des méchants essayaient de m'attraper. Je suis revenue près de lui et on s'est dirigés vers le comptoir.

Papa a donné sa carte de crédit à la caissière pour qu'elle la passe dans sa machine. Elle avait des anneaux tout autour des oreilles, plus une barre brillante dans le cartilage. Je parie qu'elle a pleuré quand elle se l'est fait faire. J'ai pleuré le jour où Maman m'a emmenée me faire percer les oreilles parce que la dame, elle te tire dessus avec un vrai pistolet et elle ne s'excuse même pas après.

— Merci, monsieur.

La caissière a tendu sa carte de crédit et son ticket à Papa. Il a regardé la carte et a marmonné quelque chose qui devait certainement être un gros mot qui rime avec LUTIN.

— Attends une minute, m'a-t-il ordonné.

Il est allé vers la machine qui donne des paquets de billets quand on connaît le CODE SECRET. Je l'ai vu donner un grand coup sur le distributeur.

— C'est cassé, a-t-il lancé à l'intention de la dame, d'un ton très agacé.

Elle a haussé les épaules.

— C'est possible.

Papa est revenu vers le comptoir prendre son café et les sacs. Il a dévisagé la dame qui avait de nouveau le nez dans LES CORPS SEXY DE L'ÉTÉ.

— Réparez votre foutu distributeur, l'a-t-il incendiée, et il est parti furieux en faisant tomber des gouttes de café par terre.

Je l'ai suivi, mais je ne lui ai pas donné la main.

— Quelle imbécile, cette caissière, ai-je déclaré en grimpant dans la voiture.

Papa n'a rien dit, il s'est contenté d'avaler son café d'un trait puis il a roulé jusqu'à la station essence suivante. Il a garé la voiture comme s'il était fâché contre elle. Il a claqué la portière très fort quand il est sorti, et toute la voiture a tremblé.

Pendant qu'il était à un nouveau distributeur de billets, j'ai soigneusement étalé toutes les commissions sur la banquette arrière. J'ai fait des belles rangées comme si je tenais un magasin et qu'on avait plein de choix.

J'ai mangé une barre de mon Twix et Clemesta a avalé un de ses chocolats au beurre de cacahuète. Le beurre de cacahuète, c'est très bon pour les chevaux. Ça les aide à garder des dents fortes pour brouter de l'herbe et mordre les méchants. Papa est revenu à la voiture et il a ouvert un de ses Red Bull. Il l'a bu en deux grandes gorgées, puis on est repartis.

— Alors ce Twix ? m'a-t-il demandé.

J'ai léché mes doigts couverts de chocolat.

— C'était vraiment délicieux.

Papa a baissé la vitre et laissé son bras flotter dans le vent.

— On s'amuse bien, tu ne trouves pas ? ai-je demandé à Clemesta.

Elle sentait le beurre de cacahuète et j'avais envie de la lécher, mais je ne l'ai pas fait.

— Si, si.

— Pourquoi tu n'es pas plus excitée ?

Elle a haussé les épaules.

— Je ne sais pas où on va. Peut-être que ça ne va pas me plaire.

— C'est le meilleur endroit au monde. Tu vas forcément trouver ça super.

Par la vitre, on passait devant plein de champs et d'arbres recouverts de jolies fleurs rose-violet. Le ciel était bleu et très haut, comme s'il s'étirait jusque dans l'espace.

— Papa, c'est certainement le meilleur jour de toute ma vie. Et de celle de Clemesta. Et toi ?

Il m'a souri et a plissé les yeux avec malice.

— Ouais, pour moi aussi.

Ça m'a fait chaud au cœur.

J'ai mangé une poignée de chips et un cookie aux pépites de chocolat.

— Ça suffit, sinon ton ventre va éclater, m'a prévenue Clemesta.

— D'accord.

J'ai mangé un autre cookie. Puis j'ai reposé ma tête contre la banquette et j'ai brossé la crinière soyeuse de Clemesta avec mes doigts. Les jours où je me tresse les cheveux, j'aime bien lui faire des tresses à elle aussi. Comme ça, les gens voient tout de suite qu'on est jumelles.

— Mais ils ne savent pas qu'on est magiques, Dolly. C'est notre secret à nous.

— Ouais. Mais un bon secret. Pas un mauvais.

— Ouais. J'aime pas les mauvais secrets moi non plus.

— J'aime la Pennsylvanie, ai-je déclaré.

J'ai glissé le deuxième chocolat au beurre de cacahuète de Clemesta dans ma bouche et je l'ai laissé fondre sur ma langue. Je savais que ça ne la dérangerait pas parce qu'on partage toujours tout, et puis j'ai un plus gros appétit qu'elle de toute façon.

La Pennsylvanie, ai-je dit dans ma tête. J'ai essayé de me rappeler comment c'était écrit sur le panneau, mais je n'étais pas assez concentrée quand on était passés devant. Il y avait des millions d'arbres partout, peut-être plus que je n'en avais déjà vu de toute ma vie. J'étais certaine que tous les enfants du coin avaient chacun leur cabane privée.

— Oh, Dracula ne vient pas de Pennsylvanie ? me suis-je inquiétée.

— Je ne crois pas, a répondu Clemesta.

— Si.

Clemesta s'est gratté la tête. Elle fait ça quand elle réfléchit vraiment fort. Elle se sert de son sabot avant.

— Non, il vient de cet autre endroit. La Transylvanie.

— Oh ! Eh bien, tu es très forte en géographie.

— Ouais, mais toi, tu es encore meilleure pour épeler les mots et en maths, et pour des millions d'autres choses.

— Ouais.

On s'est frotté le nez, c'est un genre de baiser secret entre nous, les jumelles.

Papa a allumé la radio, puis il a monté le volume pour écouter les informations quand elles sont passées à l'antenne. Je n'aime pas écouter les informations parce qu'ils ne font que parler tout le temps, bla bla bla, et c'est aussi ennuyeux que quand la directrice de l'école, Mme Hanson, fait un discours pour expliquer que, même si certains d'entre nous sont hindous, musulmans ou catholiques, on est tous pareils, et d'autant plus si on est comme Alex dans la classe en dessous de la mienne qui est né dans le corps d'une fille mais est en fait un garçon.

J'ai regardé l'arrière de la tête de Papa. J'ai changé la position de mes jambes pour essayer de les étirer. J'ai mis le pied en pointe comme une danseuse étoile et j'ai soulevé la jambe comme si j'allais faire une pirouette, un truc que je peux faire n'importe quand pour de vrai mais pas assise dans une voiture. Toutes les autres filles de ma classe vont au cours de danse classique après l'école, mais moi je ne peux pas parce qu'ON CROULE SOUS LES FACTURES. C'est pas juste parce que même Shira, elle y va alors qu'elle n'aime pas du tout la danse. Elle est obligée d'y aller parce que sa grande sœur suit le cours d'après, alors elle passe le temps en faisant des pas de danse.

En tout cas, Clemesta et moi, on répète tous les jours pendant des heures pour notre ballet rien qu'à nous et un jour, on sera certainement tellement fortes que quelqu'un passera devant la fenêtre du salon et remarquera notre niveau et fera de nous les danseuses étoiles du *Lac des cygnes*, le ballet qui a les plus beaux costumes du monde. Toutes les filles de ma classe viendront me voir et elles se sentiront idiotes d'avoir dépensé tellement d'argent dans des cours de danse pour rien. Après, elles lanceront des roses sur la scène pendant que je ferai la révérence, et elles me feront une ovation. Verity ne se lèvera pas pour m'applaudir, parce qu'elle sera trop verte de jalousie pour sortir de son siège.

Papa sera là, lui aussi. C'est lui qui applaudira le plus fort parce qu'il ne m'a pas vue danser depuis longtemps et il sera très surpris et tellement fier d'avoir une fille gracieuse et talentueuse comme moi.

Après avoir étiré mes jambes, j'ai vérifié l'état de mes dents avec ma langue. Il leur arrivait beaucoup de choses ces derniers temps. Ma dent de devant n'était plus là depuis Noël, au fond ma molaire commençait à sortir et ma dent d'en bas à gauche bougeait. J'aimais bien jouer avec. Si j'appuyais suffisamment dessus, je pouvais sentir un morceau de gencive lisse et gluant en dessous et les bouts pointus de la racine avec lesquels la dent essayait de rester attachée. J'étais sûre qu'elle allait bientôt tomber, peut-être même pendant notre aventure.

— Papa, est-ce que la petite souris passe quand on est dans un autre État ?

— Hein ?

— La petite souris.

— La petite souris, a répété Papa. Euh. Eh bien, comme elle est magique, j'imagine qu'elle peut se rendre où elle veut.

— C'est ce que je pensais. Est-ce qu'on est encore en Pennsylvanie ?

— Ouais.

— C'est encore loin pour l'aventure ?

— Euh, on a encore pas mal de route.

Il a jeté un coup d'œil à son téléphone.

— Tu es sûr que je vais aimer l'endroit où on va ?

— Ouais, j'en suis certain, Doll.

J'ai souri. J'aime bien quand mon papa m'appelle Doll. C'est pas mon vrai nom, mais un surnom qu'on donne à quelqu'un qu'on aime énormément. Dolly, c'est pas mon vrai nom non plus, mais c'est comme ça que tout le monde m'appelle parce que Adaline, c'est un drôle de prénom pour une enfant. Maman l'a seulement choisi parce qu'elle adorait une actrice qui s'appelait comme ça, mais après elle ne l'a plus trop admirée alors je suis devenue Dolly ou Doll quand Papa m'aime vraiment fort et veut me le faire savoir avec un NOM DE CODE que nous comprenons tous les deux.

Le vrai nom de Papa, c'est Joseph Rust et celui de Maman, c'est Anna Rust, mais avant de se marier avec Papa, elle s'appelait Anna Kalina et c'est également son nom de scène. J'aime beaucoup son prénom parce qu'il reste pareil quand on l'écrit à l'envers. Le mien à l'envers, ça veut juste rien dire.

J'ai sans doute beaucoup de chance d'avoir une maman belle et célèbre au lieu d'une maman normale et ennuyeuse comme tout le monde, mais des fois je me dis que non. Des fois, j'en ai vraiment ras le bol.

Par la vitre, le soleil s'était couché et le ciel devenait flou.

— Ça fait combien de temps qu'on roule ? ai-je demandé.

Papa a soupiré.

— Longtemps. On va bientôt s'arrêter.

— C'est très loin, l'aventure.

— Les meilleures aventures sont toujours loin de la maison, a dit Papa en souriant.

À la sortie suivante, il a quitté l'autoroute et j'ai lu sur un panneau au bord de la route : BIENVENUE À CHAMBERSBURG.

— C'est là où on s'arrête ?

— Ouais.

— C'est l'endroit où se passe l'aventure ?

— Non, mais il est tard. Et il nous faut un endroit pour dormir.

Nous avons successivement dépassé un Arby's, un Burger King et un Taco Bell, et j'espérais vraiment que Papa allait me proposer de s'arrêter manger, au lieu de quoi, il a continué de rouler pour se garer sur le parking d'un CVS. Il a regardé son téléphone et il a tapé quelque chose dessus. Clemesta a tiré sur mon maillot.

— On a jamais passé une nuit loin de Maman, a-t-elle fait remarquer.

J'ai haussé les épaules.

— Elle est en week-end avec ses copines. Et de toute façon, je lui en veux encore, alors en fait c'est tant mieux et je suis bien contente qu'elle soit pas là en ce moment.

Clemesta s'est gratté la tête.

— Si tu le dis.

— J'en suis sûre.

J'ai soufflé contre la vitre et imprimé la marque de mon nez.

— Tu as vu le renard dans les arbres ?

— Où ça ?

— Par là-bas, avant qu'on prenne la sortie. Il m'a fait coucou. Comme ça.

Je lui ai montré avec mon bras, en imitant une patte de renard.

— Je n'ai rien vu, m'a assuré Clemesta.

— C'est sûrement un signe de chance.

— J'espère.

Papa a redémarré la voiture et on a encore roulé un petit moment. Puis on s'est garés devant un hôtel, le Chambersburg Comfort Lodge, et Papa a attrapé son sac de voyage sur le siège.

— Viens, a-t-il dit.

J'ai pris Clemesta et on est tous entrés dans le hall de l'hôtel, une pièce claire et lumineuse dans laquelle se trouvait, sur une table, un grand bouquet de fleurs en plastique. C'était très romantique, comme une salle de bal dans un film, avec un sol brillant et de la musique.

La dame de la réception nous a souri.

— Bienvenue au Chambersburg, a-t-elle déclaré d'une voix si forte qu'on avait l'impression qu'elle chantait.

Elle avait un joli visage, des yeux bleus comme une poupée et sa peau douce et crémeuse donnait l'impression d'être en beurre. Papa a demandé s'il y avait une chambre pour deux et elle a dit que la seule chambre de libre était une PETITE SUITE, pour laquelle elle pouvait nous faire un prix vu qu'il était déjà bien tard.

— Prenez l'ascenseur sur votre droite jusqu'au quatorzième étage. En fait, il s'agit du treizième étage, mais on l'appelle le quatorzième, car le nombre 13porte malheur.

— Compris, a dit Papa, et il a pris la clef qui était en fait une carte en plastique.

Dans l'ascenseur, j'ai appuyé sur le bouton 14 et j'ai fait la moue.

— Comment ils peuvent dire qu'une chose en est une autre, me suis-je indignée. C'est comme mentir.

Papa a haussé les épaules. On aurait dit qu'il n'avait plus d'air dans le ventre, comme les ballons une semaine après ma fête d'anniversaire.

— Est-ce que c'est la fin de l'aventure ?

— Non, Doll.

— Tant mieux.

Les portes de l'ascenseur se sont ouvertes et on a trouvé notre chambre. J'étais fatiguée moi aussi, mais dès que Papa a ouvert la porte, je me suis réveillée d'un seul coup.

— C'est chic ici, me suis-je écriée.

Papa m'a serré les épaules. La chambre était belle et immense et il y avait un million de nouvelles choses merveilleuses à découvrir. Comme deux lits mitoyens géants, séparés par une table en bois et une lampe blanche, une télé gigantesque et une salle de bains dans laquelle il y avait un sèche-cheveux intégré au mur et deux savonnettes emballées dans du plastique comme de minuscules cadeaux. Il y avait plein de serviettes blanches de toutes les tailles, ainsi qu'un frigo caché dans un placard et un bureau sur lequel se trouvaient du papier à lettres et un petit stylo dans une chemise en cuir vert au cas où on aurait besoin d'écrire une lettre importante à quelqu'un depuis le Chambersburg Comfort Lodge.

Mais le mieux, c'était la vraie baignoire au milieu de la pièce, installée sur la moquette en face des lits. Elle était ronde et très profonde, et il y avait plein d'embouts et de robinets, et Papa a dit que c'était pour s'asperger de différents jets d'eau pendant le bain. Je l'ai supplié de me laisser l'utiliser, alors il s'est frotté la tête avant de dire, « Bien sûr, Dolly, vas-y. »

J'ai sauté sur place et Clemesta a poussé un cri, elle s'est cabrée sur ses pattes arrière et a fait sa danse de la joie, qu'elle ne fait que lorsqu'elle est vraiment contente. Je me suis attaché les cheveux et je me suis débarrassée de mes vêtements à toute vitesse. Papa essayait de comprendre comment fonctionnaient les boutons pour mettre l'eau en marche. Elle pouvait soit couler lentement, soit sortir en un jet puissant comme d'une lance à incendie. Il y avait trois petits flacons de bain moussant sur le rebord et on les a versés dans la baignoire, et alors l'eau est devenue blanche et mousseuse. J'ai sauté dans la baignoire et attrapé les bulles.

— Viens, Papa. C'est trop rigolo là-dedans, tu vas adorer.

Il m'a regardée et il a fait une grimace.

— C'est bon. Je ne vais pas regarder ton zizi.

Ça l'a fait rire.

— Dolly, tu es une enfant merveilleuse, a-t-il déclaré.

J'ai déjà vu Papa tout nu une fois, il sortait de la douche et son zizi était couleur chair. Maman était encore dans la salle de bains et quand elle nous a rejoints plus tard, ses joues étaient toutes roses et elle flottait dans les airs, comme quand elle est heureuse et souriante : ça donne l'impression qu'elle danse au-dessus du sol sur de la musique qu'elle seule entend. En tout cas, ça remonte à longtemps parce qu'elle n'a pas été comme ça avec Papa depuis un bon moment.

— Allez, viens !

Papa a secoué la tête.

— Amuse-toi bien, a-t-il dit.

Il s'est assis sur le lit et a allumé la télé.

Je l'ai regardé changer de chaîne jusqu'à ce qu'il trouve ce qu'il cherchait. Il a pris la télécommande et s'en est servi pour se gratter le dos.

J'ai soupiré.

— Il doit être un peu timide devant moi, ai-je confié à Clemesta. Ça doit être ça. C'est pour ça qu'il ne joue pas.

— Les adultes sont parfois ridicules, a-t-elle remarqué.

— C'est pas grave, j'ai inventé un jeu super drôle.

On se servait des verres de la salle de bains et on faisait comme si j'étais une dame à la peau laiteuse qui travaillait dans un stand de glaces situé à l'intérieur d'un hôtel. On pouvait choisir parmi mille parfums et des centaines de garnitures comme vermicelles, éclats de caramel et M&M's, mais aussi des trucs incroyables comme émietté de coquilles d'escargot et confettis de cafards. Clemesta passait commande et moi, je lui servais de la mousse et elle la mangeait.

Savannah prétend qu'on est trop vieilles pour jouer à des jeux comme ça, mais là elle est en train de s'ennuyer dans sa vieille maison à Astoria pendant que moi, je suis dans l'État de Pennsylvanie, au Chambersburg Comfort Lodge, où je vis une aventure secrète avec mon papa, alors je peux faire tout ce que je veux. Même pipi dans l'eau. Clemesta a uriné elle aussi mais ce n'était pas dégoûtant ni sale parce que nous sommes jumelles et que le pipi, c'est de l'eau de toute façon. Un jour, j'ai fait dans un verre pour sentir l'odeur de l'urine et voir à quelle température elle sort du corps. Une fois aussi, j'ai essayé de faire pipi debout, mais ça ne marche pas, tu en mets partout avec une zézette de fille.

Quand le bain est devenu froid, j'ai demandé à Papa de tourner les robinets pour avoir encore de l'eau chaude, même si j'étais en train de me transformer en pomme fripée à force d'être dans la baignoire.

— Je pense que tu es restée assez longtemps, a jugé Papa.

— Oh.

Je n'ai pas fait d'histoires parce qu'il ne vaut mieux pas insister ou les adultes deviennent irritables et perdent patience, déjà qu'ils n'en ont pas beaucoup au départ, vraiment rien qu'une microgoutte.

Papa m'a tendu la plus grande serviette blanche et je suis sortie de la baignoire pour me retrouver sur la moquette. Mes pieds ont laissé deux flaques humides. Sur le réveil de la table de nuit, les chiffres rouges indiquaient 20:46.

— Il est très tard, ai-je convenu. Et on n'a pas encore mangé.

Papa s'est frotté la tête.

— Ouais.

— Je crois que nous avons des restes de notre casse-croûte de ce midi, ai-je dit.

Enveloppée dans la serviette de bain, je me suis assise sur le lit. Papa a fini le paquet de bœuf séché goût barbecue et j'ai mangé les bretzels qui me coupent le palais avec leurs grains de sel. Je me suis léché les doigts et j'ai senti les rides de ma peau molle.

— En vrai, c'est encore mieux qu'un dîner normal, ai-je décrété. Parce que c'est un BANQUET D'AVENTURE.

Papa a souri. On a partagé la dernière bouteille d'eau jusqu'à la finir. J'ai recraché seulement un tout petit peu dedans, sans faire exprès.

Papa s'est adossé contre les oreillers et a posé la main sur mon dos. Il a augmenté le volume de la télé pour regarder les informations nationales, puis les informations locales, puis encore d'autres journaux d'information, puis une publicité pour un produit qui aide à aller aux toilettes. Le monsieur de la pub riait beaucoup et il était très content de ne plus être bouché. Il travaillait dans le bâtiment et ses amis aussi étaient très contents, peut-être parce qu'il ne monopolisait plus les toilettes. Papa a lu quelque chose sur son téléphone puis il l'a posé sur la table.

Clemesta a bâillé et moi, j'ai bâillé tellement fort que ma bouche s'est décrochée.

— Allez, au lit, a dit Papa. La journée a été longue.

— Tu as pris mon pyjama ?

Papa a regardé dans le sac et a sorti un T-shirt.

— Tu peux mettre ça ce soir.

— Oh.

Ce n'était même pas un de mes T-shirts préférés et en fait, il commençait à être un peu serré au niveau des bras.

— Tu as dit que tu avais emporté tout ce dont j'avais besoin.

Papa a soupiré.

— J'ai dû oublier ton pyjama.

Il avait l'air triste, certainement parce qu'il se sentait bête d'avoir mal fait les bagages.

J'ai enfilé le T-shirt.

— C'est bon. Je ne suis pas fâchée.

J'ai regardé le sac.

— Mais tu as pris mes jouets ? Et mes livres ?

Du poing, Papa s'est frappé la tête, puis il a poussé une sorte de grognement.

— D'accord, a-t-il concédé. J'ai oublié pas mal de trucs.

Il regardait fixement le sac sur le lit comme si les oublis étaient de la faute du bagage.

— Oh, ai-je fait en tirant sur le T-shirt pour qu'il recouvre mieux mon ventre.

— On ira acheter tout ce dont tu as besoin demain, a déclaré Papa.

— Des jouets aussi ?

— Tout ce dont tu as besoin.

— Promis ?

Papa a acquiescé.

— Croix de bois, croix de fer.

J'ai croisé les doigts.

Papa m'a regardé l'air de ne pas comprendre, alors j'ai dû lui expliquer.

— Tu dois croiser les doigts et dire « si je mens je vais en enfer », comme ça, ça veut dire que c'est une promesse que tu es obligé de tenir.

— D'accord, a dit Papa avant de promettre les doigts croisés.

J'étais vraiment très fatiguée, mes yeux essayaient déjà de se fermer. Je me suis glissée sous les couvertures. Le lit était gigantesque, le matelas faisait une île rien que pour moi. Au-dessus du lit, il y avait un tableau représentant un homme dans un champ, un pistolet à la main. Le ciel derrière lui était noir et rempli de nuages. Les draps étaient propres, bordés serré et agréables au toucher.

Papa a tiré les couvertures de son lit.

— Attends. Tu dois d'abord me border sinon je ne vais pas pouvoir m'endormir.

Il s'est approché de moi et a posé la main sur ma joue.

— Ça fait longtemps que j'ai pas fait ça, hein ?

— Comment ça se fait ?

Papa a remonté les couvertures sur mes épaules.

— J'imagine que... Maman s'en charge.

— Tu peux le faire quand tu veux. C'est pas obligé que ce soit Maman. J'aime mieux quand c'est toi, en fait.

Ce n'était pas un mensonge, c'était la vérité. Des fois je préfère Maman et d'autres, je préfère Papa, mais aujourd'hui c'était Papa parce qu'il était le plus gentil et le plus amusant et Maman avait été bête et méchante alors elle ne méritait pas de partir à l'aventure et de dormir dans une suite avec une baignoire au milieu de la pièce.

Papa m'a dégagé le front en passant ses doigts dans mes cheveux. Sa peau était chaude et sentait la mousse du bain. J'ai respiré l'odeur savonneuse et espéré qu'il laisse sa main là toute la nuit pour m'endormir pendant qu'il me regardait.

— Papa. Et si jamais je refaisais le cauchemar d'hier soir ?

Il m'a regardée en pinçant les lèvres.

— C'est impossible, m'a-t-il certifié.

— Comment tu peux le savoir ?

— Parce qu'on n'est pas au même endroit. Le cauchemar ne va pas te suivre. C'est fini.

— Eh bien, c'est un cauchemar idiot. Et mon attrape-rêves est censé me débarrasser de tous les mauvais rêves.

C'est Savannah qui me l'avait offert l'an dernier pour mes six ans. Elle a le même à la fenêtre de sa chambre. Le sien est argenté alors que le mien est non seulement blanc et bleu, mais aussi plus efficace.

— Je pense que la nuit va bien se passer. Je parie que tu vas bien dormir.

— Tu vas te coucher toi aussi ?

— Oui, je suis épuisé.

Je l'ai regardé se mettre dans le lit mitoyen et défaire les couvertures à coups de pied pour pouvoir s'étendre de tout son long.

— Tu as le même lit que moi ?

— Exactement le même.

Il a soupiré et je l'ai regardé se masser la tête.

— La journée a été longue, a-t-il déclaré.

— Idem, ai-je répondu, même si pour moi, elle avait passé vite.

J'ai fermé les yeux et caressé la crinière de Clemesta. Elle sentait la mousse du bain elle aussi, une odeur douce et sucrée comme de la barbe à papa. Je me suis rappelé qu'on ne s'était pas donné nos CENT COUPS DE BROSSE et je me suis demandé si Papa avait pris ma brosse à cheveux.

J'ai tiré les couvertures sous mon nez.

— C'était une super journée, ai-je chuchoté à Papa. C'est vrai, hein ?

La clim faisait pat-pat-pat et le frigo soupirait.

J'ai entendu Papa déglutir.

— Ouais, a-t-il fini par dire. C'était une belle journée.

Dimanche

CLEMESTA ET MOI, on a ouvert les yeux très tôt. On était prêtes à se lever mais Papa dormait encore profondément dans le lit d'à côté, allongé en croix sauf une main qui lui recouvrait les yeux.

Il avait sûrement besoin de faire la grasse matinée parce qu'il avait fait un bond en pleine nuit et s'était mis à crier. Clemesta et moi, ça nous a réveillées, alors j'ai tourné la tête dans sa direction et j'ai crié « Papa ! » très fort pour qu'il sorte de son cauchemar. Il était tremblant et tout collant, et il m'a regardée les yeux grands ouverts comme un animal pris au piège dans la forêt, obligé de grignoter sa propre patte pour pouvoir s'échapper. J'ai vu ça une fois dans une émission sur les animaux que je n'étais pas censée regarder. Je crois que c'était un coyote.

Bref, j'ai crié « Papa ! » à nouveau et il m'a vue, puis il s'est essuyé le visage en prenant de grandes inspirations.

— Désolé, a-t-il dit. Rendors-toi.

Je crois que les papas ont besoin d'attrape-rêves eux aussi, ou peut-être que mon cauchemar de l'autre nuit nous a suivis jusqu'en Pennsylvanie après tout.

Je me suis étiré les bras et j'ai essuyé les croûtes de mes yeux. Clemesta m'a imitée. Malgré les cauchemars, j'ai bien aimé qu'on soit dans des lits mitoyens parce que ça aussi, c'était du jamais-vu, sauf peut-être quand j'étais bébé, mais dans ce cas-là je ne peux pas m'en souvenir de toute façon.

Bonjour mon compagnon d'aventure, ai-je soufflé à Papa dans ma tête.

— Je me demande où Papa nous emmène aujourd'hui, ai-je chuchoté à l'intention de Clemesta.

— J'en sais rien.

Elle a froncé les sourcils.

— Je me demande où sont allées Maman et Rita.

— Je m'en fiche, lui ai-je répondu.

Des voix provenaient de l'extérieur et j'ai bondi du lit pour aller voir. J'ai essayé d'ouvrir la fenêtre, mais tu sais quoi ? Eh bien, elle était bloquée. Certainement qu'un gros bêta l'avait collée par erreur, genre il avait fait couler de cette colle forte qui accroche les doigts ensemble pour toujours si on n'est pas assez attentif et responsable. Papa a de cette colle dans le garage, mais il n'y a que lui qui a le droit de la toucher et je ne pourrai certainement pas m'en servir avant d'avoir dix-huit ans au moins.

J'ai noté dans un coin de ma tête qu'il faudrait montrer les fenêtres bloquées à Papa quand il se réveillerait, puis lui demander si on avait déjà dormi dans des lits mitoyens avant, et aussi s'il savait que les Français mangent des cuisses de grenouille et qu'ils trouvent ça délicieux.

Je suis allée dans la salle de bains pour utiliser les cabinets et j'ai décidé de ne pas tirer la chasse pour ne pas réveiller Papa. J'ai sorti une savonnette de son emballage qui ressemblait à du papier cadeau et je me suis lavé les mains. Après, j'ai ouvert une petite boîte dans laquelle il y avait un nécessaire de couture, deux boules de coton blanches et une toute petite lime à ongles. J'ai pensé que Maman aimerait bien la lime à ongles parce qu'elle est toujours en train de se mettre du vernis ou de changer la forme de ses ongles. Sa couleur préférée, c'est un rouge foncé qui s'appelle « *Scandalous* », un mot anglais qui veut dire SCANDALEUX, c'est-à-dire une chose très vilaine et souvent secrète.

— Allons-nous être scandaleuse aujourd'hui ? aime dire Maman, et la réponse est toujours oui.

J'ai coincé la lime entre mes doigts et je l'ai cassée en deux avant de la jeter à la poubelle.

Sur la table de nuit, le petit réveil noir indiquait 7:11. Comme ce n'est pas encore une heure décente pour les adultes, le principe, c'est de les laisser dormir et de s'amuser toute seule en attendant qu'ils soient prêts à se lever. J'avais faim et soif, j'étais à coup sûr déshydratée, ça veut dire qu'on va bientôt mourir si on ne boit pas de l'eau de toute urgence. Mlle Ellis nous a raconté que notre corps a besoin d'absorber huit verres d'eau par jour sans quoi il ne fonctionne pas bien, alors notre cerveau se ratatine et on devient bête. J'aime beaucoup mon cerveau parce qu'il est bien développé et rempli de choses utiles. Il devient plus intelligent tous les jours. Mlle Ellis dit qu'il n'y a pas de limite à ce qu'on peut faire entrer dedans, c'est pour ça que je fais vraiment attention à me rappeler de boire.

J'ai trouvé les verres près de la baignoire et j'en ai rempli un d'eau du robinet.

J'ai tout avalé d'un trait. Je sentais le liquide qui me coulait dans le ventre.

Papa dormait encore. J'ai passé ma langue sur mes dents. Elles étaient toutes poisseuses. Le Dr Harold n'aurait pas été content de savoir que j'avais oublié de me brosser les dents la veille. C'est mon dentiste et il me parle toujours de Michel le Microbe qui aime les bonbons autant que les enfants. Il se cache dans les dents et fabrique des caries quand on n'enlève pas le sucre avec DEUX BROSSAGES PAR JOUR.

Le Dr Harold est toujours content de voir Maman. Certainement parce qu'elle est vraiment jolie et qu'elle porte des minijupes ou des jeans super moulants qui permettent de deviner sa silhouette même tout habillée. Elle est très belle. Elle a de longs cheveux blonds qu'elle lisse tous les matins et elle est très mince. Ses yeux très verts ont la couleur d'émeraudes scintillantes et ses lèvres forment comme un cœur rouge et parfait au milieu de son visage. Des fois, elle me laisse mettre de son rouge à lèvres, alors je lui ressemble un tout petit peu, mais tout au fond de moi, je sais bien que je ne serai jamais aussi belle.

— Au moins, tu as de beaux cheveux, dit Maman.

Je crois qu'elle est déçue que je ressemble plus à Papa qu'à elle. Elle essaie tout le temps de me rendre plus belle, comme quand elle m'épile les sourcils avec une pince en métal pour qu'ils ne ressemblent pas à une grosse chenille au milieu de mon visage, ou quand elle me lisse les cheveux avec son fer spécial. Un jour, elle m'emmènera chez le médecin me faire refaire le nez et il enlèvera le bout qui est de travers, mais pas avant que j'aie seize ans, ou peut-être quinze. Elle dit que c'est à cet âge-là que les filles doivent commencer à s'occuper de leur visage.

Je me suis approchée du lit pour regarder Papa de près. Je me demandais combien de temps il allait encore dormir. Son haleine avait une odeur de BOUCHE DU MATIN : c'est quand ton haleine sent mauvais parce qu'elle est restée enfermée toute la nuit et qu'elle a besoin d'être rafraîchie. Je suis restée à regarder les yeux de Papa quelques minutes de plus, parce que des fois quand tu observes bien attentivement quelqu'un qui dort, il sent tes yeux qui le brûlent et ça le réveille.

Papa a continué de dormir.

La moquette sous mes doigts de pied était douce et molle, contrairement à celle de la maison qui est vieille et rugueuse comme la barbe broussailleuse de Papi quand il m'embrasse. Notre moquette est pleine de taches et à certains endroits, elle se décolle par plaques entières, mais on ne peut pas en changer à cause des factures.

Je me demandais si ma partie de Vétérinaires à la rescousse était encore en place sous le porche de la maison ou si le vent avait tout renversé. J'étais certaine que le lionceau était content d'être né. Il passait sans doute son temps à faire des câlins à sa maman lionne. Les mamans lionnes sont très gentilles. Elles prennent soin de leurs petits et ne font jamais rien d'égoïste ni de malveillant.

J'ai appuyé sur la télécommande.

Papa a ouvert les yeux et j'ai baissé le volume au niveau d'un chuchotement pour ne pas le déranger.

— Tu vas bien ? a-t-il demandé de sa voix endormie.

— Je regarde la télé.

Il s'est retourné et a remonté les couvertures sur ses oreilles. J'ai changé de chaîne pour m'éloigner de celles où les gens font que de parler et je me suis arrêtée quand je suis tombée sur une émission sur les éléphants, mon troisième animal préféré après le loup puis le tigre.

Un jour, j'étais en train de jouer dans le jardin quand un loup s'est approché tout doucement de moi. J'étais sûre qu'il allait me manger mais au lieu de ça, il m'a chuchoté à l'oreille qu'il était mon ami et que je ne devais pas avoir peur. Il m'a montré le salut secret que tous les loups et leurs amis connaissent par cœur : d'abord on se renifle la truffe, puis on se donne des petits coups de patte et enfin, on enfonce son museau dans les oreilles de l'autre. Il m'a dit que si je rencontrais un loup, je devrais le saluer de cette manière pour lui faire savoir que je suis l'une d'entre eux, comme ça il n'aura pas envie de me manger ni l'impression qu'il doit se défendre. Bien entendu, j'ai appris le salut à Clemesta et l'an dernier ça lui a sauvé la vie un jour qu'elle trottait dans les bois et qu'elle est tombée sur une meute de loups affamés qui n'avaient pas mangé de l'hiver. Sauver la vie de l'autre fait partie des responsabilités d'une meilleure amie, alors ce n'était pas grand-chose.

Clemesta a approuvé.

— Exactement.

— Évidemment, ma jument.

Elle m'a embrassée sur le nez et on a regardé l'émission dans laquelle on expliquait combien les éléphants sont des créatures majestueuses et magnifiques. Ils ont une excellente mémoire et n'oublient jamais rien, par exemple qui sont leurs amis éléphants, où trouver à manger et aussi l'endroit où sont enterrés leurs proches.

— Ils sont comme toi, Clemesta.

Elle n'oublie jamais rien. C'est un autre de ses pouvoirs spéciaux. J'en ai plein moi aussi, mais je n'ai pas une mémoire d'éléphant parce que certaines choses aiment bien s'échapper de ma tête et disparaître à jamais.

En vrai, des fois je les chasse moi-même ou je les range dans une boîte PAS MAINTENANT dans mon cerveau, là où se logent les choses auxquelles je ne veux pas penser sur le moment.

D'autres fois, elles vont dans une BOÎTE ULTRASECRÈTE, une véritable boîte à chaussures que je garde dans un tiroir, cachée sous une pile de vieux vêtements que Maman oublie toujours de déposer à la friperie. Ma BOÎTE ULTRASECRÈTE est pleine de véritables secrets que j'écris sur des petits bouts de papier et que je plie un million de fois avant de les enfouir là où personne ne les trouvera à part moi. C'est une chouette invention, mais je ne souhaite pas y penser pour l'instant et personne ne m'y forcera.

Quand l'émission sur les éléphants s'est terminée, j'ai pris le téléphone de Papa. Il n'y a qu'un seul jeu pour moi dessus et je n'y joue qu'à certaines occasions, quand Papa n'a pas besoin d'appeler et qu'il n'attend pas de coup de fil. J'ai vu sur l'écran qu'une personne prénommée Bart voulait faire une offre pour la Honda et qu'un monsieur appelé Diego lui avait envoyé ce texto : « Dis-moi ce dont tu as besoin. » J'ai appuyé dessus sans faire exprès. Après les autres messages sont apparus et j'ai vu le nom de Maman, mais sans nouveau message.

— On pourrait lui envoyer un texto pour lui faire coucou, a proposé Clemesta.

— Non, j'ai pas envie.

Papa a ouvert les yeux et s'est assis dans son lit. Ses cheveux étaient aplatis à certains endroits et dressés à d'autres comme s'il avait reçu une décharge électrique.

— Bonjour.

— Bonjour Papa.

J'étais très contente qu'il soit enfin réveillé.

— Tu as bien dormi ?

— Oui, ai-je répondu. Le lit était très confortable. Comme un nuage ou de la guimauve.

Il a souri.

— Tu as fait un cauchemar, lui ai-je rappelé.

— C'est vrai ?

— Ouais, mais après tu t'es rendormi.

J'ai posé son téléphone.

— Est-ce qu'on part toujours à l'aventure aujourd'hui ?

Il s'est frotté les yeux.

— Ouais.

J'ai grimpé sur le lit et j'ai sauté comme un cabri, et Papa a ri parce que je faisais des grimaces. Une fois à bout de forces, je me suis écroulée.

Papa a tapoté le lit.

— Allez, on s'habille.

— Attends. Il faut que je te montre comment je danse. Regarde.

Je lui ai présenté mon meilleur spectacle de danse classique hip-hop et j'ai attendu qu'il applaudisse pour pouvoir faire une révérence et un salut final.

— Papa ! Tu as aimé ?

J'étais encore tout essoufflée par l'effort.

— C'était formidable.

— Applaudis alors. Et crie « Une autre ! » très fort pour que je puisse danser encore.

Papa a applaudi, s'est levé et a ramassé ses vêtements par terre.

— On devrait peut-être aller prendre le petit déjeuner, a-t-il dit.

J'attendais debout sur la moquette pour faire la révérence.

— Tu n'as pas bien fait. Tu n'as pas crié « Une autre ! ».

— Est-ce que tu aimes les pancakes ?

Je me suis effondrée sur le lit.

— Oui. Tout le monde sait que c'est mon petit déjeuner préféré après le pain perdu.

Papa a mis la chaîne des informations et a regardé la télé pendant quelques minutes. Ensuite, il est allé prendre une douche dans la salle de bains.

Pendant ce temps-là, je me suis remise à trop bien danser devant le grand miroir qui reflète tout mon corps, de la tête aux pieds. J'ai fait une pirouette et un CHEST POP de hip-hop que Jordan m'a appris, et aussi le CAT DADDY qui se danse comme ça : bras droit, bras gauche, cercle avec les deux bras, encore un cercle des bras et on se déhanche. Je suis très forte pour plein de danses différentes et j'espère de toutes mes forces pouvoir suivre de vrais cours, d'autant plus que Maman dépense plein d'argent qui NE POUSSE PAS SUR LES ARBRES pour des machins comme le coiffeur, des nouvelles fringues, des cours de Pilates, des portraits photo et ce truc où elle rentre à la maison avec les lèvres brillantes et gonflées ou avec le visage très raide. Elle dit que c'est différent parce que ses choses à elle, ça fait partie de son travail et que c'est pas de l'argent gaspillé parce que c'est un investissement important pour sa carrière de star. En vrai, j'aimerais qu'elle ait un autre métier, comme la maman de Sasha, l'avocate, ou celle de Trinity qui travaille pour un magazine. Maman les traite de snobs et ne leur adresse pas la parole quand on les croise dans les magasins ou au parc. Elle dit qu'elle n'aime aucune des mamans de l'école, sûrement parce qu'elles ne l'invitent jamais à leurs déjeuners. Je crois qu'elles sont jalouses de sa beauté et du fait que tous les papas la regardent avec des yeux ridicules de dessin animé qui sortent de la tête à chaque fois qu'elle passe devant eux, surtout à Halloween. Elle se déguise toujours en infirmière ou en chat sexy avant de m'emmener faire le tour du quartier, alors les papas me donnent des bonbons et lui accordent toute leur attention et ça la rend très heureuse comme si c'était elle qui avait un sac rempli de sucreries.

En fait, je crois que les autres mamans n'aiment pas Maman parce qu'elle peut être m'as-tu-vu et aussi une SALE GARCE. Papa l'a déjà appelée comme ça avant, mais elle le méritait à cause de son COMPORTEMENT DÉTESTABLE. Elle se comporte souvent mal, comme quand elle N'ARRIVE PAS À SORTIR DU LIT et reste allongée à pleurer et à regarder les murs pendant plusieurs jours. Ou quand elle fait des trucs encore pires.

Pour l'exercice, j'ai fait vingt sauts de polichinelle puis encore une chorégraphie avec pas mal de pas de danse clac-clac-clac et j'ai chanté :

— *TU SAIS QUI est un cornichon, je voudrais qu'il soit mort pour de bon.*

Clemesta a ouvert la bouche pour dire quelque chose mais Papa est sorti de la douche enroulé dans sa serviette. Il avait le torse mouillé, les poils collés à la peau et son ventre dépassait. Ça s'appelle SE LAISSER ALLER et Maman dit que c'est très mal.

Papa a sorti des vêtements propres et m'a passé un legging et un T-shirt à manches longues strié de bandes rouges dans lequel je ressemble à un sucre d'orge. Des fois, je me lèche le bras quand je le mets, mais j'ai toujours le goût d'un être humain.

— Celui-là, je l'adore. Tu as bien fait de le prendre.

— Ça me fait plaisir.

— Tu n'as pas oublié ma brosse à dents ?

Papa l'a sortie du sac, ainsi qu'un tube de Crest.

— En fait, j'aurais bien voulu que tu l'oublies. Comme ça, j'en aurais eu une nouvelle. Parce que les poils de celle-ci sont très vieux. Genre cent ans.

Papa a jeté un œil par la fenêtre.

— On va en acheter une neuve.

— Tu as ma brosse à cheveux ?

— Euh, je ne l'ai pas trouvée.

J'ai haussé les épaules.

— Des fois, j'oublie de la ranger. On peut en acheter une autre.

Je suis allée me brosser les dents et me coiffer. Je me suis servi de mes doigts comme d'un peigne, j'ai attaché mes cheveux avant de les défaire à nouveau.

Quand je suis sortie de la salle de bains, Papa observait toujours par la fenêtre les voitures sur le parking. Il a regardé son téléphone et l'a glissé dans sa poche.

— On y va, a-t-il dit.

En bas à l'accueil, la dame à la peau laiteuse nous a demandé si nous avions apprécié notre séjour.

— C'était exquis, ai-je affirmé, et elle m'a fait un grand sourire.

Papa a oublié de dire merci et au revoir, ce qu'il est bébête !

— Il est mal élevé, a déclaré Clemesta.

— Il a juste oublié. Des fois, les adultes, ils ont une passoire à la place de la tête qui laisse s'échapper tout ce dont ils devaient se rappeler. C'est certainement à cause du stress.

Papa a sorti la voiture du parking et on a roulé dans la rue principale. La ville avait l'air bizarre, comme les vieilles villes des temps anciens dans les films et pas du tout comme chez nous. Papa m'a demandé d'ouvrir l'œil pour repérer un endroit où manger alors quand j'ai vu un panneau The Hop Inn, j'ai crié « Stop ! ». À l'entrée, il y avait un drapeau américain à côté d'un nain de jardin coiffé d'un chapeau rouge qui faisait des pancakes. Ce n'étaient pas les vrais pancakes que les gens allaient manger, c'étaient ceux pour les nains. Les pancakes pour les humains étaient préparés à l'intérieur.

On a choisi une table près de la vitre pour pouvoir regarder dans la rue. J'ai laissé la place avec la meilleure vue à Clemesta parce qu'elle aime observer les gens et rester à l'affût, comme ça elle veille sur moi et peut m'avertir en cas de danger. Généralement, elle s'en sort très bien.

La serveuse est venue à notre table et nous a donné un menu à chacun. Elle s'appelait Bethany. Elle avait les cheveux de la couleur du ketchup et un joli bracelet de petits coquillages blancs, et elle sentait le parfum à la framboise. J'ai bien apprécié qu'elle m'ait donné mon propre menu, au lieu de croire que j'étais un bébé qui avait besoin de quelqu'un pour le lui lire. Elle avait dû voir que j'avais le cerveau bien développé et bien hydraté.

— Vous êtes de passage ?

— Nous sommes partis à l'aventure, lui ai-je expliqué.

— À l'aventure ? Eh bien, tu as de la chance, jeune fille.

J'ai fait un grand sourie à l'intention de Papa pour qu'il sache à quel point j'étais contente d'être avec lui. Comme il lisait le menu, il n'a rien vu.

Sa cafetière métallisée à la main, Bethany a rempli la tasse de Papa avant de prendre notre commande : deux FORMULES DE LA MAISON composées de pancakes au babeurre et aux pépites de chocolat.

— Excellent choix, a relevé Bethany.

Papa a sorti son téléphone de sa poche pour étudier une carte. Il l'agrandissait de plus en plus avec les doigts et en fait, c'est pas une manipulation très compliquée quand tu sais comment faire. Maman me laisse jouer sur son téléphone quand on se rend à Manhattan lors de déplacements TOP SECRET. D'habitude, elle n'aime pas que je le tripote, mais ces jours-là elle me laisse faire ce que je veux jusqu'à ce qu'on rentre. Ça s'appelle de la CORRUPTION : ça veut dire que j'ai droit à quelque chose de chouette et en échange, je dois LA FERMER et garder le secret dans la BOÎTE ULTRASECRÈTE.

— Nous sommes deux comploteuses, toi et moi, dit Maman.

On jure, croix de bois, croix de fer, et Maman s'esclaffe, « Oh, les vilaines ! ».

Je n'aime pas être vilaine mais Maman s'en fiche, et c'est une autre raison pour laquelle elle se fait traiter de SALE GARCE.

Papa se concentrait sur la carte, mais je ne voyais pas grand-chose. J'ai plongé mon doigt dans le sucre et j'ai léché la poudre blanche. Papa a regardé les informations sur son téléphone, en faisant défiler les mots très vite.

— Où est-ce qu'on va ? ai-je demandé.

— Tu verras.

— Mais c'est où ?

— Euh, en Virginie.

— Mais c'est encore un autre État !

— Ouais. Parce qu'on vit une véritable aventure. On ne se contente pas de traverser la rue.

J'étais très excitée alors j'ai commencé à remuer sur ma banquette et j'ai regardé tout autour de nous les gens qui ne vivaient pas une aventure. Papa a bu son café, ce qui d'habitude le rend de bonne humeur, mais pas cette fois. Il avait encore l'air très fatigué.

Bethany est arrivée en tenant en équilibre deux assiettes remplies de pancakes et deux petits pots en argent contenant du sirop d'érable.

— Tu es très forte en équilibre, lui ai-je dit. Comment est-ce que tu as appris ?

Bethany a fait un drôle de grognement avec la bouche.

— Eh bien, ma chérie, ça fait vingt ans que je fais ça, alors tu vois !

— C'est trop bien ! me suis-je exclamée, mais elle ne souriait pas quand elle s'est éloignée de nous.

— La Virginie, a dit Clemesta. C'est très loin.

— Oui, c'est ça de partir à l'aventure.

Elle a pris un air renfrogné.

— Pourquoi est-ce qu'on ne vit pas une aventure plus près de chez nous ? À Long Island, par exemple.

— Parce que ce n'est pas le meilleur endroit au monde, de toute évidence. Tiens, mange des pancakes.

Clemesta a secoué la tête.

— Je fais attention à ma ligne.

J'ai mélangé le sirop et le beurre fouetté pour faire une sauce spéciale. Les pancakes étaient délicieux.

Papa engloutissait les siens par grosses bouchées et il a fini avant moi. Il a encore bu du café.

Me rappelant les conseils incessants de Maman, j'essayais de manger COMME UNE VRAIE DEMOISELLE, délicatement et avec la bouche fermée. Si elle avait été là, je n'aurais pas eu le droit de commander des pancakes parce qu'elle est obsédée par la nourriture saine et déteste me voir avaler des choses qui font grossir. Elle s'inquiète déjà pour ma ligne parce que je ne suis pas toute maigrichonne comme elle. Je suis un peu molle, comme de la guimauve. Elle dit que L'OBÉSITÉ INFANTILE est un VÉRITABLE FLÉAU dans le pays et que personne n'est attiré par les grosses, alors elles restent seules et tristes toute leur vie. Je ne veux pas que ça m'arrive. Je veux être comme Maman, elle n'est jamais seule vu comment elle est belle.

J'aimerais bien être moins enveloppée mais c'est très dur de faire tout le temps attention à tout, de ne pas prendre de dessert et de dire non aux bonbons quand les autres enfants mangent ce qu'ils veulent. Dans la baignoire, mon ventre fait trois petits bourrelets et mes cuisses sont un peu grosses. Clemesta dit que ça n'a pas d'importance, qu'il vaut mieux être une guimauve au grand cœur qu'une grande tige au cœur noir. Maman dit qu'il suffit d'un peu de DISCIPLINE, comme quand je lui ai offert un cookie que j'avais préparé à l'école spécialement pour la fête des Mères et qu'elle a secoué la tête tout en déclarant, « Vraiment, Dolly, tu sais que je ne mange pas de sucre ». Elle l'a directement jeté à la poubelle et j'ai essayé de ne pas pleurer alors que j'étais triste. Plus tard, quand elle a été dans son bain, je suis retournée le chercher et je l'ai mangé toute seule. Il était tendre, sucré et délicieux.

Maman passe beaucoup de temps à entretenir sa beauté, mais je n'ai pas hérité de sa discipline ; ni de sa silhouette et de ses cheveux, d'ailleurs. Il y a des jours où Maman oublie la discipline elle aussi, ceux où elle N'ARRIVE PAS À SORTIR DU LIT, mais aussi les super journées avec maman quand elle dit « Ras le bol de tout ça » et passe son temps à nettoyer la maison de fond en comble et à cuisiner ses célèbres macaronis qu'on mange assises sur la moquette, directement dans le plat. Ces jours-là, elle porte un pantalon de survêt, ne se maquille pas et on a le droit de faire de la pâtisserie, parce qu'elle ne déteste plus le sucre. Alors on prépare des petits gâteaux que je décore avec du glaçage et des vermicelles, et Maman dit, « C'est génial, non ? » et je réponds, « Carrément », puis on lèche le sucre collé sur nos lèvres.

Des fois ces jours-là, Maman me regarde et me caresse la joue en disant, « Dolly, je crois qu'être ta mère est le meilleur travail qui existe ». Alors c'est comme si mon cœur allait exploser et je souhaite qu'elle reste la meilleure maman pour toujours. Mais ça ne marche jamais.

En ce moment, c'est la pire des mamans. C'est le contraire de la meilleure maman et elle devrait être renvoyée de son métier de maman ou sévèrement punie. C'est pas gentil, mais des fois ce n'est pas grave d'être méchante juste pour un petit moment tant que tu redeviens gentille une fois que l'autre a compris la leçon. Comme quand tu as été PUNIE AU COIN et que tu reviens à ta place, les yeux qui disent pardon, le cœur REPENTI.

J'ai planté ma fourchette dans le dernier pancake de mon assiette.

— Ne me fais pas grossir, l'ai-je supplié avant de l'enfourner dans ma bouche.

Bethany est venue avec sa cafetière et a resservi Papa. Il buvait du café comme si c'était de l'eau et qu'il avait besoin de huit tasses pour son cerveau.

— Ça a été ? a demandé Bethany.

— C'était succulent, ai-je déclaré.

Elle m'a souri et j'ai vu qu'elle avait des fossettes dans les joues. J'ai toujours souhaité en avoir, alors des fois j'essaie de m'en faire en m'enfonçant les doigts profondément dans la peau pour laisser des marques. Elles finissent toujours par disparaître sauf si on naît comme ça, mais ça n'arrive qu'aux gens très chanceux. Ils restent adorables toute leur vie, pas seulement jusqu'à sept ans quand soudain tout le monde te dit que tu es assez âgée pour tout comprendre, alors ARRÊTE D'ÊTRE UN BÉBÉ s'il te plaît.

Papa a demandé l'addition à Bethany et a encore oublié les mots magiques *s'il vous plaît* et *merci*.

Clemesta a levé les yeux au ciel.

— C'est pas si dur à se rappeler.

— Oui, il n'aura pas de bon point sur son tableau pour ses bonnes manières. Juste un parce qu'il conduit bien la voiture, ai-je précisé.

Quand on est retournés à la Jeep, Papa a oublié de me tenir la main, mais je ne lui ai pas fait remarquer parce que mes mains étaient toutes graisseuses à cause du sirop d'érable et je ne voulais pas qu'il me dise d'aller les laver. Le nain des pancakes a touché le bord de son chapeau quand on est passés devant lui. Il m'a dit qu'il s'appelait Gerhard et qu'il était venu d'Allemagne en bateau.

— *Auf Wiedersehen*, lui ai-je lancé.

J'ai appris ça dans un film.

Papa s'est arrêté à un distributeur automatique proche de la voiture, et je l'ai regardé mettre encore des billets dans sa poche. Clemesta a fait les gros yeux et j'ai haussé les épaules.

— Peut-être qu'en fait, on est riches.

Avant que Papa démarre, j'ai installé confortablement Clemesta sur la banquette arrière, la tête orientée vers la vitre.

— On a gagné au loto ? ai-je demandé.

— Hein ?

— Hier, c'était samedi. On a tiré le billet gagnant ?

Papa a secoué la tête.

— J'ai pas joué.

— Mais tu n'arrêtes pas de tirer de l'argent. Je pensais qu'on avait gagné.

Papa a ri.

— Non, ma chérie.

— Ah bon. Eh bien j'espère qu'on est pas passés à côté de notre jour de chance.

Papa achète son BILLET DE LOTERIE GAGNANT ON TOUCHE DU BOIS à M. Abdul tous les samedis. On choisit toujours les mêmes numéros et on embrasse le billet, puis on fait une liste de tout ce qu'on achètera quand on aura remporté le gros lot. Si Papa me paie une barre chocolatée, je dois la finir avant de rentrer à la maison pour éviter que Maman s'énerve. Des fois, je choisis plutôt un jouet à 50 cents dans une machine, parce qu'un jouet ne fait pas grossir. Maman dit que les billets de loterie sont une dépense inutile, mais elle gaspille bien plus d'argent. Enfin, quand Papa va gagner, elle n'aura plus aucune raison de se plaindre, de lui crier SOIS UN HOMME et d'être la pire des mamans.

Il y a un truc qui marche bien quand Maman devient la pire des mamans, c'est disparaître par magie. Je ferme les yeux et elle s'en va, alors je dis, « Tu n'es plus là et je suis ailleurs. Je vais te manquer, tu vas pleurer et t'en vouloir de m'avoir fait partir. »

— Peut-être que c'est Maman qui a disparu cette fois-ci, a avancé Clemesta. Elle avait fait son sac. Tu te rappelles, on l'a trouvé caché au fond de la penderie ?

— C'était pour son week-end entre copines avec Rita.

Clemesta a fait une grimace.

— T'es sûre ?

— Ouais. Sûre et certaine.

Papa a pianoté sur son téléphone pour que la dame lui dise où tourner. Sa voix était très amicale, elle devait être belle.

— On va encore rouler toute la journée ?

Papa m'a regardée.

— Parce que c'est pas très amusant.

Je me suis mordu les lèvres. Je ne voulais pas que Papa s'énerve ou pense que je suis ingrate.

— Et si on faisait les magasins ? a-t-il proposé. Ça serait sympa.

— Ouais.

J'ai regardé par la vitre. Ça manquait de maisons et de gens partout, contrairement à chez nous où on ne peut pas faire un mètre sans foncer dans quelqu'un. Il y en a même certains qui ne disent pas pardon.

— Où sont les gens ? ai-je demandé.

Clemesta a haussé les épaules.

— Ils sont peut-être partis.

— Partis où ?

— Je ne sais pas. Au Mexique. Ou de l'autre côté des océans.

— J'aime bien notre océan, ai-je dit.

— Moi aussi.

— Il s'appelle l'Atlantique nord.

— Je sais. Je me rappelle que Mlle Ellis nous l'a appris.

— De l'autre côté du pays, ils ont l'océan Pacifique. Il est plus chaud pour se baigner, mais nous on a des animaux marins plus amicaux.

Clemesta a acquiescé.

— L'autre côté du pays, c'est là où vit TU SAIS QUI. À Los Angeles.

— Ne dis pas son nom, ai-je prévenu. Ça me donne envie de vomir.

J'ai croisé les bras et regardé Papa. Il est brun comme moi, à part sur le haut du crâne où ses cheveux aiment bien partir se cacher dans le siphon de la douche. Je suis toujours triste quand je regarde Papa à cet endroit. Des fois, je suis triste quand je le regarde tout entier, parce qu'avant il souriait sans arrêt et que maintenant, il ne le fait presque jamais. Un jour, j'ai vu une vidéo du temps où il vivait en Floride et travaillait comme courtier en hypothèques. Je ne sais pas en quoi ça consiste, mais Maman dit que c'était un bien meilleur travail qu'à Value Motors. Elle prétend que ce qu'il fait maintenant est INDIGNE DE LUI et HUMILIANT, quoi que ça veuille dire. Bref, dans la vidéo, Papa riait beaucoup, il débouchait une bouteille de champagne en souriant pour porter un toast et il avait l'air très élégant. Tonton Joshua était présent et Maman était à côté de lui dans une belle robe flottante rouge. Ils faisaient la fête sur un yacht avec tous leurs amis et tout le monde avait l'air vraiment très heureux, comme s'ils étaient dans un film ou dans une émission de téléréalité.

Papa et Maman ne ressemblent plus à ça maintenant, et Tonton Joshua ne ressemble plus à rien parce qu'il est mort. En fait, toute la famille de Papa est morte et c'est bien dommage parce que ça veut dire que je n'ai pas beaucoup de cadeaux à Noël ou à mon anniversaire. Peut-être que s'ils étaient encore vivants, j'aurais déjà ma boîte à bijoux et le grand hôtel Lego que Savannah a reçu par la poste de la part de son tonton Richie.

J'ai tiré les petites peaux autour de mes ongles. Maman dit que c'est une mauvaise habitude, comme se ronger les ongles et se curer le nez. Des fois, je m'en moque, ou bien j'oublie. Clemesta se ronge les sabots elle aussi, mais seulement quand elle a les nerfs en pelote. Elle devrait peut-être prendre les petits cachets blancs que Maman avale après le petit déjeuner.

J'ai à nouveau touché ma dent qui bouge et j'ai senti le goût du sirop d'érable sur mes doigts.

Papa s'est engagé dans la bretelle suivante puis s'est garé sur le parking d'un Walmart. Au moment où on sortait de la Jeep, une ambulance est arrivée en crissant des pneus avant de s'arrêter juste derrière nous. Deux hommes sont sortis à toute allure par la porte arrière du véhicule et ont disparu dans l'allée derrière le magasin.

— Je me demande qui ils sont venus sauver, ai-je dit. Peut-être une autre maman lionne avec un lionceau coincé dans le ventre ?

Papa m'a serré la main.

À l'intérieur, le Walmart faisait la taille d'une ville entière et il était très lumineux, comme éclairé par le soleil.

— Prends tout ce dont tu as besoin, a dit Papa.

— Juste pour aujourd'hui ?

— Pour quelques jours.

— Des jouets aussi ?

— Tout ce que tu veux. Fais-toi plaisir.

J'ai regardé partout dans les allées mais en fait, il n'y avait pas grand-chose à acheter. Le magasin était plein de grandes affiches rouges MOITIÉ PRIX, LIQUIDATION et DÉSTOCKAGE, et beaucoup de rayons étaient vides.

Papa est parti chercher ce qu'il avait oublié d'emporter avec lui, et j'ai regardé les vêtements pour filles. J'ai attrapé un tutu de danse classique violet que j'ai enfilé. Je n'ai pas trouvé de miroir pour voir à quoi je ressemblais. Je l'ai retiré et je suis partie chercher ce dont j'avais encore besoin. J'ai parcouru les allées à moitié vides dans tous les sens. Bientôt le magasin tout entier allait être liquidé et ça ne serait plus possible d'acheter quoi que ce soit.

Je suis passée devant l'allée des livres et des magazines. Un monsieur avec un grand manteau vert tenait une revue qui s'appelait *Concealed Carry*. Il y avait un pistolet sur la couverture et le monsieur a fermé les yeux avant de se gratter avec le magazine, juste à côté du zizi. Je me suis éloignée en courant. J'aurais aimé que Papa ne me laisse pas toute seule.

J'ai découvert un autre rayon de vêtements. J'ai pris des sous-vêtements, un short blanc, une robe à motifs de flamants roses, des chaussures blanches qui ressemblent à des escarpins pointus d'adulte et un pyjama violet sur la poche duquel est écrit « Bonne nuit ». J'ai trouvé une lampe électrique pour les situations d'urgence et je l'ai ajoutée à ma pile de courses. Dans le rayon jouets, j'ai choisi une boîte de crayons de couleur, un cahier à dessin, un peigne rose pour Clemesta, une nouvelle brosse à dents pailletée, une brosse à cheveux pour rester impeccable et une boîte de craies pour écrire par terre parce que ça faisait longtemps que j'avais envie d'essayer.

Je ne voulais pas être pourrie-gâtée comme Lina dans ma classe. Sa maman lui achète tout ce qu'elle veut et elle a 200 dollars d'argent de poche par semaine. Peut-être que c'est 200 dollars par mois, mais c'est quand même une enfant gâtée et une frimeuse, et un jour je l'ai fait pleurer en lui disant que ses nouvelles baskets étaient nulles. Au fond, c'était seulement parce que j'étais jalouse. Je n'ai jamais droit à de nouvelles baskets, seulement aux anciennes paires de ma voisine Caleigh qui a huit ans. Quand elle devient trop grande pour ses vêtements, sa maman en fait des paquets et les passe à la mienne. Maman me les donne à son tour et dit, « Tu vois ? Tu as tout ce dont tu as besoin », puis le lendemain elle rentre à la maison avec des sacs de fringues neuves pour elle, même si sa penderie est déjà pleine de belles robes brillantes enveloppées dans du plastique pour éviter qu'elles se salissent. Ce sont les vêtements qu'elle portait en Floride du temps où elle se rendait sans cesse à des fêtes. Mais avec Papa, ils ne vont plus dans des endroits chics maintenant, alors les robes restent dans la penderie. Elle va les chercher les jours où elle N'ARRIVE PAS À SORTIR DU LIT parce qu'elle aime en enfiler une et pleurer.

En fait, Maman achète beaucoup de nouveaux vêtements mais la plupart du temps, elle les retourne après les avoir enfilés à la maison pour prendre une photo d'elle dedans comme si c'étaient les siens. Certains magasins ne veulent pas les reprendre, alors elle doit les cacher pour que Papa ne la gronde pas, parce qu'elle est IRRESPONSABLE et DÉLIRANTE. Ce sont aussi de vilains mots, et ses vêtements sont un autre secret que je dois garder dans ma BOÎTE ULTRASECRÈTE.

Bref, j'ai été très responsable et j'ai arrêté de remplir mon panier. J'ai retrouvé Papa qui m'attendait au début de la queue.

— J'ai fini, ai-je dit.

Il avait choisi des trucs pour lui, du déodorant en stick, un lot de caleçons bleu marine et une chemise à carreaux.

— Tu aurais pu prendre ça à la maison. On aurait pas eu à les racheter.

Papa s'est frotté le visage comme s'il voulait nettoyer une tache invisible.

— J'aurais dû m'occuper de nos bagages, ai-je continué. Je suis douée pour faire des listes. Après j'aurais mis des croix devant ce qu'on avait et ça aurait été très efficace.

La caissière nous a salués et j'ai vu qu'il lui manquait deux dents de devant.

Papa a mis les courses sur le tapis. Ça faisait un gros tas.

— Nous sommes partis à l'aventure, ai-je indiqué au cas où elle se demanderait pourquoi on avait besoin de tant de choses neuves, et pour pas qu'elle s'imagine qu'on était pourris-gâtés.

Papa a pris un pack de six bouteilles d'eau, des bonbons à la menthe et une boîte d'aspirines. Il a tout payé avec des billets qu'il a sortis de son jean. La caissière a bâillé et j'ai vu qu'il lui manquait aussi des dents du fond. J'imagine que Michel le Microbe les a toutes mangées. Des fois, il est vraiment trop glouton. C'est sûr qu'il doit être obèse.

Quand on est arrivés à la voiture, Papa a rangé les sacs dans le coffre.

— Qu'est-ce qu'on fait maintenant ? ai-je demandé.

— Maintenant, on roule.

— Oh ! Pour combien de temps ?

— Assez longtemps.

— On va loin ?

— Pas mal, oui.

— C'est bien. J'aime être loin de la maison. Et de Maman aussi.

Papa n'a rien dit. Il a fermé le coffre et s'est installé derrière le volant.

On a pris à gauche, à droite puis encore à gauche en sortant du parking et alors on a été de retour sur Mme l'Autoroute 81, en direction du sud.

Je me suis enfoncée dans la banquette pour regarder par la vitre. J'ai vu un panneau sur lequel était écrit : LE MARYLAND VOUS SOUHAITE LA BIENVENUE, puis un autre qui disait : BIENVENUE EN VIRGINIE-OCCIDENTALE, et ça faisait deux États de plus à rayer de notre liste. C'était une belle journée ensoleillée avec un ciel bleu et il y avait des arbres le long de la route, rien que des arbres. Pas seulement quelques arbres marronnasses-qui-deviennent-un-peu-verts comme ceux de notre rue à la maison, mais des arbres ultraverts ou bien recouverts de fleurs violettes, ou encore d'un orange flamboyant. Ils avaient revêtu leurs couleurs printanières. J'ai baissé la vitre car ça fait du bien de respirer l'air frais, et j'avais envie de m'en remplir les poumons.

— Je suis contente de ne pas être à la maison aujourd'hui, ai-je dit. C'est nul là-bas.

C'est seulement à moitié vrai. En fait, notre maison est trop mignonne. Il y a beaucoup de pièces, un sous-sol et un jardin, plein d'endroits où se cacher et surtout ma chambre, dans laquelle se trouvent toutes mes affaires : mes créations personnelles, une penderie pleine de vêtements et mon attrape-rêves accroché à la fenêtre, mes Lego pour faire des constructions, ma maison de poupées par terre et un faux micro pour jouer à *L'Amérique a du talent*, l'émission préférée de maman car elle aime bien chanter et gagner des concours amateurs. Elle aime être la meilleure et elle a même accroché au miroir de sa penderie une liste de phrases imprimées sur une feuille qu'elle lit tous les jours à haute voix pour que sa vie devienne parfaite. Par exemple « Je suis belle et talentueuse » ou « Je possède argent, pouvoir et joie en abondance » ou encore « Je suis une actrice accomplie ». C'est un peu prétentieux, mais peut-être que ça marche. Comme les autres phrases qu'elle dit à haute voix pour avoir du style et faire en sorte que son accent du Queens ne revienne pas. Sinon ça risquerait de l'empêcher de trouver un rôle.

Chez nous, c'est la maison dans laquelle Maman a grandi quand elle était petite fille comme moi. Elle y a vécu toute son enfance jusqu'à ce qu'elle passe son bac et s'installe à Hollywood pour devenir une star, puis déménage en Floride pour être une épouse. Après que la société de prêts hypothécaires de Papa s'est EFFONDRÉE et que Maman est tombée enceinte de moi, ils sont revenus vivre dans le Queens avec Papi, le papa de Maman. Tommy Marsden, un copain de Papi, a trouvé un poste pour Papa à Value

Motors censé durer le temps qu'il REMONTE LA PENTE mais c'est devenu son nouveau métier.

Maman dit qu'elle ne voulait pas emménager là où elle était née parce qu'elle répétait toujours PLUTÔT MOURIR que de vivre à nouveau dans le Queens. Elle aimait sa vie dans leur belle maison luxueuse de Floride avec la piscine, la femme de ménage et toute une penderie pleine de beaux vêtements. Elle aimait ses amis là-bas et leurs fêtes, mais aussi partir en voyage en Italie l'été et à Aspen en hiver, mais surtout, elle aimait Papa parce qu'il avait réussi, qu'il était riche et heureux. D'après elle, c'était son destin parce qu'il travaillait dur et qu'il était parti de rien, et que c'est ça, être un vrai gagnant.

Des fois, ça rend Maman tellement en colère de vivre dans son ancienne maison qu'elle lance des objets contre les murs, claque les portes ou fond en larmes sans raison. Je lui dis « C'est une jolie maison », mais elle continue de sangloter.

Certains jours, après la sortie de l'école, on marche dans Socrates Park, un jardin public qui se trouve sur le bord de l'eau. Maman s'arrête sur la berge et regarde Manhattan de l'autre côté du fleuve, la larme à l'œil.

— Je ne suis jamais au bon endroit, Dolly. Toute ma vie, je suis restée coincée ici et il n'y a pas moyen d'en sortir.

Je ne sais pas quoi répondre.

Je me sens écrasée quand je pense à tout ce qui va mal, comme quand on est frappé d'un mauvais sort qui apporte la malédiction. Maman détestait vivre avec Papi et disait que c'était un VIEUX SALOPARD. Certainement parce qu'il était en colère après elle. Il voulait qu'elle soit intelligente et devienne médecin ou avocate, mais en fait elle était juste belle. Il la regardait toujours en secouant la tête avant de dire quelque chose d'une voix triste en bulgare. Tout a l'air triste dans cette langue étrange, mais il était vraiment contrarié parce qu'elle l'avait déçu.

Moi, ça ne me gênait pas de vivre avec Papi. Il ne faisait pas grand-chose à part rester assis toute la journée devant la télé, boire des bières et sentir mauvais, mais si tu ne te mettais pas en travers de son chemin, ça allait. Il m'agaçait juste quand il disait, « J'espère que tu n'as pas hérité de la cervelle de moineau de ta mère », et puis, « Arrête de parler à ce cheval idiot, gamine ». À cause de ça, Clemesta lui a jeté un sort et rapidement, il est allé à l'hospice à cause d'une maladie qui ronge le cerveau et six mois plus tard, il était mort et maintenant il est sous terre au cimetière à côté de la maman de Maman, ma mamie, qui est morte avant ma naissance.

On leur rend visite parfois en apportant des pivoines blanches pour Mamie parce que c'était ses fleurs préférées de son vivant. On ne prend rien pour Papi parce qu'on ne doit pas pouvoir donner de la bière aux morts.

Par la vitre, j'ai vu un million de drapeaux américains. Ils étaient partout, enfoncés dans le sol, flottant à des mâts ou peints sur des bâtiments, destinés à rappeler aux gens dans quel pays ils se trouvaient. Clemesta et moi, on a inventé un jeu pour passer le temps. Il fallait crier « DRAPEAU ! » quand on en voyait un et on gagnait des points supplémentaires s'il était particulièrement grand ou s'il y en avait deux, l'un à côté de l'autre. On en a dénombré trente-deux en moins d'une heure. Papa n'a pas joué, je lui avais pourtant expliqué les règles très clairement.

On est passés devant une grande étendue d'arbres et j'ai vu des pommes qui pendaient aux branches.

— Les pommes rouges sont mes deuxièmes préférées, après les vertes dont l'acidité me fait saliver par avance. Les pommes vertes s'appellent des GRANNY SMITH, ça veut dire Mamie Smith, et c'est le nom de la vieille dame qui les cultivait. Regarde, comme ça. Regarde mon visage. Ça se voit que j'en ai l'eau à la bouche rien que d'y penser.

Papa m'a regardée puis il a reposé les yeux sur la route. Il était très concentré alors il n'a pas pu me parler de ses pommes préférées.

On a dépassé une rangée de maisons, certaines d'entre elles étaient luxueuses, comme dans une série où vivrait une joyeuse famille nombreuse, mais d'autres semblaient tomber en ruine, avec leur perron cassé et leurs fenêtres brisées. Aucune de ces maisons ne ressemblait à celles de chez nous.

J'ai fait coucou à des chevaux et à des vaches, mais Clemesta déteste les autres chevaux alors elle ne saluait que les vaches et les chiens. Elle dit que les autres chevaux ne croient pas qu'elle est une merveilleuse reine cheval. Ils pensent qu'elle invente des histoires et ils se moquent d'elle. C'est pour ça qu'elle les déteste et qu'elle ne veut même pas leur dire bonjour.

— Papa ! Je m'ennuie tellement que je crois que je vais devenir folle.

J'avais pris ma voix de pleurnicheuse, même si personne n'aime les pleurnicheuses. Je ne pouvais pas m'en empêcher.

— Il faut que je m'étire les jambes. En plus, j'ai un torticolis à force de regarder tout le temps par la vitre.

J'ai donné des coups de pied pour faire circuler le sang. J'avais des fourmis dans les jambes.

— En fait, ça me tire encore dans les os. Ça veut dire que je fais une poussée de croissance. Je parie que je vais être aussi grande que Maman.

J'ai fermé les yeux pour faire un vœu. *Grande et belle*, ai-je dit. Pour faire un souhait, il faut que ta voix reste dans ta tête et que personne d'autre ne l'entende parce que si c'est le cas, ça porte malheur et ton souhait ne se réalise pas. *Grande et belle, grande et belle*, ai-je répété. Ça rendrait Maman heureuse et alors elle n'aurait pas à faire l'autre truc.

J'ai regardé la tête de papa. Elle ne bougeait pas. J'ai soupiré et croisé les bras, puis j'ai encore poussé un soupir.

— Tu as dit qu'on était censés s'amuser.

Papa s'est frotté les yeux et a regardé l'heure.

— Désolé, Doll. Tu as raison. On devrait s'amuser.

— Ouais.

— Je vais me garer dès que possible. On va trouver un endroit.

— Un endroit amusant.

— D'accord.

Clemesta et moi, on a recommencé à compter les drapeaux pour faire passer le temps.

Les drapeaux sont PATRIOTIQUES, ça signifie que tout le monde aime beaucoup l'Amérique, comme Papi qui disait tout le temps, « L'Amérique est le plus grand pays du monde ». Avec Mamie, ils sont arrivés en Amérique parce que là où ils habitaient, c'était plein de méchants qui ont chassé le papa de Papi de sa grande maison et qui lui ont pris tout son argent, volé son travail et lui ont rien laissé, même pas la montre qu'il portait au poignet. Quand Papi a eu vingt-cinq ans, il a rencontré Mamie au cinéma et il lui a dit « Je t'aime, allons en Amérique », alors ils ont économisé tout l'argent qu'ils ont pu trouver jusqu'à ce qu'ils aient assez pour faire le voyage.

En Amérique, Papi a travaillé dans une boulangerie alors qu'en fait c'était un très bon ingénieur. Il a appris l'anglais et le matin, il buvait une bouteille de Coca-Cola au petit déjeuner. Il embrassait le sol tous les jours tellement il était content de ne plus vivre en Bulgarie. Il devait avoir des crottes de souris plein la bouche à la fin, mais il s'en fichait.

Papa regardait sans arrêt par sa vitre, mais on ne passait que devant des drapeaux et des églises. Clemesta et moi, on a inventé un nouveau jeu où il fallait lire très vite les noms des églises qu'on croisait à toute allure.

LES ACTEURS DU CHRIST.

ÉGLISE DE DIEU : MANIPULATEURS DE SERPENTS.

LE GOSPEL DU SAUVEUR DE SA FAMILLE.

Si on n'avait pas tous les mots, on ne marquait aucun point.

Je gagnais mais Clemesta n'était pas énervée car elle n'est pas mauvaise perdante.

Papa s'est arrêté à une station-service. Elle s'appelait Liberty et il y avait un drapeau sur la façade. Son toit était également peint aux couleurs du drapeau américain.

— Ça fait deux points, ai-je indiqué à Clemesta. Mais je vais les partager avec toi, comme ça ça fait un point chacune.

— Dolly, tu es vraiment trop gentille, a-t-elle déclaré.

— Oui, c'est pour la Semaine de la gentillesse.

Le parking était grand et désert. Il y avait une partie réservée aux camions, mais elle était vide. De l'autre côté se trouvait un restaurant, mais on aurait dit qu'il n'y avait personne à l'intérieur.

— Pourquoi est-ce qu'on s'arrête ici ? ai-je demandé.

Papa a ouvert le coffre et a fouillé dans nos sacs Walmart.

— Eh bien, il n'y a rien à des kilomètres à la ronde, alors...

Il a sorti mes bâtons de craie neufs et a pris la boîte avec lui.

— On va faire nos propres jeux pour le moment.

Je l'ai suivi des yeux avant de lui emboîter le pas. Il a traversé le parking puis il s'est baissé pour dessiner à la craie.

— Tu fais une marelle ! J'adore la marelle.

— Vas-y alors, a dit Papa. Voyons voir comment tu te débrouilles.

J'ai sauté à cloche-pied, un peu déséquilibrée, et sauté encore. Papa a regardé, je suis revenue dans l'autre sens, alors il a pris son téléphone pour lire quelque chose dessus.

— Pourquoi est-ce que tu regardes sans arrêt les informations ?

— Je sais pas. Au cas où il arriverait quelque chose.

— Comme quoi ?

Papa a haussé les épaules.

— Certainement quelque chose de mauvais, ai-je dit.

J'ai sauté deux fois de plus en chancelant, une autre fois d'un pas plus assuré, puis je me suis arrêtée.

— À ton tour !

J'ai regardé Papa sauter. Il a failli tomber, mais il s'est redressé en s'aidant de ses bras.

— Tu es meilleur que moi, ai-je constaté. Mais je suis plus rapide. On va faire un autre jeu. Comme une course d'obstacles. Tu dois, heu… dessiner des symboles. Ils sont tous différents et je dois faire le bon mouvement. Par exemple, un cercle, c'est un saut de polichinelle, et une étoile c'est un tour sur soi. Non, en fait ça devrait être le contraire.

Papa s'est accroupi pour faire des marques à la craie. Il s'est essuyé les mains sur son jean et a plissé les yeux à cause du soleil. Il transpirait dans sa chemise, sous les aisselles et dans le dos. Je me suis mise à genoux pour dessiner un cœur à la craie rose. C'était pour une pirouette, parce que j'aime tellement la danse classique. J'ai essuyé mon front qui était tout collant, puis j'ai inventé des mouvements pour le reste de mes dessins. Arrivée à la croix en X, j'ai fait un saut de grenouille. Je me suis égratigné la peau de la main en atterrissant sur le gravier et le jeu s'est terminé.

— On fait la course maintenant, ai-je proposé. Dessine une ligne de départ et une ligne d'arrivée, on dira À VOS MARQUES, PRÊTS, PARTEZ, et alors on se mettra à courir. Je serai sûrement plus rapide que toi.

Papa a dessiné les lignes pendant que je refaisais mes lacets. Quand je me suis redressée, j'avais la tête qui tournait.

On a fait trois fois la course, j'ai gagné deux fois puis Papa m'a portée à bout de bras et m'a fait tourner en l'air en disant que j'étais une championne. J'ai posé les mains sur sa tête, devant ses yeux.

— J'aimerais tellement qu'on s'amuse tous les jours comme ça.

Papa m'a reposée délicatement au sol.

— Moi aussi, Doll. Moi aussi.

— Pourquoi est-ce qu'on le fait pas alors ?

Du revers de la manche, Papa a épongé la transpiration de son visage.

— Je ne sais pas. Trop de boulot. Trop de…

Il a secoué la tête.

— Parfois, les papas ne sont pas bien intelligents.

— Tu es intelligent ! Tu es le plus intelligent. Comme moi.

Papa a ri.

— Tu veux une glace ? m'a-t-il demandé.

— Pour le déjeuner ?

J'ai ricané parce que nos bêtises rendraient Maman folle de rage.

Papa a ramassé tous les bâtons de craie et les a rangés dans la boîte. J'ai attrapé Clemesta qui attendait sur le bord du trottoir.

Dans le magasin, il y avait un monsieur en short qui avait une vraie jambe et une jambe métallique de robot. Il achetait des bières à la caisse.

— Ne le fixe pas, a chuchoté Papa.

— Qu'est-ce qui lui est arrivé ?

— Il a dû avoir un accident.

— Comme quoi ?

— J'en sais rien.

— Je crois qu'il s'est fait manger la jambe par un requin. Les cuisses, c'est leurs morceaux préférés.

J'ai pris une glace Oreo dans le congélateur et Papa a choisi une glace à l'eau. Quand nous sommes arrivés à la caisse, l'unijambiste était parti. La dame au comptoir a rendu la monnaie à Papa avant de lancer, « Passez une bonne journée ! ».

— Merci, ai-je répondu, mais Papa n'a rien dit.

Je me suis approchée de lui alors qu'on retournait à la voiture.

— Tu n'as pas dit merci. Tu n'arrêtes pas d'oublier.

Papa a froncé les sourcils, puis il a acquiescé.

— Tu as raison, je n'arrête pas d'oublier.

— Pourquoi est-ce que tu oublies tout le temps de dire merci ?

— Je pense que c'est parce que j'ai pas mal de choses en tête.

— Moi aussi. J'ai la tête remplie de choses comme des questions, des informations, des tables de multiplication, l'orthographe de mots difficiles et plein d'autres trucs encore.

— Mais tu n'oublies jamais les bonnes manières.

— Non, mais j'ai le cerveau bien développé, ça doit être pour ça.

Papa a secoué la tête et m'a souri. Ses yeux étaient remplis de millions de cœurs d'amour rien que pour moi. Ma glace était en train de fondre, j'ai essayé de l'empêcher de couler en la léchant.

Papa et moi, on s'est assis sur un carré d'herbes hautes à côté de la Jeep.

— Qu'est-ce qui va arriver à la dame de la caisse quand le Walmart va fermer ? l'ai-je questionné.

Papa a haussé les épaules.

— Elle va certainement perdre son travail.

— Comme toi quand tu as perdu le tien.

— Tout à fait.

— Mais tu en as trouvé un autre. Alors, elle en trouvera un autre elle aussi.

— Peut-être, a dit Papa. J'espère.

Il a regardé les pneus de la Jeep.

Ce n'était pas la faute de Papa quand il a perdu son travail et toute sa boîte. C'était la faute du gros krach qui a tout détruit. Des millions de personnes ont perdu leur emploi, leurs économies et leur maison, et tout le monde a été triste pendant dix ans. Maman dit que C'EST PAS DE CHANCE, mais elle dit aussi qu'il faut savoir mettre toutes les chances de son côté, et c'est pour ça qu'elle se présente à tous les castings, parce qu'on ne sait jamais et que le pays s'est construit sur des coups de chance. J'espère que Papa va bientôt en avoir un autre. Comme ça, il va retrouver le sourire et quand il rentrera du travail, il n'allumera plus la télé et ne sera pas trop fatigué pour jouer avec moi.

— Regarde, ce nuage a la forme d'un diplodocus, me suis-je écriée.

Papa a levé les yeux au ciel.

— Le diplodocus est mon troisième dinosaure préféré après le vélociraptor et le dilophosaure. Tout le monde préfère le tyrannosaure mais en vrai, ils étaient très bêtes et leur cerveau qui était encore plus petit que leurs mains minuscules, il faisait la taille d'un petit pois.

Papa a souri. Il a froissé son emballage de glace pour en faire une boule. Je me suis léché les lèvres pour profiter encore du goût. Papa était silencieux.

— On s'amuse bien, ai-je dit avant de prendre un air renfrogné. Maman n'a même pas encore appelé pour me parler. Elle s'en fiche. Je ne lui manque même pas. Elle ne s'intéresse qu'à ses choses à elle, comme d'habitude.

— C'est pas vrai, Doll, a répliqué Papa d'une voix grave, les yeux débordant de tristesse. Elle profite... elle profite juste d'être avec Rita ce week-end. Parfois... parfois, les mamans ont besoin de se reposer.

— De quoi ?

— Eh bien... de se reposer de moi certainement.

— En tout cas, c'est pas gentil. Et puis, elle m'énerve aussi des fois. Souvent, en fait.

Papa a soupiré. Il a froissé un peu plus l'emballage de sa glace, puis il s'est levé et a étiré les bras au-dessus de la tête. Sa chemise s'est relevée et j'ai vu son ventre poilu en dessous.

— N'approche pas, Monsieur l'Ours, ai-je prévenu.

— Allez. Il est temps de reprendre la route.

— On va toujours à ton endroit ?

— Bien sûr.

— Super.

On est remontés dans la voiture et Papa a accroché son téléphone à son socle. Mon T-shirt était humide, j'ai tiré dessus pour le décoller de ma peau.

— On peut mettre la clim ? Je suis en train de fondre comme un bonhomme de neige.

Papa a tourné le bouton et on est partis.

Clemesta et moi, on s'est remises à regarder par la vitre un moment tandis que Papa écoutait la radio et que la Jeep dévorait la route. Elle semblait interminable.

— Quelle heure il est maintenant ? ai-je demandé à Papa.

J'avais l'impression que des centaines d'heures s'étaient écoulées.

— Trois heures moins le quart.

— On a encore beaucoup de route ?

— Un peu, oui.

— Mais on s'arrête dans combien de temps alors ?

Papa a soupiré.

— Je ne sais pas. Dans un moment.

— Dans quelques minutes ou dans plusieurs heures ?

Papa a posé la main sur son front.

— Bon sang, Dolly, j'en sais rien. Dans un moment. Arrête de me casser les pieds, s'il te plaît.

Il a augmenté le volume de la radio pour que ça devienne impossible de parler.

J'ai fermé la bouche et je me suis cousu les lèvres avec un fil invisible.

— Il essaie de rester concentré, ai-je expliqué à Clemesta. On ne doit pas l'enquiquiner.

Je suis restée immobile mais Clemesta ne tenait pas en place.

— Dolly, j'ai comme un mauvais pressentiment.

— Pourquoi ?

— Je crois que c'est toute cette histoire avec TU SAIS QUI.

— Je ne me souviens de rien.

Elle s'est mordu la lèvre.

— Moi, je crois bien que je me souviens de tout.

— Eh bien, je veux tout oublier de lui. Il a vraiment mauvais fond, et j'aimerais bien qu'il meure d'une crise cardiaque et qu'il tombe raide sur le coup avant que quelqu'un puisse appeler une ambulance pour le sauver. C'est la pire personne au monde et j'exagère même pas. C'est la vérité.

— Je sais, a approuvé Clemesta.

— Je parie qu'il a le corps couvert de verrues, ai-je repris en faisant la grimace.

— Je parie qu'il a des poux et du DIABÈTE.

— C'est quoi ça déjà ?

— C'est quand ton sang se transforme en sucre et que tu dois te faire des piqûres tous les jours.

J'ai observé la tête sympathique de Papa et ses cheveux qui tombent un peu sur le dessus. TU SAIS QUI a les cheveux gris, et il en a beaucoup. Il s'habille tout le temps en costume noir, il sent l'eau de toilette aux fruits et porte une montre en or. Maman le regarde avec de grands yeux ronds.

— Voilà, Dolly, le genre d'homme qu'était ton papa avant.

Eh bien, rien à faire, parce que Papa est plus beau et plus sympa que TU SAIS QUI, même quand il ne dit rien et qu'il est un peu mal luné.

Je l'observais alors qu'il laissait passer son bras par la vitre pour profiter de la brise. Il avait les poils hérissés et la chair de poule. J'ai baissé ma vitre à l'arrière pour faire pareil. Le soleil a dessiné une tache de lumière sur mon bras.

SAINT-PÈRE.

CRACKER BARREL[1].

TEMPLE MÉTHODISTE. SOYEZ TOUS LES BIENVENUS.

MEILLEUR POULET FRIT DE LA RÉGION.

J'ai bâillé.

Papa a changé de station. On est passés devant un camion qui transportait toute une rangée de nouvelles maisons prêtes à être plantées dans le sol comme des fleurs de printemps.

— Comme ça tu peux bouger quand tu veux avec ta maison, ai-je fait remarquer. Comme un escargot ou une tortue.

— Ou un bigorneau, a ajouté Clemesta.

— Tu es la reine de la bonne mémoire. Mais il ne faut pas que ça te rende prétentieuse.

On a roulé, encore et encore. J'ai fait des grimaces à la vitre, mais personne ne me prêtait attention. Dans le rétroviseur, j'ai aussi fait des grimaces pour que Papa lève les yeux. Je me suis enfoncé les doigts dans le nez. J'ai retiré une crotte gluante que j'ai collée sous la banquette.

---

1. Chaîne de restaurants servant de la cuisine traditionnelle du sud des États-Unis. *(N.d.T.)*

— Personne ne la trouvera là, a dit Clemesta. Alors, ce n'est pas dégoûtant.

Je l'ai installée sur mes genoux et j'ai tressé sa crinière pour passer le temps. J'ai aussi voulu me faire une coiffure, mais mes cheveux ne tenaient pas. J'ai essayé de ne pas m'énerver devant mon incompétence.

Je me suis penchée en avant pour parler à l'oreille de Papa.

— Je ne vais pas t'enquiquiner, je suis juste venue te faire coucou.

Papa a souri.

— Je suis désolé, Dolly. Je suis un peu préoccupé aujourd'hui.

— D'accord. Je peux la boucler et jeter la clef, pour ne pas t'embêter.

— Pas la peine.

J'ai regardé les poils noirs qui dépassaient de son col. Ils étaient frisés et humides, j'avais envie de les caresser comme de la fourrure.

— Où est-ce qu'on va dormir ce soir ?

— On va trouver quelque chose.

— Un endroit agréable. Avec un jacuzzi à la place de la baignoire, par exemple. Et un lit en forme de cœur, et des murs en velours. Et des rideaux télécommandés.

— Hum.

— Les rideaux, ça sert à TAMISER la lumière.

— Hum.

Je me suis tue.

Dehors, les couleurs sombres du ciel nous prévenaient qu'il allait bientôt faire nuit, ce qui signifiait que ça serait le DEUXIÈME SOIR loin de la maison. J'étais contente d'avoir une nouvelle brosse à cheveux, un beau pyjama, un sac tout entier d'affaires neuves en fait. J'ai frotté mes yeux fatigués d'avoir lu tous ces panneaux. J'ai certainement besoin de lunettes comme Farrah dans ma classe, mais à chaque fois que je parle de ma vision floue à Maman, elle dit, « Oh non, on ne veut pas que tu sois une binoclarde, Dolly ».

Elle ne m'a pas emmenée me faire examiner les yeux, même si Mlle Ellis nous l'avait recommandé. C'est certainement parce que Maman ne pense pas qu'il soit indispensable d'être intelligent, alors elle s'en fiche que je doive plisser les yeux pour lire le tableau.

Papa a bifurqué deux fois de suite et on s'est retrouvés dans une ville qui semblait déserte. Au loin, on voyait les montagnes et autour de nous, les rues étaient calmes comme si tout le monde était déjà au lit en train de dormir.

— Où est-ce qu'on est ?

— Dans une ville qui s'appelle Clifton Forge, a dit Papa. On va dormir ici ce soir.

— Clifton Forge, ai-je répété.

Ce nom me paraissait mystérieux et magique. Papa m'a expliqué qu'une forge était un feu spécial qui chauffe suffisamment fort pour faire plier le métal.

— Est-ce qu'on va aller voir le feu ?

— Je ne sais pas, a répondu Papa. Il se peut qu'ils ne l'allument plus de nos jours.

On a roulé dans la pénombre puis on s'est garés devant une maison qui était en fait un hôtel dont le nom était The Red Carriage Inn. Papa m'a laissée dans la voiture pour aller voir s'ils avaient une chambre pour nous.

Je n'ai pas aimé rester toute seule dans la voiture la nuit, mais Clemesta a monté la garde pour nous protéger. Je l'ai prise dans mes bras pour l'embrasser.

— Ne me déconcentre pas, s'est-elle effarouchée. Je fais le guet.

— Oh, excuse-moi.

Je l'ai reposée.

— Dolly. Tu n'as pas peur ? On est très loin de chez nous.

— Oui, mais on est avec Papa. On peut aller n'importe où avec un papa ou une maman puisqu'ils veillent sur nous. C'est comme ça que ça marche.

— Mais si on s'éloigne tellement qu'on ne peut plus rentrer à la maison ?

J'ai levé les yeux au ciel.

— Clemesta ! Tu veux gâcher notre journée ? Arrête, s'il te plaît.

La tête de Papa est apparue à la porte d'entrée et il a levé les pouces en l'air pour dire qu'il avait de bonnes nouvelles.

Il fallait qu'on apporte toutes nos emplettes, mais Papa a tout pris, plus son sac de voyage, et moi, j'ai juste porté Clemesta.

La dame à l'accueil était la gérante et la propriétaire. Elle vivait également à l'étage, juste à côté de notre chambre, ce qui était une bonne idée pour un hôtel. Ses cheveux étaient violets mais des racines blanches tentaient de gagner du terrain sur la couleur.

La maison était ancienne. Il y avait des meubles vieux de plusieurs siècles, des photos noir et blanc de personnes âgées accrochées aux murs et, posés sur une étagère, des bouquets de fleurs séchées nouées par un ruban.

La dame a dit s'appeler Darlene et elle s'est présentée en le prononçant « Daaarrr-liyan ». J'ai vraiment bien aimé comment ça sonnait.

— Vous ne serez que deux ? a-t-elle demandé et Papa a acquiescé. Voilà une maman qui a bien de la chance.

Elle a ri, son visage tout entier s'est chiffonné. Quatre bourrelets se sont formés sous son cou.

Darlene avait tout un tas de chiens en porcelaine assis à la porte d'entrée. Il y avait un bouledogue, un caniche et un berger allemand entassés dans un coin, et de l'autre côté, un terrier, un airedale et un grand saint-bernard. Ils prenaient pratiquement toute la place dans la pièce.

Je connais toutes les races de chien par cœur parce que, à la bibliothèque, il y a le meilleur livre du monde, l'*Encyclopædia Britannica*, et dans chaque volume de cette encyclopédie, on trouve un million d'entrées avec des dessins et des histoires, et à chaque fois que je vais à la bibliothèque, je lis une rubrique différente, comme ça je découvre toujours quelque chose de nouveau. De même que je connais toutes les races de chien, je connais tous les chevaux, par exemple les palominos, les lipizzans et les Missouri fox trotters. Je peux donner le nom des planètes et des fleurs, ou disséquer un corps humain, c'est une autre de mes pages préférées dans l'encyclopédie même si certaines images où on voit les veines et les muscles sont un peu dégoûtantes et me retournent le ventre.

— J'aime bien tes chiens, ai-je informé Darlene. Mon préféré, c'est l'airedale.

— Eh bien, en voilà une jeune fille intelligente ! s'est-elle exclamée. Tu peux aller les caresser si tu veux. Ils ne mordent pas.

J'ai caressé le bouledogue, j'étais contente qu'il ne bave pas comme un vrai chien sinon ma main aurait été couverte de salive. L'airedale ne voulait pas être caressé car il venait d'une famille noble et il est interdit de les toucher sinon ils risquent de perdre leur splendeur à notre contact.

Le caniche s'appelait Roger. Il m'a raconté qu'il s'était échappé d'un cirque parce que son méchant maître le forçait à se tenir sur ses pattes arrière toute la journée pour jongler avec des balles.

— Je suis désolée, lui ai-je dit.

Il m'a alors avoué qu'un jour, un tigre avait dévoré le propriétaire du cirque pendant les répétitions puis ouvert les cages des autres animaux et qu'ils s'étaient enfuis tous ensemble.

— Enfin, tout est bien qui finit bien, a-t-il conclu. Et Darlene ne me force pas à faire des acrobaties.

Une fille est sortie de l'autre pièce, un bébé dans les bras.

— Voici Jolene, a annoncé Darlene. Et ma petite-fille, Dorie.

Les dents de Jolene étaient bizarres, comme si elles étaient toutes mal rangées, et sa voix paraissait endormie. On aurait dit qu'elle avait le même âge que ma baby-sitter Lucy qui, à quinze ans, est une championne de concours d'orthographe et a déjà remporté de nombreux prix. Elle ne vient plus à la maison parce qu'ON CROULE SOUS LES FACTURES, mais je la vois des fois au jardin public garder d'autres enfants dont les papas gagnent plus d'argent, alors on se fait un signe de la main et on se dit bonjour.

Le ventre de Jolene dépassait, arrondi, comme s'il y avait un autre bébé à l'intérieur qui attendait de sortir. Celui qu'elle tenait dans les bras a pleuré et Jolene l'a fait sauter sur sa hanche comme si elle dansait.

Papa a payé Darlene et l'a écoutée pendant qu'elle expliquait le RÈGLEMENT INTÉRIEUR.

J'ai chatouillé les pieds de Dorie à travers ses chaussettes rose délavé.

— J'aimerais bien qu'on ait un bébé à la maison, ai-je dit.

— Tu n'as pas de frère ni de sœur ? a demandé Jolene.

J'ai secoué la tête.

— Maman ne voulait pas perdre la ligne une fois de plus après m'avoir eue. C'est une actrice célèbre, c'est pour ça.

— C'est vrai ? a demandé Jolene.

Elle a fait passer Dorie sur son autre hanche.

— Ouais. Elle a joué dans une série télé, il y a longtemps, et maintenant, elle tourne dans des publicités. Elle a aussi une nouvelle série qui va bientôt sortir. Mais c'est un secret. Ne le répète à personne.

— D'accord, a promis Jolene. Moi, j'ai fait un concours de beauté une fois. Miss Clifton Forge.

— Tu as gagné ?

Elle a secoué la tête.

— Je ne serais pas là si c'était le cas.

— Où est-ce que tu serais ?

— Certainement à Orlando. J'ai toujours voulu être dresseuse de dauphins à SeaWorld.

— J'adore les dauphins. Ils sont très intelligents. Ils ont le cerveau développé, alors ils sont bien plus intelligents que les autres animaux marins.

Jolene a bâillé. Sa peau était très rose, comme frottée au papier de verre. Ses cils étaient bleus.

Dorie a attrapé mon doigt et se l'est mis dans la bouche. C'était chaud et gluant là-dedans, et ses dents me mordillaient la peau.

— Elle m'aime bien.

Jolene a fait la moue. Elle a tiré sur la couche de Dorie et l'a sentie.

— Elle est tout le temps en train de faire caca ou sur le point de s'y mettre, s'est-elle indignée.

— Beurk.

— Tu m'étonnes !

Elle a fait la grimace.

— Est-ce que c'est un autre bébé ?

J'ai montré son ventre du doigt.

Elle a approuvé d'un signe de tête, mais elle n'a pas souri. Elle n'aimait sûrement pas être grosse.

Papa m'a appelée, j'ai tapoté la tête sans cheveux de Dorie.

— Allez, il est l'heure d'aller au dodo, ai-je dit.

J'ai suivi Papa dans l'escalier. À l'étage sur le palier, un chat gris était en train de dormir. J'ai rapidement regardé en direction de Papa, car il les a en horreur et d'habitude, il les chasse à coups de pied, comme quand Felix, le chat des voisins, est entré dans notre maison et que Papa lui a donné un grand coup de chaussure dans le ventre.

— Sans ça, il va revenir tous les jours, a affirmé Papa.

Felix a poussé un miaulement aigu et j'étais triste qu'il faille lui donner une telle leçon.

Le chat gris de Darlene a filé avant que Papa puisse le frapper. Il en a de la chance, celui-là !

Notre chambre abritait deux petits lits mitoyens. Il n'y avait pas de jacuzzi au milieu de la pièce ni de réfrigérateur, mais Darlene nous a dit avoir confectionné les rideaux et les dessus-de-lit elle-même. Ils étaient rayés rouge et rose et très beaux. Deux broderies étaient accrochées au mur. L'une disait DIEU EST AMOUR et l'autre DIEU BÉNISSE L'AMÉRIQUE. Sur le bureau, il y avait un livre de mots cachés sur le thème de la Bible et un tas de petites brochures intitulées « Avez-vous été sauvé ? » sur la première page desquelles apparaissait Jésus.

Papa s'est assis sur le lit et il a fait ce truc où il se déboîte la mâchoire, clic-crac, avant de la remettre en place. Maman déteste quand il fait ça. Elle déteste plein d'autres trucs, d'ailleurs, et c'est réciproque. C'est pour ça qu'ils se crient dessus, et que Clemesta et moi, on va se cacher dans notre ABRI ANTITEMPÊTE, un endroit sûr et secret rien que pour nous deux. On fait comme s'il y avait un orage dehors et que nous, on était à l'abri à l'intérieur avec des chocolats chauds à boire et de la guimauve à manger, et tous nos livres préférés, tous nos cahiers de coloriage, et il y a aussi un chaton perdu dont on s'occupe en attendant que la tempête passe. Après on va chercher son papa et sa maman, et tout va pour le mieux dans le meilleur des mondes, et c'est la fin de notre jeu.

Une fois, ou peut-être trois, on s'est endormies dans l'ABRI ANTITEMPÊTE parce que la dispute a duré toute la nuit.

Papa a fait le tour de la pièce du regard avant de soupirer. Avec Clemesta, on attendait qu'il nous dise quoi faire, mais il a simplement pris son téléphone et parcouru les informations.

— Alors, il s'est passé quelque chose ? ai-je demandé.

Il a secoué la tête et reposé son téléphone. Sur l'écran, il y avait une photo de nous trois. On souriait, l'air heureux, même Papa. Je ne me rappelle pas quand il l'avait prise. Peut-être l'an dernier, ou l'année d'avant.

J'ai entendu des chiens aboyer dehors. Sinon, c'étaient ceux de Darlene au rez-de-chaussée qui prenaient vie la nuit. Dehors, dans le jardin, les arbres étaient presque sans feuilles, sauf un qui avait des bourgeons printaniers.

Papa s'est assis sur le bord du lit et a commencé à se ronger les ongles.

— J'ai faim, ai-je lancé. On n'a pas mangé ce soir. Ni à midi.

Papa a cherché dans les sacs Walmart et a sorti un sachet de bœuf séché et des Doritos.

J'ai fait la grimace.

— Encore des COCHONNERIES !

— C'est tout ce qu'on a.

Papa a craché ses ongles par terre. *Pourvu que le chat n'aille pas s'étouffer avec,* me suis-je dit.

J'ai soupiré. Peut-être que Papa ne savait pas que les enfants étaient censés manger des légumes et pas que des bonbons. Je comprends mieux pourquoi il ne fait jamais à manger, sinon on serait tous obèses et Maman serait dégoûtée. Déjà qu'elle pense que tous les voisins sont répugnants parce qu'ils ne prennent pas soin d'eux et passent leurs journées assis devant la télé à manger des bonbons.

Papa a avalé un morceau de bœuf séché puis s'est levé.

— On va se laver, a-t-il déclaré, puis on ira au lit.

Dans la salle de bains de Darlene, au bout du couloir, il m'a aidée à comprendre comment fonctionnait le robinet et s'est assuré que l'eau n'était ni trop chaude ni trop froide mais juste comme il faut, comme Boucle d'Or dans le livre que Maman me lisait avant d'aller au lit. Tous les soirs, j'ai droit à une histoire, sauf quand je dis « Va-t'en » et « Laisse-moi tranquille ». C'était la semaine dernière, je suis restée en colère au lit jusqu'à m'endormir.

Sous la douche, j'ai appuyé plein de fois sur la bouteille de savon au citron de Darlene. Ensuite, je me suis enveloppée dans une superserviette toute douce, puis je me suis brossé les dents avec ma nouvelle brosse à dents jusqu'à ce qu'elles soient étincelantes de propreté, fraîches et mentholées, pas du tout au goût de Michel le Microbe. Puis je suis retournée dans la chambre.

Papa était allongé sur le lit, les yeux fermés. J'ai cru qu'il s'était déjà endormi, mais j'ai vu qu'il avait les yeux humides et que des larmes coulaient le long de ses joues. Je me suis mordu les lèvres.

C'est certainement l'état dans lequel il devait être quand il a passé une année au lit après son COUP DE MALCHANCE, quand sa société S'EST EFFONDRÉE et que Joshua est mort. Maman m'a dit qu'il restait comme ça tous les jours, la porte fermée et les rideaux tirés. Il aurait pu continuer à passer toute sa vie au lit si elle ne lui avait pas annoncé la meilleure des surprises. Ma naissance l'a guéri de la tristesse et a tout arrangé, ça veut dire que je suis la chose la plus importante de sa vie et que je l'ai sauvé. Si tu sauves la vie de quelqu'un, tu es responsable de lui, c'est la raison pour laquelle je dois faire tout mon possible pour être la plus gentille des petites filles.

Je me suis approchée doucement des sacs Walmart et j'ai sorti mon nouveau pyjama. Papa a rouvert les yeux et s'est assis. Il s'est essuyé le visage avec les mains. Ses yeux étaient rouges.

— Je vais aller prendre une douche.

— Qu'est-ce qu'il a ? a demandé Clemesta.

— Rien.

Clemesta m'a brossé les cheveux avec la nouvelle brosse. Elle faisait un travail magnifique.

— Je crois que c'est peut-être la vilaine chose, a-t-elle dit.

— Je ne me rappelle rien de vilain, ai-je répliqué. De fait et par conséquent, ce n'est rien.

Clemesta a soupiré et j'ai pris la brochure à propos de Jésus. Il était écrit qu'on serait pardonné si on se repentait, mais qu'on pouvait aussi envoyer 12 dollars pour un pardon ultrarapide.

— Est-ce qu'on a 12 dollars ? a demandé Clemesta.

— À la maison peut-être. Mais on n'a pas besoin de se faire pardonner.

Clemesta a froncé les sourcils.

— Je ne sais pas, a-t-elle dit. Peut-être que si.

Papa était encore sous la douche. J'entendais l'eau couler. Je me suis allongée sur le lit près de la fenêtre puis je me suis glissée sous la courtepointe de Darlene. Les draps sentaient la rose et je voyais la lune pâle et argentée par la fenêtre.

Je me suis demandé si Maman voyait la même lune où elle était.

— On doit commencer à lui manquer maintenant. Je parie qu'elle aimerait mieux être ici plutôt qu'en week-end avec Rita.

Clemesta a fermé ses grands yeux inquiets et a secoué la tête.

— Je ne crois pas qu'elle soit avec Rita, Dolly. Je pense qu'elle est ailleurs.

Lundi

PAPA ÉTAIT DÉJÀ HABILLÉ et prêt à partir quand il m'a réveillée en plein rêve. Il a caressé ma joue avec le dos de sa main rugueuse et j'ai ouvert les yeux. Pendant un court instant, j'ai oublié où on était et dans quel lit je dormais.

— C'est la maison de Darlene, m'a rappelé Clemesta. Le Red Carriage Inn.

— Bonjour, Dolly, a dit Papa.

Je me suis frotté les yeux.

— On rentre à la maison maintenant ?

Papa a fait signe que non.

— On doit encore aller voir cette surprise.

— Ouais !

— Allez, on a encore beaucoup de route.

— Mais je n'aime pas faire de la voiture, ai-je rouspété.

Papa a fermé son sac et glissé quelques billets dans sa poche arrière.

— Ouais. Mais on ne peut s'y rendre qu'en voiture.

— On ne peut pas y aller par les airs ? Genre, en prenant un avion, un hélicoptère ou une montgolfière ?

Papa a gratté quelque chose sur ses dents. Certainement du bœuf séché caché là depuis hier soir.

— Ouais. On serait plus vite arrivés par les airs. Mais… je n'ai pas trouvé ton passeport. J'imagine que Maman a dû le ranger dans un nouvel endroit.

Je me suis souvenue de Maman donnant un dossier plein de papiers à TU SAIS QUI, mais j'ai secoué la tête fort pour ne plus y penser.

J'ai enfilé ma nouvelle robe à motifs de flamants roses ainsi que mes nouvelles chaussures blanches et pointues. Dans la salle de bains, je me suis débarbouillée et brossé les dents deux fois pour montrer à Michel le Microbe que je ne plaisantais pas.

— Bravo, m'a félicitée Clemesta. L'hygiène dentaire, c'est capital.

Elle s'est brossé la crinière, mais pas les dents. Comme elle ne peut pas avoir de caries, elle se les nettoie simplement en les léchant.

On est descendus au rez-de-chaussée et Darlene s'est approchée de nous en gloussant comme une poule.

— Tu es jolie comme un cœur, s'est-elle émerveillée.

— On a dû faire quelques emplettes. Papa a oublié certaines de nos affaires à la maison.

Darlene avait préparé une pleine cafetière pour Papa et un verre de jus d'orange pour moi. Elle nous a dit de choisir ce qu'on voulait dans son placard qui contenait toutes sortes de choses pour le petit déjeuner : des boîtes de céréales, des Pop-Tarts, des gaufres et des gâteaux à la crème enveloppés dans du film étirable. Elle avait aussi préparé une fournée de biscuits à la cannelle auxquels elle avait ajouté du colorant alimentaire rouge qui leur donnait une teinte rose. J'ai pris des Cheerios et un biscuit. Papa, lui, n'avait pas faim. Il a bu une deuxième tasse de café puis une troisième, alors qu'il semblait déjà bourré de tics nerveux et n'avait certainement plus besoin du coup de fouet d'une tasse de café pour se réveiller. Darlene lui parlait du temps pendant qu'il parcourait les informations sur son téléphone.

Jolene regardait une émission de télévision assise sur le canapé dans l'autre pièce.

— Nul ne vient au Père autrement que par le Fils, a énoncé l'homme.

Il s'appelait « le Jésus juif » mais ses cheveux étaient coupés court et il n'avait pas de barbe. Il portait un costume et une cravate comme Papa quand il part au travail.

— Je ne pense pas que ce soit Jésus, ai-je déclaré.

Jolene n'a rien répondu, ses yeux sont restés rivés sur l'écran. Dorie était sur ses genoux, une couche puante autour des fesses. Elle tétait une bouteille de soda en plastique et envoyait des projections partout.

— Bon sang, Jolene, a crié Darlene. Tu vas la changer ou quoi ?

Elle a levé les yeux au ciel.

— Elle va rester assise là toute la journée, a-t-elle continué.

Papa a reposé sa tasse sur la table. Il a ramassé nos affaires et passé son sac de voyage à l'épaule. Ses cheveux étaient encore mouillés de sa douche et on voyait davantage la partie dégarnie de son crâne.

— On va y aller maintenant, a-t-il annoncé.

Darlene nous a accompagnés jusqu'à la porte.

— Profitez bien de la suite de votre voyage.

Elle s'est accroupie et m'a pincé les joues avec ses grands ongles roses.

— Dieu te bénisse, mon ange.

Personne ne m'avait jamais fait ça et j'ai beaucoup aimé. J'ai pris la bénédiction et je l'ai rangée dans une poche de mon cœur. C'est là que vont les belles choses comme l'amour, les câlins, les rires et la gentillesse. La poche est très grande et jamais trop remplie.

Dorie a poussé un cri perçant dans l'autre pièce, alors Darlene est allée la chercher.

— Au revoir, ai-je dit aux chiens.

Ils se tenaient tous bien droits et m'ont saluée de leur patte comme des soldats.

À la lumière du jour, la maison de Darlene semblait différente. Les murs se lézardaient sur la façade arrière et la pelouse du jardin était recouverte d'herbes marron. Toutes les fleurs étaient également mortes. J'ai enfoncé mes chaussures dans l'allée de gravier pour écraser les cailloux, scrontch, scrontch, comme si elles mastiquaient un délicieux petit déjeuner. J'ai continué et j'ai failli donner un coup de pied à un oisillon qui se tenait près de la roue de la Jeep de Papa.

Je me suis baissée pour le regarder.

— Il est mort, ai-je déclaré.

Papa a jeté un coup d'œil.

— Je pense qu'il a dû tomber d'un arbre.

J'ai tendu la main pour donner une bénédiction d'adieu à l'oisillon, du genre ENVOLE-TOI AU PARADIS, PRÉCIEUSE PETITE MERVEILLE DE LA NATURE, mais Papa a crié :

— Nom de Dieu, Dolly, non !

— Quoi ?

— C'est plein de maladies. Tu ne sais pas qu'il ne faut pas toucher aux animaux morts ?

— Je voulais seulement l'envoyer au paradis, ai-je bredouillé.

J'ai sauté dans la Jeep et j'ai serré les bras fort autour de moi pour faire une cage dans laquelle personne ne pouvait entrer. J'avais la gorge toute sèche en regardant Papa. Il est monté dans la voiture et a claqué bruyamment la portière.

— C'était pas la peine de t'énerver, ai-je ronchonné.

— Hein ?

— C'était un accident. Je ne voulais rien faire de mal.

Papa a regardé devant lui. J'ai planté mon ongle dans la peau molle sur le dessous de mon pouce. C'est une bonne technique pour se faire mal à un autre endroit que le cœur.

Papa a poussé un soupir. Il a secoué la tête.

— Désolé. Excuse-moi de t'avoir crié dessus. C'est juste… que ça a été dur…

Une fille avec une poussette s'est approchée de la maison de Darlene. C'était peut-être l'amie de Jolene qui venait la voir. Elle avait l'air d'avoir quinze ans elle aussi. Le tour de ses yeux était excessivement maquillé et ses jambes ressemblaient à deux grandes tiges.

— C'est pas grave. T'as pas fait exprès.

— Non. Je ne veux pas te crier dessus.

Ses mains serraient fort le volant.

Clemesta m'a donné un coup de coude.

— Hé, c'est lundi !

J'ai ouvert grand les yeux.

— Je rate l'école aujourd'hui ! me suis-je exclamée.

Papa s'est frotté les yeux.

— Oui. J'ai déjà appelé Mlle Ellis pour lui dire que tu ne serais pas à l'école.

— Quand est-ce que tu as appelé ?

— Plus tôt. Quand tu dormais encore.

— Elle est en colère ?

— Pas du tout. Elle est contente que tu sois partie à l'aventure.

Il a pris son téléphone dans la poche de son pantalon.

— Ce qui me fait penser que je devrais aussi appeler le bureau.

Il est ressorti de la voiture et a fermé la portière derrière lui. Je me suis rongé les ongles et tant pis pour les mauvaises habitudes qui sont INDIGNES D'UNE VRAIE DEMOISELLE.

— Tu es inquiète ? m'a demandé Clemesta.

— Non, c'est juste un petit encas.

Clemesta m'a regardée en fronçant les sourcils.

— Oui, Ahmed, ai-je entendu dire Papa. J'imagine que c'est une mauvaise grippe.

Ahmed est le sous-directeur de Value Motors. C'est un monsieur très gentil qui me laisse toujours choisir une barre chocolatée dans un tiroir spécial de son bureau. Ahmed vient du Pakistan, un pays très lointain, et sa femme vit toujours là-bas avec ses quatre enfants. Il essaie de gagner assez d'argent pour les faire venir en Amérique, son vœu le plus cher, mais pour l'instant il ne les a pas revus depuis deux ans. Être loin de chez soi, c'est le deuxième pire truc au monde, alors j'ai vraiment de la peine pour lui, et je suis toujours très gentille quand je le vois, comme ça je lui remonte le moral pour un petit moment.

Je n'ai pas compris pourquoi Papa lui disait qu'il avait la grippe, parce qu'il ne reniflait pas, ne toussait pas et ne vomissait pas.

— Il transpire un peu quand même, ai-je remarqué. Il n'a pas l'air au mieux de sa forme.

Clemesta a secoué la tête.

— En effet.

J'ai regardé Papa faire le tour de la voiture en donnant des coups de pied dans les pneus.

— Et, Ahmed... Personne n'a cherché à me joindre ou autre ?

Il a tapé de la main sur le toit de la voiture.

— Non, pour rien. Je me demandais juste si... si quelqu'un de la banque avait essayé de m'appeler. Je pensais qu'ils auraient pu essayer de me joindre.

Il a dit au revoir et il est remonté dans la voiture.

— Tu n'as pas la grippe, ai-je fait remarquer.

— Tout à fait, a acquiescé Papa. Mais j'ai envie de partir à l'aventure avec toi. J'ai dû dire que j'avais la grippe pour ne pas être obligé d'aller au travail.

Clemesta a fait la moue.

— On ne doit pas mentir, a-t-elle déclaré.

— Les petits mensonges, ai-je précisé. C'est pas pareil.

On a quitté la ville de Clifton Forge sans croiser aucun feu de forge. On a seulement vu quelques magasins vides sur la route principale. Ils avaient l'air plein de poussière et peut-être même de rats. Il n'y avait nulle part où aller voir un film, pas de librairies, de magasins de jouets, de pâtisseries ni rien de sympa dans le genre.

Les vitres de nombreuses maisons étaient occultées par des cartons, alors on ne pouvait même pas voir à l'intérieur. Ça m'a fait penser à chez nous. Maman essaie d'entretenir la maison, même si elle déteste faire le ménage. Elle a un livre à côté de son lit où il est écrit qu'une maison propre c'est comme un esprit sain, et c'est ce qu'elle veut vraiment. J'ai pensé à elle quand elle me réveille le matin pour aller à l'école, qu'elle entre dans ma chambre sur la pointe des pieds avant de me donner une centaine de doux baisers. Ça fait comme si des anges battaient des ailes contre ma joue.

— Bonjour, délicieuse Dolly, dit-elle.

C'est une des choses agréables qu'elle fait.

J'ai regardé dans la direction de Clemesta.

— Je crois qu'elle commence à me manquer. Mais juste un petit peu. Je suis encore en colère. Elle ne me manque pas autant que je lui en veux.

Clemesta a approuvé d'un signe de tête.

— Mais tu te souviens de ce que je t'ai dit la nuit dernière ? Je ne crois pas qu'elle soit partie en week-end entre copines. Je pense qu'on devrait l'appeler.

J'ai haussé les épaules. Mes nouvelles chaussures blanches me donnaient de méchantes ampoules qui me mordaient comme des dents acérées.

— Pas maintenant, ai-je décrété.

On a longé des voies de chemin de fer couvertes de mauvaises herbes et de détritus. Un vieux wagon se trouvait en plein milieu. On aurait dit qu'il se rendait quelque part mais que le monde s'était arrêté et qu'il était resté là pour toujours, rouillé et cassé. Une famille de ratons laveurs vivait certainement à l'intérieur, se nourrissant de baies et cultivant des légumes pour les vendre au marché.

— Il faudrait réparer ce train, ai-je dit. Des gens pourraient s'en servir.

— Hum, a fait Papa.

On a roulé un long moment en silence, je regardais les arbres et les champs par la vitre. On était loin de la ville et le soleil brillait haut dans le ciel immense. Tout me semblait nouveau, j'avais l'impression qu'il y aurait toujours plus de ciel, d'air, de montagnes, d'arbres ou d'endroits pour pique-niquer. L'Amérique est tellement grande, on pourrait certainement accueillir le monde entier et les gens auraient quand même tous la place d'avoir un jardin et un arbre dans lequel construire une cabane.

Le trajet m'ennuyait déjà.

J'ai essayé de chanter *À l'aventure,* mais j'avais oublié les paroles et je n'étais pas d'humeur à en inventer d'autres. La piqûre de moustique de la nuit dernière sur ma jambe me grattait alors j'ai tamponné de la salive dessus. C'est un truc magique qui stoppe les démangeaisons.

Le téléphone de Papa sur le siège passager a sonné.

— Merde ! s'est-il écrié avant de se frapper le front et de dire « Le con ! », deux gros mots.

Clemesta m'a lancé un regard.

— Qui est un con ? ai-je demandé.

Le téléphone continuait de sonner mais Papa n'a pas répondu.

— C'est Maman qui appelle ?

— Non, c'est pas elle.

— Qui est un con ?

— Moi. J'ai oublié de faire quelque chose.

— Quoi ?

Il n'a pas répondu. Il a continué de rouler un petit peu et s'est garé sur une aire de pique-nique. Il y avait quelques tables en bois entourées de beaucoup d'ordures : des canettes de soda vides, des emballages de McDo mais aussi un sac à dos et un pull qui traînaient par terre. Papa a sauté de la voiture et farfouillé dans le coffre.

— Qu'est-ce que tu fais ?

— Je... Rien, laisse tomber.

Il est retourné s'asseoir derrière le volant et s'est servi d'un tournevis pour ouvrir le tableau de bord. Il a poussé des grognements puis a sorti une petite boîte noire qu'il a observée un moment avant de la lancer vers les arbres comme un ballon de football américain.

— Papa ! C'était quoi ?

— C'est le... c'est une partie de la voiture dont nous n'avons pas besoin.

— Pourquoi ?
— Parce que.
— Parce que quoi ?
— C'est juste que ça consomme trop d'essence. C'est mauvais pour l'environnement.
— Oh. Alors tu as bien fait de t'en débarrasser.
Papa s'est mordu la lèvre.
— C'est un militant pour le climat comme nous, ai-je dit. Mlle Ellis nous a expliqué qu'il fallait prendre soin de la planète, protéger la nature et les animaux, recycler, ne pas utiliser de pailles en plastique et ne pas brûler trop de charbon.
Clemesta a fait la moue.
— Je n'aime pas ça, a-t-elle déclaré.
— Eh bien, moi si. Papa prend soin de notre chère planète Terre.
— Je pense qu'il y a autre chose.
— Oh, toi, tu es une éternelle angoissée. Tu t'inquiètes toujours de tout. Comme la fois où tu as dit, « Ne grimpe pas au sommet de cet arbre, tu ne pourras plus jamais en redescendre » : je l'ai quand même fait et je ne suis même pas restée coincée. C'était juste un exemple. J'en ai plein d'autres en tête.
J'ai désigné sa bouche du doigt.
— Souris un peu, tu veux ?
Elle a cherché à me mordre la main.
Papa se tenait à côté de la portière, mais il ne s'installait pas dans la voiture. Je sentais l'herbe, et aussi l'odeur fraîche du matin qui disparaît avec le jour.
J'ai frappé à ma vitre.
— Allez, on y va.
— Une seconde, a-t-il dit.
Il a fouillé dans sa poche et sorti son téléphone.
Il a pianoté dessus avec son doigt, a regardé l'écran, puis il a pris son élan et a jeté l'appareil vers les arbres où se trouvait la boîte noire consommatrice d'essence.
J'en suis restée bouche bée.

— Papa ! ai-je crié. Tu es fou ?

— J'ai bien peur qu'il ait perdu la raison, a affirmé Clemesta.

Papa est remonté dans la voiture et a fermé la portière.

— Ce téléphone est cassé. C'est de la camelote.

— Mais tu viens de l'utiliser pour appeler Ahmed.

— Ouais, mais il marchait très mal. Alors, je ferais mieux d'en acheter un autre.

— Tu aurais pu le faire réparer dans ce magasin à côté de la pizzeria.

Je l'ai observé. Il a encore fait ce truc avec sa mâchoire. Clic-crac. J'ai croisé les bras.

— Tu n'aurais pas dû le jeter. J'aurais pu faire des jeux dessus pendant que tu passes la journée à conduire. On s'ennuie tellement à l'arrière, c'est comme si on allait réellement mourir d'ennui. Et je voulais appeler Maman. Il faut qu'elle entende ma voix. Papa !

Il s'est frotté les yeux.

— Oui, ma puce. On va trouver une cabine téléphonique.

— Quand ?

— Plus tard.

J'ai râlé.

— Où est-ce qu'on va à l'aventure, en fin de compte ? C'est trop loin.

— Ça va être… tu vas adorer quand tu verras où on va.

— Tu n'as plus l'air emballé.

— Si.

— On ne dirait pas. On dirait tout le contraire. Comme quand on allait voir Papi à la maison de retraite.

Papa a ri.

— Ouais, c'était pas une partie de plaisir, hein ?

J'ai fait signe que non.

— Sauf quand les infirmières me donnaient de la gelée. C'était sympa, la geeeee-lée. La geeeee-lée-eu.

J'ai tremblé comme de la gelée puis je suis redevenue une petite fille. Mes cuisses ont continué de bouger alors je les ai serrées l'une contre l'autre.

Papa a fait démarrer la voiture. J'ai tiré ma jupe sur mes genoux. Les flamants se sont étirés, leur cou était encore plus long. J'ai montré à Clemesta.

— Tu vois ? C'est un tour de magie. Je viens de l'inventer à l'instant.

— Je comprends pourquoi tout le monde dit que tu as le cerveau bien développé.

— Je sais.

Je l'ai fait trois fois de plus, puis les oiseaux ont eu peur que leur cou se casse pour toujours alors ils m'ont demandé d'arrêter.

— Je crois qu'on va encore devoir jouer au jeu des panneaux.

Clemesta a soupiré.

— C'est pas super excitant.

— Ouais, mais on n'a rien d'autre pour le moment.

— Regarde, a dit Clemesta. Ce panneau d'affichage est inutilisé. Il ne se passe rien d'amusant dans le coin.

— Notre aventure est amusante.

— Ce n'est pas une aventure, on traverse le pays en voiture.

— Je suis certaine qu'on va bientôt s'amuser. Sois patiente, petit cheval impoli, impossible et impatient.

La PATIENCE, c'est un bon mot à connaître. C'est aussi important d'en avoir. J'en ai besoin de beaucoup pour aider Maman à être actrice et des fois, je perds patience et elle s'énerve. J'en ai d'abord besoin pour nos virées à Manhattan, parce que c'est là qu'elle passe des auditions pour devenir actrice de série.

L'année dernière, elle a décroché un rôle dans une pub télé pour des couches-culottes. On ne voit que ses mains qui enlèvent la couche et la présentent à la caméra pour montrer qu'elle retient l'humidité même si elle est pleine de pipi de bébé, en réalité de l'eau bleue pour la publicité. Jusqu'à l'an dernier, Maman m'emmenait dans des castings pour essayer de voir si je pouvais devenir une ENFANT STAR. Mais les dames de l'accueil poussaient toujours un soupir de dépit en voyant que je ne convenais absolument pas et disaient « Au suivant ». Maintenant, on ne se déplace que pour les rôles qui rendront Maman célèbre.

Papa n'aime pas que Maman soit actrice parce qu'il pense que c'est une perte de temps, qu'il n'y a pas moyen de gagner de l'argent et qu'elle ne fait rien que ramener des factures à la maison, alors qu'elle ferait mieux de trouver un vrai boulot et d'abandonner son RÊVE RIDICULE. C'est la raison pour laquelle nos virées sont des secrets pour ma BOÎTE ULTRASECRÈTE. Mais maintenant, ce sont des doubles secrets à cause de TU SAIS QUI.

Je dois aussi faire preuve de patience pour d'autres choses encore, comme regarder l'épisode de la série où Maman était une star. Elle le passe tout le temps et ça l'agace si je ne suis pas attentive. Dans la série, elle jouait le rôle de Sally, une maîtresse d'école maternelle amoureuse du directeur de l'établissement, M. Hughes. Le moment où ils doivent s'embrasser n'arrive jamais parce que Sally part enseigner à des enfants en Corée et après Maman n'a plus joué dans la série.

Maman raconte qu'elle a dû arrêter sa carrière d'actrice parce qu'elle a quitté Los Angeles pour s'installer en Floride avec Papa quand ils se sont rencontrés et qu'il lui a dit, « Je t'aime, épouse-moi ». Papa était venu à Los Angeles pour le travail et Maman était serveuse à mi-temps en attendant de devenir célèbre. Il s'est dit qu'elle était la plus jolie femme qu'il ait jamais vue de sa vie et il le lui a fait savoir. Elle était très contente de l'entendre. Il était très beau dans son costume et il l'a invitée dans son hôtel de luxe, alors ils sont tombés fous amoureux et voilà leur histoire, c'est un vrai conte de fées.

En vrai, Maman a un autre métier en plus d'être célèbre, et ça me demande aussi beaucoup de patience. Ça s'appelle CRÉATRICE DE BIJOUX : elle fabrique des colliers et des bracelets magnifiques avec des pierres spéciales et des cristaux qui peuvent faire des choses magiques comme GUÉRIR, TROUVER L'AMOUR, APPORTER LA PAIX et CANALISER L'ÉNERGIE. Elle assemble les bijoux, écrit des petites cartes pour expliquer leur pouvoir puis les vend à un magasin de Brooklyn. Souvent, l'après-midi, je dois l'aider à trier les pierres avec mes doigts parce qu'ils sont plus petits que les siens. Je n'aime pas faire ça parce que je préférerais jouer à d'autres jeux que j'aime mieux comme la Danseuse étoile ou la Patrouille de surveillance des animaux du safari, mais on n'y joue que les jours où Maman est la meilleure des mamans, qu'elle me regarde avec des cœurs dans les yeux et ferait tout pour me rendre heureuse.

Maman dit que créer des bijoux est une activité ridicule et que c'est en attendant de redevenir célèbre. C'est pour ça qu'elle n'y consacre pas beaucoup de temps et que des fois, elle lève les yeux au ciel quand elle reçoit une nouvelle commande et dit, « Les gens sont vraiment des pigeons ».

Avant la création de bijoux, Maman faisait des cartes de vœux, et avant ça encore, elle vendait des poudres magiques Herbalife qui rendent mince et riche, et avant ça encore, j'étais trop petite pour m'en souvenir, alors je ne sais pas.

Je dois aussi me montrer patiente à d'autres moments. Par exemple la fois où Maman s'est déshabillée et qu'elle est restée dans le couloir en sous-vêtements en me demandant d'aller chercher l'appareil photo et de la prendre sous tous les angles pour qu'elle puisse voir ses imperfections. Comme ça, elle a pu CIBLER les exercices sur lesquels il fallait qu'elle se concentre pour redevenir parfaite.

Eh bien, ça a pris énormément de temps, et j'ai dû reprendre toutes les photos de ses jambes parce qu'il y avait mon ombre sur la première série.

J'ai touché ma dent qui bouge. Quand elle remuait, ça gigotait dans mon ventre. J'ai passé ma langue sur la banquette en cuir. Elle était lisse et avait un goût un peu fumé. Clemesta était en train de regarder par la vitre et s'entraînait à être patiente.

— Gentille fille, ai-je dit. Tu auras droit à un bon point quand on sera à la maison.

— Dolly, je ne crois pas qu'on va rentrer à la maison.

— Bien sûr que si, Clemesta. C'est là qu'on habite.

Je l'ai installée à mes pieds, à un endroit abrité du soleil.

— Repose-toi un peu. Tu es trop fatiguée et soucieuse.

J'ai compté trois églises et une pancarte de club de tir. TIR rime avec RIRE, mais les armes n'ont rien de drôle. Les églises ne ressemblaient pas à celles de chez nous, reconnaissables à leurs vitraux colorés, leur beau clocher et leurs cloches qui sonnent quand on jette des confettis par-dessus la tête de la mariée. La plupart des églises ici étaient de vieux mobile homes tout tristes ou des maisons blanches avec une grosse croix plantée sur le toit. On ne va jamais à l'église, sauf pour écouter les chants de Noël ou si on est invités à un mariage, comme quand Rita a épousé Terence. Quand ils se sont séparés, Rita a pris un chien à la place. C'est un adorable carlin qui s'appelle George Clooney. Il pète toute la journée et, en hiver, il porte un manteau en fourrure rose parce que Rita dit qu'il est homo comme tous les mecs bien qu'elle a rencontrés. J'aime bien George Clooney. Quand je le vois, il s'évanouit de bonheur et je dois le chatouiller pour le ramener à la vie.

On a croisé le plus gros camion que j'aie jamais vu.

— Je parie que c'est un camion plein de Skittles pour nourrir les vaches, me suis-je écriée. J'ai vu ça à la télé. Les éleveurs achètent tous les Skittles de couleur bizarre que les gens ne veulent pas manger et les donnent à leurs vaches au petit déjeuner. Les chanceuses !

C'était une information intéressante, mais Papa n'a rien dit.

— Tu devrais lui jeter quelque chose à la figure, peut-être que comme ça, il écouterait, a déclaré Clemesta qui s'était réveillée de sa sieste.

J'ai soupiré.

— On n'a qu'à inventer un nouveau jeu.

On l'a appelé Repérer les animaux morts et on devait crier « ANIMAL MORT ! » à chaque fois qu'on en voyait un écrasé sur le bord de la route, et il fallait aussi deviner ce que c'était quand il était encore vivant, par exemple un raton laveur ou un chien. Heureusement pour nous, il y avait un million d'animaux morts. Des fois, ils étaient tout plats et on ne voyait que du sang et des tripes, c'était impossible de dire quel genre d'animal ça avait été. D'autre fois, on voyait encore leur tête, la couleur de leur pelage et alors c'était plus facile de crier « OPOSSUM MORT ! », « ÉCUREUIL MORT ! » ou « BICHE MORTE ! ».

— Papa, joue avec nous.

— Hum…

— Allez, essaie.

— Pas maintenant, Dolly.

Clemesta m'a regardée avant de lever les yeux au ciel.

— C'est parce qu'il est occupé à conduire. Il ne peut pas faire ça et jouer avec nous.

Elle a secoué la tête.

— Non. Je pense me souvenir de quoi il s'agit. Et c'est quelque chose de terrible.

J'ai tourné la tête de l'autre côté pour ne plus la voir.

— Dolly.

— Je ne peux pas te parler pour le moment, Clemesta. Je suis trop occupée à me concentrer sur la route. Regarde, on a raté un truc mort et on ne sait même pas ce que ça pouvait être.

Clemesta a fait la moue.

— Je n'ai plus envie de jouer. Ces animaux morts me donnent la nausée.

On est passés devant un très grand arbre qui s'appelait M. le Chêne Majestueux. Ses branches étaient grosses et grandes, idéales pour grimper dessus et construire des cabanes. J'aurais aimé que Papa se dépêche de construire la mienne comme prévu. Peut-être qu'il le fera quand on rentrera à la maison. Peut-être qu'il sera plein d'énergie, de joie et de bonne humeur après cette aventure. Il sera comme le monsieur de la pub qui a une photo de lui avant, où il a l'air triste, et une photo de lui après, où on dirait qu'il est sur un petit nuage. Ou alors il sera comme le papa d'Ezra, qui rit tout le temps, fait sauter son fils au-dessus de ses épaules et vient voir dans la classe en fin de journée ce qu'il a fait à l'école. La peau d'Ezra est belle et foncée, et certainement qu'un jour on sera amoureux, mais pour le moment on est trop jeunes.

— Pourquoi ne grimpes-tu pas à mon sommet pour y vivre quelque temps ? a proposé M. le Chêne Majestueux alors qu'on passait devant lui. Il n'y aura personne pour t'embêter à part une brave famille d'écureuils.

— J'aimerais bien, mais je ne peux pas.

M. le Chêne Majestueux a fait un signe de la main.

— C'est vraiment dommage, s'est-il attristé.

Il était peiné de nous dire au revoir.

— Maman en avait marre d'espérer que Papa change, a déclaré Clemesta. C'est pour ça qu'elle allait retrouver TU SAIS QUI dans des chambres d'hôtel et des bars de Manhattan. Parce qu'il est tout l'inverse de Papa.

— Tais-toi. Je ne veux pas penser à lui. Quand ça arrive, ça m'irrite et ça me contrarie comme si un feu brûlait en moi.

— Je sais, a convenu Clemesta, mais c'est la vérité. « Tu mérites tellement mieux, Anna. » Voilà ce qu'il lui a dit. Puis il a ajouté, « Tu n'es pas obligée de rester et de souffrir. Tu n'as pas besoin de gâcher les meilleures années de ta vie ». Tu te souviens ?

J'ai enfoncé mon ongle dans ma piqûre de moustique. Je l'ai maintenu jusqu'à ce que la peau se perce et qu'un truc liquide en sorte. C'était le poison du moustique, une substance très dangereuse pour le corps. Si on ne fait pas tout sortir, on devient tout transpirant et on meurt de la MALARIA.

J'ai enfoncé mon doigt dans mon ventre. Il était tout dur, il me faisait un peu mal.

L'AMOUR DE DIEU EST IMPLACABLE.

— Qu'est-ce que ça veut dire, IMPLACABLE ?

— Ça veut dire que rien ne peut l'apaiser, a expliqué Papa.

— C'est une bonne chose, hein ?

— Pour l'amour, oui. C'est une bonne chose si l'amour est implacable.

J'ai espéré qu'il dise, « Mon amour pour toi est implacable », mais au lieu de ça, il a poussé un juron dans sa barbe.

— Qu'est-ce qui se passe ?

— J'ai pris la mauvaise sortie. Il va falloir que j'aille acheter une carte.

— Il y en avait une sur ton téléphone, mais tu l'as jeté dans les arbres.

À la station-service suivante, Papa a garé la voiture.

— Tu veux venir avec moi ?

— C'est rien qu'une station-service, ai-je déclaré. Elles sont toutes pareilles.

— Ouais, a confirmé Papa. Mais tu peux t'étirer les jambes.

J'ai regardé mes jambes.

— Elles ont besoin d'un vrai exercice, pas seulement de faire trois pas dans une station-service, ai-je soupiré. Bon, je crois que je vais quand même aller faire pipi.

Papa marchait déjà devant. Il s'est frotté la tête comme si elle lui faisait mal. Il était certainement stressé par l'organisation de notre aventure et par le fait de devoir s'occuper de moi tout seul. D'habitude, c'est Maman qui me garde, pas lui.

J'ai couru pour le rattraper et mes flamants roses se sont envolés.

Le monsieur dans la boutique était assis derrière une vitre, alors on ne pouvait pas le toucher. Il fallait lui donner l'argent par un petit trou.

— Pourquoi est-ce qu'il est dans une cage ? ai-je demandé.

— Pour éviter de se faire voler, j'imagine.

— Ou de se faire tuer. Mais des gens pourraient la casser s'ils avaient un chalumeau brise-vitre ou je ne sais pas quoi.

— Hum, a fait Papa.

Il a feuilleté tous les journaux du présentoir. Sur tous, le même visage apparaissait en première page.

— Bonjour, M. le Président, ai-je lancé en lui tirant la langue.

Papa a demandé une carte au monsieur derrière la caisse.

— Je vais faire pipi.

Papa a hoché la tête.

— N'oublie pas de surveiller la porte, lui ai-je rappelé.

J'ai trouvé les toilettes et je suis entrée. Le sol était humide et la lunette des cabinets était couverte de pipi. J'ai déroulé quelques feuilles de papier que j'ai installées dessus pour faire une protection. C'est une astuce que Maman m'a apprise. J'ai essayé de retenir ma respiration à cause des mauvaises odeurs.

Quand je suis sortie, Papa était encore à un distributeur de billets en train de tirer de l'argent. Il avait une carte et deux Red Bull à la main.

— Prends-toi un encas pour la route, si tu veux, m'a-t-il proposé.

J'ai marché dans le rayon en regardant les barres chocolatées et les petits gâteaux. Rien de tout ça n'allait m'aider à combattre le scorbut, comme Mlle Ellis nous l'avait appris. En classe, elle a expliqué comment les marins dans le temps tombaient malades et mouraient parce qu'ils ne mangeaient pas assez de fruits, des aliments qui donnent de la vitamine C. C'est pour ça qu'il faut en manger CINQ PAR JOUR et s'assurer de se procurer toutes ces vitamines, mais Papa n'arrête pas d'oublier tous les trucs importants. Je suis sûre que personne ici ne boit de JUS VERT au petit déjeuner. C'est ce que Maman prend tous les matins après ses exercices. Des fois, moi aussi, j'en bois pour qu'elle soit fière de moi car ça lui montre que je fais des efforts pour rester belle et en bonne santé. Le jus vert est dégoûtant, mais j'aime quand Maman me sourit et dit, « Bravo, ma chérie ! ».

Tout le monde aime les gentilles filles, mais des fois, c'est difficile d'être à la hauteur alors je ne fais plus d'efforts.

J'ai posé un Twix et un paquet de Twizzlers sur le comptoir. Papa a pris un petit gâteau de la marque Moon Pie, alors j'en ai pris un aussi.

Quand le monsieur derrière la caisse a parlé, j'ai vu qu'il avait des dents en or. Je suis sûre que c'est pour ça qu'il est derrière une vitre.

Au moment de partir, un monsieur avec un chien en laisse est entré dans la boutique. Il a bousculé Papa, qui lui a dit, « Fais attention, connard ! », même si tout laissait croire qu'il n'avait pas fait exprès.

— C'est comme ça que tu parles devant ta gosse ? s'est offusqué le monsieur. C'est qui, le connard ?

Il a secoué la tête.

— C'était un pitbull qu'il avait, le monsieur, ai-je signalé à Papa. Ce sont de très bons chiens d'attaque. Ils peuvent tuer les méchants si tu leur demandes. Heureusement qu'il ne lui a pas ordonné de te mordre. Comme ça, ai-je dit en montrant mes crocs.

Papa a tiré la languette de son Red Bull et l'a fini avant qu'on arrive à la voiture. J'ai repéré une carte postale par terre. Je me suis baissée pour la ramasser parce que ce n'était pas un animal mort transportant des centaines de maladies, mais seulement un morceau de carton.

La photo sur le devant représentait un tas de pièces en argent et c'était écrit INVESTISSEZ INTELLIGEMMENT.

— Qu'est-ce que c'est ? a demandé Papa.

— C'est un message secret pour moi. Je ne peux pas t'en parler.

J'ai tenu la carte postale contre moi pour cacher la photo.

Papa a grimpé dans la voiture. J'ai ouvert le paquet de Twizzlers avec les dents pendant qu'il lisait sa carte routière, la pliant et la dépliant sur le siège passager jusqu'à ce qu'il trouve ce qu'il cherchait.

— Eh bien, moi, je suis très douée pour lire les cartes. Je peux aider en étant le COPILOTE. C'est la personne qui indique la direction à prendre pour ne pas se perdre. On pourrait faire équipe. On n'a qu'à dire qu'on est des marins sur un bateau, même si, en vrai, c'est une route. Mais c'est pas grave, comme on fait semblant, on peut dire ce qu'on veut.

— Peut-être plus tard.

— Quand alors ?

Papa a approché la carte de son visage et il a plissé les yeux.

— Tu as besoin de lunettes, toi aussi ? Mlle Ellis dit que je plisse les yeux quand je regarde le tableau.

— Hum.

— Quand on rentrera à la maison, tu vas m'emmener faire ce test où on doit lire les lettres de l'alphabet mises dans le désordre pour pas qu'on triche ?

D'un geste de la tête, Papa a fait signe que oui.

— Ouais, ma chérie. On va faire ça.

Il est sorti de la station-service et on a repris la route.

— *La route, la route, la route, on ne fait que rouler. Conduire, conduire, conduire, je m'ennuie tellement que je vais exploser.*

J'ai encore chanté ma chanson, mais plus fort pour que Papa puisse entendre. Il a allumé la radio et écouté les journalistes parler de l'étudiant qui s'est présenté armé à l'université pour tirer sur huit de ses camarades de classe, les tuant sur le coup, et de l'immeuble le plus grand du monde qu'on peut voir depuis l'espace.

— Est-ce que c'est un gros mot, CONNARD ? ai-je demandé.

Papa a acquiescé.

J'ai levé la main et fait le geste du doigt que Savannah m'avait appris.

— Est-ce que c'est un gros mot ?

Papa m'a regardée en souriant.

— Non, c'est l'autre doigt.

— Celui-là ?

Papa a secoué la tête.

— Celui du milieu. Mais ne le fais pas. C'est malpoli.

J'ai baissé la main et, à l'abri de son regard, je me suis entraînée.

Puis j'ai montré à Clemesta le message secret sur la carte postale.

— Ça veut dire qu'il y a un trésor pour moi quelque part. Certainement à la fin de cette aventure.

— Comme le chaudron rempli d'or au pied de l'arc-en-ciel ?

— Exactement.

Elle a approuvé.

— Je pense que notre BOÎTE ULTRASECRÈTE est comme un coffre au trésor. Parce que les secrets sont un peu des trésors.

— Seulement les bons, ai-je dit.

— J'imagine. Tu te souviens du dernier qu'on a mis ?

J'ai fait signe que non.

— Tu peux essayer de t'en souvenir ? Je crois que c'est important.

— D'accord, mais plus tard. Je suis occupée pour le moment.

— À quoi faire ?

— À vivre une aventure. Et je dois aider pour les directions.

J'ai baissé ma vitre en appuyant sur un bouton et le vent s'est engouffré en faisant un grand bruit. Ça m'a rappelé les fenêtres coincées du Chambersburg Comfort Lodge et je l'ai dit à Papa.

— C'est débile, non ? Parce que les fenêtres, c'est fait pour s'ouvrir !

— Ouais, a concédé Papa. Normalement. Mais dans les hôtels, je crois qu'ils doivent faire comme ça.

— Pourquoi ?

— Je pense que c'est pour que les gens ne tombent pas par la fenêtre, ou, ou…

— Ou qu'ils sautent.

— Peut-être.

— Ça s'appelle SE SUSCITER.

— Se suicider, ouais.

— Comme Tonton Joshua.

Papa n'a rien dit.

Je n'étais pas censée connaître les TERRIBLES DÉTAILS de la mort de Tonton Joshua mais un jour, j'ai entendu Maman raconter à Rita, « Il a grimpé au dix-huitième étage de l'immeuble qu'ils étaient en train de construire et il a sauté par la fenêtre. Joe a pu l'identifier grâce à la cicatrice de son appendicite ».

Papa a fermé ses poings sur le volant.

— Je suis désolée, ai-je dit.

Je me suis mordu la joue.

Papa a dégluti.

— Je n'aime pas parler de ça.

— Parce que ça te rend triste.

— Ouais.

— Papa est toujours triste, a noté Clemesta.

« Tu es dépressif, Joseph ! » crie Maman quand elle N'EN PEUT PLUS. Je peux écrire DÉPRESSIF mais parfois, j'oublie ce que ça veut dire exactement. Ça veut certainement dire que tes amis et ton ancien travail te manquent, parce que Papa est devenu très triste ce jour-là, il y a deux Noëls, quand il est tombé sur son vieux collègue de Floride, Pete.

On était allés à Manhattan pour voir les lumières de Noël au Rockefeller Center. On s'amusait beaucoup. Papa et Maman se tenaient par la main, se bécotaient sans arrêt et moi, je tenais l'autre main de Maman. Il faisait noir, mais les lumières étaient étincelantes et on était sur le point d'aller faire du patin à glace quand Pete a crié, « Joseph Rust ! » et on a dû s'arrêter pour lui parler. Ils se sont serré la main et Pete a posé plein de questions à Papa et c'était vraiment barbant alors je n'ai pas trop écouté mais à un moment j'ai entendu Pete dire, « Bon Dieu, à Value Motors ? », avant d'ajouter qu'il pouvait pistonner Papa et de lui demander pourquoi il ne s'était jamais présenté à l'entretien qu'il lui avait arrangé, il aurait été parfait pour le boulot.

En tout cas, après lui avoir dit au revoir et souhaité de bonnes fêtes de fin d'année, Papa était de très mauvais poil et on a dû se passer de patin à glace et prendre la voiture pour rentrer à la maison en silence. Plus tard, Maman a claqué beaucoup de portes de placard pendant qu'elle préparait le dîner et elle a dit, « Tu veux souffrir, c'est ça, Joe ? Y a que comme ça que tu as l'impression d'être suffisamment puni ? ». Dans ma chambre, Clemesta et moi, on a construit une patinoire en papier aluminium et en briques de Lego, puis on a programmé une grosse surprise pour ma famille de poupées. Elles ont vraiment apprécié.

J'ai déjà deux souhaits pour ma liste de Noël cette année, mais je les ai écrits au crayon de papier au cas où je changerais d'avis.

Dehors, j'ai repéré un drapeau américain flottant au vent, puis un animal écrasé comme une crêpe sur la route.

— LOUP MORT ! ai-je crié.

— Je ne crois pas qu'il y ait de loups par ici, a fait remarquer Papa.

— Si, d'abord ! Moi, j'adore les loups. Je pense que celui qui est mort était une maman louve et qu'elle défendait ses louveteaux parce que les loups, ils ne laissent personne les attaquer. Ce sont des animaux féroces.

En vrai, les mamans humaines aussi sont féroces parce qu'une fois, quand j'ai dit à Maman que Neshi était méchante avec moi et qu'elle me traitait de tous les noms, Maman s'est tellement énervée qu'elle est allée jusqu'à la grille de l'école et qu'elle a sifflé comme un serpent à l'intention de Neshi, « Tu es une vraie petite conne toi, non ? », et Neshi s'est enfuie en tremblant de peur. Plus tard, sa mère a essayé de téléphoner, mais Maman a REFUSÉ l'appel et l'a effacé. Les mamans féroces sont un peu effrayantes, sauf quand elles sont de ton côté.

J'ai serré mes mains l'une contre l'autre et j'ai soufflé dedans.

— C'est comme ça que les loups sifflent dans les dessins animés. Ou des fois les gens dans la rue, ils sifflent aussi les mamans de cette façon.

Papa m'a adressé un sourire dans le rétroviseur.

— On fait un duel de regards, ai-je proposé.

— Je ne peux pas, je conduis.

Je me suis renfoncée dans la banquette.

— On va s'amuser un peu ou on va rouler toute la journée ?

Papa a ouvert son autre canette.

— On va aussi s'amuser, a-t-il affirmé.

J'ai soupiré.

— J'ai l'impression qu'on roule jusqu'à la fin du monde.

J'ai fermé les yeux et tenté d'utiliser la télépathie pour savoir ce que Mlle Ellis était en train d'enseigner en classe. J'espérais qu'on lui manquait, moi, mes réponses intelligentes et mon cerveau éponge qui se gorge de connaissances à son contact. J'ai essayé de trouver des idées pour la Semaine de la gentillesse. Peut-être que je pourrais donner de l'argent de ma tirelire à la clocharde de notre rue. Ou peut-être que je pourrais dire à Maman que je lui pardonne. Le pardon, c'est aussi une preuve de gentillesse.

J'ai tapé sur l'épaule de Papa.

— Est-ce que Maman est rentrée de son week-end entre filles ?

Papa a toussé.

— Ouais, elle doit être rentrée.

— Oh.

J'ai rongé toutes les demi-lunes blanches de mes ongles et je les ai fait tomber à mes pieds.

— Tu crois pas qu'on devrait rentrer à la maison nous aussi ? Sinon on va manquer à Maman.

J'ai touché la piqûre de moustique sur ma jambe. Le sang était déjà sec et formait une croûte dure qui l'empêchait de couler.

Papa m'a observée dans le rétroviseur. Il avait l'air inquiet.

— Tu ne veux pas voir la surprise ? L'endroit où on va ?

Clemesta m'a serré la main.

— Réfléchis, Dolly, réfléchis, m'a-t-elle prévenue.

— Le meilleur est à venir, a repris Papa. Tu ne voudrais pas rater ça, non ?

— Je crois que non.

Papa a avalé la dernière gorgée de son Red Bull et la canette vide a roulé sur le plancher.

— Très bien. Tu vas adorer.

J'ai fait oui de la tête.

— Ouais, je sais.

LE MINISTÈRE DE L'ESPÉRANCE.

L'ÉGLISE DES SAINTS.

LE CŒUR DU CHRIST NOTRE SEIGNEUR ET SAUVEUR.

Dieu était partout dans la région, mais ça ne semblait pas rendre les gens heureux pour autant. Ils avaient tous l'air tristes.

Je me suis retournée sur la banquette pour regarder par-derrière quand on a passé un panneau.

Il y avait écrit : BIENVENUE DANS LE TENNESSEE.

— Encore un autre État d'Amérique, me suis-je étonnée.

— Dolly, je n'aime pas ça, a commenté Clemesta. Pas du tout.

— Arrête. Tu me gâches mon aventure avec Papa avec tes remarques et ta morosité.

— Je ne crois pas que ce soit une aventure, a-t-elle insisté.

— Si, d'abord. Alors tu la fermes, maintenant.

Papa a pris à gauche et a garé la voiture sur un tronçon de route qui s'enfonçait dans un champ.

— Donne-moi une minute, a-t-il dit.

Il a sorti la carte et suivi du doigt les gribouillis. J'ai reposé ma tête contre la banquette. La voiture ne sentait plus le pin. Elle avait l'odeur de nos canettes vides et de nos emballages. Maman n'aimerait pas le désordre. Elle serait très mécontente.

Papa a démarré et j'ai salué des chevaux de la main alors qu'on passait devant un champ. Ils étaient du Tennessee et ils m'ont dit qu'ils étaient les chevaux de course les plus rapides du monde, plus rapides que des voitures ou que l'éclair.

— CHIEN MORT ! ai-je crié. Un chien sauvage. Ils font de terribles fantômes. Ils hurlent à la lune et donnent des puces.

— Devant, regarde ! s'est émerveillé Papa. Ce sont les Appalaches. Elles sont magnifiques, tu ne trouves pas ?

— Peut-être. On dirait des montagnes normales quand même.

J'ai mangé mon gâteau Moon Pie. Ça n'avait pas le goût de lune, mais de chocolat et de guimauve. J'ai de nouveau appuyé sur mon ventre. C'était dur, Maman appelle ça BALLONNÉ et c'est ce qui arrive quand on ne mange pas sainement, ou quand on ne va pas aux toilettes. J'ai compté depuis combien de temps je n'étais pas allée faire la grosse commission, et cela faisait déjà trois jours.

— C'est à cause de toutes les COCHONNERIES que tu as mangées, a déclaré Clemesta.

— Je sais.

— Tu n'es pas allée aux cabinets depuis samedi.

— Toi non plus. Je peux essayer une formule magique, peut-être que ça va marcher.

— Je ne crois pas, a répliqué Clemesta. Je pense que nos pouvoirs magiques ne fonctionnent plus.

— N'importe quoi, triple andouille !

LES VRAIS CHRÉTIENS OBÉISSENT À JÉSUS.

LE GOSPEL DU CŒUR MAGNIFIQUE.

ON ACHÈTE ET ON VEND DES ARMES.

Papa a allumé la radio pour écouter les informations. C'étaient les mêmes histoires qu'avant, mais rapportées par une voix différente. La chanson qui est passée ensuite s'intitulait *Lazarus Rising*. Je ne l'avais jamais entendue avant, alors je n'ai pas pu chanter sur la musique.

Je me suis frotté les yeux.

— On se rapproche ?

— Un peu plus à chaque instant.

J'ai enlevé mes chaussures. J'ai regardé les poils duveteux sur mes jambes alors que le soleil les éclairait. Un jour certainement, il faudra m'en débarrasser à l'aide des bandes roses que Maman range dans la salle de bains. Je crierai « Putain ! » à chaque fois que j'en tirerai une d'un coup sec mais mes jambes seront lisses et jolies.

Il y avait plein de drapeaux au Tennessee, mais pas seulement celui des États-Unis. Certaines maisons en arboraient un autre qui, d'après Papa, s'appelait le DRAPEAU CONFÉDÉRÉ. C'est l'ancien drapeau du Sud quand ils voulaient se séparer du reste du pays en forçant tout le monde à faire la guerre.

— Parce qu'ils voulaient garder leurs esclaves, me suis-je indignée.

— Ouais.

— Pourquoi est-ce qu'ils accrochent encore ces vieux drapeaux débiles ?

Papa a haussé les épaules.

— J'imagine qu'ils veulent se souvenir.

— Se souvenir de quoi ?

— Je ne sais pas. D'une autre époque. De comment étaient les choses avant.

— Mais c'est idiot. C'est le mauvais drapeau.

— Ils ont l'impression que c'est leur drapeau.

— Mais c'est faux. Ils n'ont pas gagné.

— Ouais. Je pense qu'il y a des combats qu'on ne peut pas gagner. Tout le monde perd à la fin.

Ça m'a fait penser à quelque chose.

— Comme quand toi et Maman vous vous disputez.

Ses yeux sont restés fixés sur la route.

— Là, c'est toi qui remportes la victoire, a-t-il conclu.

On avait beau rouler sans arrêt, la route et ses contours ne changeaient jamais. Des arbres, des montagnes, des églises, des drapeaux (anciens et nouveaux), des fermes. J'ai essayé de me souvenir du mot qui désigne la transformation des chenilles en papillons.

ÉGLISE MENNONITE.

BAPTISTE DU MONT GLORIEUX.

ÉGLISE DU CHRIST À LA CROISÉE DES CHEMINS.

J'ai démêlé les cheveux de Clemesta puis elle s'est occupée des miens. J'ai regardé les maisons le long de la route. Elles me faisaient penser aux endroits qu'on voit aux informations : elles étaient complètement cassées, en ruine comme après une grosse tempête ou un TSUNAMI. Ça, c'est un mot piège parce que le U se prononce OU. Je n'aime pas les mots pièges, ils sont fourbes. Certaines personnes sont fourbes aussi. Elles vous font croire qu'elles vous aident à réaliser vos rêves, mais en fait pas du tout. Comme TU SAIS QUI. « Il faut que tu partes, Anna, sinon il va t'entraîner avec lui dans sa chute, a-t-il dit à Maman. Il y a des années que tu aurais dû le quitter. En fait, tu n'aurais jamais dû l'épouser. Je l'ai toujours dit, pas vrai ? »

C'était à l'hôtel Nomad. Il avait loué une chambre spéciale dont la porte donne sur une autre chambre. J'étais dans une pièce et Maman dans l'autre. J'étais censée rester assise avec des écouteurs à regarder *Les Minions* sur la tablette, mais je les ai enlevés et j'ai écouté à la porte.

— Ça peut être réglé en deux coups de cuillère à pot, disait-il. Il faut juste que tu… enjolives. Ces bleus qu'elle se fait en tombant au jardin public, tu fais quelques photos, tu prends ton air ingénu et tu dis, « Oui, M. le juge, il a toujours eu mauvais caractère ». Tu es actrice, Anna. Ça ne va pas être bien compliqué.

— Je ferai tout ce qu'il faut, ai-je entendu Maman dire.

— Et il y a l'autre solution sinon, a ajouté TU SAIS QUI. Tu as toujours cette option, bien sûr. S'il… si ça se reproduit.

Maman est restée silencieuse.

— N'importe comment, Anna, je te conseille de réfléchir. Tu ne veux pas te lancer dans une interminable bataille au cours de laquelle tu ne pourras ni quitter l'État, ni aller nulle part. Tu serais complètement coincée. Ce serait un cauchemar.

— Je sais, a répondu Maman de la voix douce et triste des jours où elle N'ARRIVE PAS À SORTIR DU LIT.

— Avec Paul, on va t'aider, a renchéri TU SAIS QUI. Si tu as besoin de quoi que ce soit, on sera toujours là.

Ensuite, ils ont arrêté de parler. J'imagine qu'ils étaient occupés à faire autre chose.

— Je le déteste. Je le déteste tellement que j'aimerais qu'il explose.

— Moi aussi, a convenu Clemesta. Je pense que notre souhait s'est peut-être réalisé.

— Ah bon ?

— Eh bien, il n'est pas là, en tout cas.

WAFFLE HOUSE[1].

AIME LE PÉCHEUR, DÉTESTE LE PÉCHÉ.

SOUVENIRS CHEROKEES.

— Les Cherokees sont des Amérindiens. Mlle Ellis dit que toute l'Amérique leur appartient.

Clemesta a tiré sur ma robe.

— Tu penses que Maman sait qu'on est dans le Tennessee ?

J'ai haussé les épaules.

— Maman sait tout.

— Mais je crois pas qu'elle sache ça.

— Bon. Dans ce cas, elle devrait faire un peu plus attention.

On est restées assises en silence. Un insecte est entré dans la voiture et j'ai attendu qu'il atterrisse sur la vitre. C'était une mouche.

— J'aurais aimé que tu sois une coccinelle. Ça aurait été un signe de chance. Là, c'est juste normal.

À ce moment-là, on est passés devant un grand panneau sur lequel était écrit : SUIVRE CETTE DIRECTION POUR LE PARC D'ATTRACTIONS DOLLYWOOD. J'ai tourné la tête pour pouvoir le relire.

— Dollywood ! me suis-je écriée. C'est ça la surprise ?

— Qu'est-ce que tu crois ? a demandé Papa. C'est un parc d'attractions qui, en plus, porte ton nom. Qu'est-ce que tu en dis ?

1. Chaîne de restaurants servant principalement des gaufres. *(N.d.T.)*

J'ai poussé un cri de joie, tapé dans la main de Clemesta et l'ai embrassée sur la tête un million de fois.

— Tu vois. Je t'avais bien dit que Papa ne racontait pas d'histoires. C'est une vraie aventure rien que pour nous. Il ne mentait pas. Il a toujours dit la vérité.

Papa a garé la voiture et on a attendu que la navette spéciale de Dollywood vienne nous chercher pour nous emmener sur les hauteurs du parc d'attractions, un endroit magique, caché au sommet du monde.

— Comment ça se fait que le parc porte mon nom ?

— Eh bien, a commencé Papa, il y a une actrice et chanteuse célèbre dans le coin qui s'appelle Dolly Parton. C'est son parc d'attractions à elle.

— Célèbre comme Maman ?

— Eh bien, Maman a seulement joué dans un épisode d'une série. Elle n'est pas vraiment une grande star.

— Mais elle va le devenir. C'est ce qu'elle m'a affirmé.

Papa a serré les poings mais il n'a rien dit d'autre.

La navette est arrivée et on est montés à bord avec trois autres familles. On a dû attentivement écouter une dame qui s'appelait Jan nous expliquer les règles de sécurité pour pouvoir s'amuser en toute tranquillité : ne pas se lever pendant que la navette roule et bien vérifier d'avoir la taille requise pour les manèges.

Je regardais deux sœurs assises devant nous. Elles portaient des robes et des chaussures identiques, et elles avaient toutes les deux de longues tresses dans lesquelles un ruban rouge était entremêlé, alors on aurait dit des jumelles même si c'étaient juste deux sœurs normales.

— Nous, on est des vraies jumelles, ai-je chuchoté à Clemesta.

— Exactement. Pas comme ces sœurs toutes moches.

— Jan, ai-je dit. En vrai, je m'appelle Dolly. Dolly Rust.

— Oh, comme c'est mignon, s'est émerveillée Jan dans son micro. Mesdames, messieurs, nous avons une véritable Dolly ici avec nous aujourd'hui.

Les sœurs se sont retournées pour me regarder, VERTES DE JALOUSIE, c'est ce qui arrive quand on est tellement jaloux qu'on a envie de vomir. Je leur ai fait une grimace derrière leur dos et j'ai imaginé ce que ça ferait de leur couper leurs tresses avec les ciseaux géants de Mlle Ellis que personne n'a le droit d'utiliser sauf elle parce qu'ils sont aiguisés et dangereux.

Papa a posé la tête dans sa main puis s'est frotté les yeux.

— Ne fais pas ça, tu veux bien ? m'a-t-il glissé doucement à l'oreille.

— Quoi ?

— Ne dis pas ton nom à tout le monde.

— Et pourquoi ?

— Parce que... je pourrais avoir des problèmes.

— Pourquoi ?

— Euh, pour ne pas t'avoir amenée à l'école.

— Oh. Est-ce que Maman est au courant ?

— Ouais.

— Elle est en colère ?

— Pas du tout.

— Je ne dirai plus mon nom à personne.

Papa m'a affectueusement tapoté la jambe.

— Tu es bien gentille, a-t-il dit.

Clemesta m'a donné un coup dans les côtes.

On est sortis de la navette et on a fait la queue pour acheter des billets, et enfin, on était dans le parc. C'était un peu comme être dans un conte de fées transposé dans le vrai monde. Mais c'était pas comme Disney World, c'était différent. Bref, j'étais très excitée parce qu'il y avait tout un village plein de trucs super : des restaurants, des magasins de pop-corn, des stands de granités, des vendeurs de bonbons, des gens partout, des ballons, l'odeur savoureuse du chocolat, de la guimauve et de la barbe à papa, et des enfants qui criaient à gorge déployée tellement ils s'amusaient.

Papa et moi, on a commandé une dame blanche chez le glacier et on a regardé passer les gens qui allaient chercher à manger ou se dirigeaient vers la boutique de souvenirs. Tout le monde semblait être en famille et ça m'a rendue triste pour Maman qui n'était pas avec nous.

J'ai fini ma dernière cuillère de glace fondue. Beaucoup de monde se déplaçait sur ces mélanges de vélo et de fauteuil roulant conçus pour les personnes tellement grosses qu'elles ne peuvent plus marcher. Maman n'aimerait pas ça. Elle dirait, « Franchement, il y a des gens qui prennent de mauvaises décisions dans la vie ».

J'ai posé la main sur mon ventre dodu. Je me suis dit qu'il fallait que je pense à faire mes exercices de sauts de polichinelle plus tard, parce que ça m'aiderait à rester en forme.

Papa a sorti la carte au trésor spéciale que la dame de l'entrée nous avait donnée et grâce à laquelle on pouvait tout trouver dans le parc.

— C'est comme la carte de l'Amérique que tu as dans la voiture, ai-je remarqué. Sauf que l'Amérique n'est pas un parc d'attractions.

— Hum, a fait Papa.

— Mais imagine que ce soit le cas et que chaque endroit soit en fait un manège super amusant. Ou complètement effrayant. Ou alors, un endroit où on peut gagner des lots. Ça s'appellerait « Americaland » ou « Americawood ».

— Eh bien, s'est émerveillé Papa en me touchant la tête. Tu ne manques pas d'imagination, dis donc.

J'ai acquiescé.

— C'est ce qui arrive quand on a le cerveau bien développé.

J'ai lu les noms de tous les manèges : la Cascade des casse-cous, la Course infernale et les Fauteuils volants. Ils avaient tous l'air un peu effrayant. Je n'aime pas les choses qui font peur, alors je suis peut-être une trouillarde, mais c'est pas grave parce que je viens à peine d'avoir sept ans, alors je suis loin d'en avoir dix ou même plus.

Papa s'est levé et a glissé la carte dans sa poche. J'étais un peu énervée qu'il l'ait chiffonnée dans son pantalon, mais je ne lui ai rien dit.

— Tu devrais peut-être me donner la main pour éviter que je ne me perde, ai-je déclaré.

Il a pris ma main et l'a serrée. Je me suis accrochée fort et j'ai bien pris soin de ne rien faire de désagréable comme balancer les bras ou demander qu'on me fasse sauter dans les airs, ce qui agace les adultes et leur fait mal aux épaules.

Dans le Sanctuaire des aigles, la première attraction devant laquelle on est passés, de véritables aigles à tête blanche étaient perchés dans des arbres derrière d'immenses filets qui les empêchaient de s'envoler et de se perdre dans le ciel. Ils étaient énormes, puissants et majestueux, et c'est évidemment pour ça qu'on avait choisi de les mettre partout aux États-Unis : sur les pièces de monnaie, sur les immeubles et sur les T-shirts.

Il y avait un autre papa à côté de nous qui regardait avec son fils, et il lui a dit, « Ça, c'est le symbole de la liberté américaine ». Il portait un T-shirt rouge qui moulait ses muscles et son fils tenait dans les bras un gigantesque tigre en peluche. Le garçon n'avait pas de muscles. Il avait une grosse bedaine et la peau très claire, comme si on l'avait trempé dans la farine.

Un aigle a déployé ses immenses ailes comme s'il voulait s'envoler, mais il n'a pas dépassé le filet. Ses ailes sont alors retombées et l'oiseau a voleté jusqu'à son perchoir.

— Ils leur coupent les ailes, a déclaré Papa. C'est pour ça qu'ils ne peuvent pas voler.

L'aigle m'a regardée avec ses yeux noirs. Il était furieux.

— Je suis désolée pour tes ailes, lui ai-je confié.

Il a remué la tête.

— Moi aussi. Tu as bon cœur, Dolly Rust.

— Merci, mais ne dis mon nom à personne.

J'ai mis mon doigt sur mes lèvres et j'ai fermé ma bouche à clef.

Le garçon au tigre en peluche m'a regardée. Il était jaloux que je puisse parler à l'aigle et pas lui. Il a formé un pistolet avec sa main et a visé en direction de ma tête. Il a appuyé sur la détente trois fois et il m'a tuée.

— T'inquiète pas, m'a consolée l'aigle, il va certainement mourir jeune en tombant dans une fosse à purin.

Papa et moi, on a laissé les aigles à leur cage et on est allés voir les manèges. Avant d'accéder aux attractions, il fallait s'assurer d'avoir la taille requise en se mettant à côté d'une règle. Il fallait aussi vérifier qu'on n'était pas trop gros pour le manège en s'asseyant sur un fauteuil spécial en plastique. J'ai pris position et j'ai gigoté. Il y avait plein de place alors j'étais très contente, mais il y avait une autre fille à côté de moi qui pleurait. J'imagine qu'elle était trop obèse pour avoir le droit de s'amuser alors tant pis pour elle. Je l'ai dévisagée, mais seulement un tout petit instant.

Avec Papa, on est montés dans deux manèges. Ils ne faisaient que moyen peur mais tout le monde hurlait alors je n'étais pas la seule froussarde. On a tous été trempés et après, on a pu utiliser le séchoir familial spécial qui ressemble à un sèche-linge pour les gens. Après, on s'est promenés. On entendait un vieil accordéon et des gens qui criaient à tue-tête. Il y avait aussi différentes odeurs de nourriture. J'ai observé les membres des autres familles qui marchaient côte à côte et j'ai vu que Papa les regardait aussi. On ne leur ressemblait pas. Ils avaient l'air de s'amuser, mais nous, on ne s'amusait qu'à moitié. On pensait à autre chose.

Papa s'est frotté la tête, puis il a pris deux cachets dans un flacon en plastique et les a mis dans sa bouche. On est tombés sur un stand de tir et j'ai repéré une rangée de tigres en peluche accrochés à côté de pandas, d'aigles et d'ours polaires. Mon regard a croisé celui de la tigresse de la rangée du milieu.

Elle a dit, « Je m'appelle Louisanda et je suis pour toi ». Je me suis tournée vers Papa.

— Est-ce que tu peux gagner ce tigre, s'il te plaît, Papa ?

— Sans problème !

Il a pris un fusil, mais n'a touché que deux ballons et il en fallait trois pour gagner un prix. Il a payé pour rejouer, mais cette fois-ci, il n'a réussi à en éclater qu'un.

Il s'est frotté les yeux. « Encore une fois », a-t-il dit, mais son visage était rouge et je voyais bien qu'il s'énervait. Il y avait deux filles à côté de nous, elles se cachaient pour rire parce qu'elles avaient déjà touché tous leurs ballons et qu'elles choisissaient leur peluche.

Papa a encore tiré, mais il a tout raté.

— Merde, s'est-il écrié. Combien pour un tigre ? Je veux l'acheter.

— C'est pas possible, monsieur, a répondu la personne qui s'occupait du stand.

C'était un vieux grand-père qui frottait sa grosse barbe grise et broussailleuse comme on caresse un chat.

Papa a jeté son fusil.

— Elle veut un putain de tigre, alors laissez-moi l'acheter ! a-t-il crié.

Le grand-père a secoué la tête.

— C'est le règlement.

— Je l'emmerde, moi, ton règlement, s'est énervé Papa.

Il m'a prise par la main et nous sommes partis en trombe même si moi, je n'étais pas de mauvaise humeur. J'essayais d'être gentille, polie et de faire preuve de bonnes manières, en particulier avec les personnes âgées qui peuvent mourir de peur si tu es trop grossier avec eux.

— Connard, a dit Papa.

Il serrait ma main très fort et j'ai tenté de la retirer. On a marché comme ça pendant un moment. J'étais un peu morte de peur et mon cœur battait la CHAMADE.

— Allez, on va manger un truc, a proposé Papa.

À la pizzeria, il a acheté deux parts de pizza au fromage bien chaudes qui laissaient des traces de graisse sur les assiettes en carton. J'ai enfoncé mon doigt dans ma pizza et l'huile a jailli tout autour.

Papa a serré le poing. C'est le poing qui casse des choses à la maison quand il devient fou de rage. Ce n'est pas la faute de Papa, c'est à cause de M. l'Ours en Colère qui vit en lui : il se réveille de mauvaise humeur si quelqu'un fait quelque chose d'idiot. Des fois, M. l'Ours en Colère se bagarre avec d'autres papas puis il rentre à la maison avec les yeux pochés. M. l'Ours en Colère fait pleurer Maman mais après, Papa regrette toujours et il est plein d'amour, alors ils se tiennent tête contre tête et se chuchotent des choses gentilles et Maman rayonne de bonheur.

— J'ai besoin de toi, dit Papa. J'ai besoin que tu me montres comment devenir meilleur, ma lumière adorée.

Maman est encore plus belle ces jours-là. Je pense que les larmes doivent être bonnes pour sa peau.

Doucement, tout doucement, le poing de Papa s'est desserré.

— Je suis désolé. J'ai perdu mon calme. Je déteste ne pas pouvoir te donner ce que tu veux. Je n'aime pas te décevoir.

Sa voix était cassée et montait dans les aigus, c'était plus une voix de petit garçon que celle de d'habitude. Il a dégluti.

— On va te trouver un tigre, je te promets.

J'ai retiré la croûte de ma pizza.

— Je n'en veux plus. C'est pour les bébés.

J'ai regardé l'attraction en face de nous. Elle me faisait des nœuds dans le ventre. Les montagnes russes montaient jusque dans le ciel, les wagons amenaient très lentement leurs passagers jusqu'au sommet où ils s'arrêtaient un court instant, les laissant suspendus dans les airs avant de les faire basculer de l'autre côté. Alors, les gens chutaient dans le vide, mais on ne pouvait pas voir cette partie-là, on avait juste l'impression qu'ils disparaissaient pour toujours. C'était peut-être vrai, et alors leur famille rentrait chez elle sans eux.

J'ai avalé une bouchée de pizza. J'avais la gorge sèche et ça me faisait mal quand la nourriture descendait.

— Je ne veux plus monter dans des manèges, ai-je déclaré.

Papa a ramassé les serviettes et jeté nos restes à la poubelle.

Alors qu'on marchait vers la sortie, je tenais Clemesta contre moi. Elle était très silencieuse.

— Tu as perdu ta langue ?

— Papa me fait peur des fois, a-t-elle dit.

— Il ne le fait pas exprès, lui ai-je expliqué. C'est simplement M. l'Ours en Colère. On l'a réveillé aujourd'hui.

— Je ne sais pas, Dolly. Je ne crois pas que ce soit vraiment un ours.

J'ai observé le torse de Papa monter et descendre, monter et descendre encore. Je lui ai serré la main pour lui rappeler notre grand amour. Cet amour qui aide à garder les ours endormis.

Jan ne nous a pas reconduits à notre voiture. La dame qui la remplaçait dans la navette s'appelait Felicia et elle parlait au téléphone.

— Ouais, Carl, c'est ce que je te dis, c'est pas juste.

La jambe de Papa sautait nerveusement comme si son genou mourait d'envie de s'enfuir.

— Où est-ce qu'on dort ce soir ? lui ai-je demandé.

— Je ne sais pas encore. Ici, c'est un piège à touristes. C'est certainement hors de prix.

— Et l'argent ne pousse pas sous les sabots d'un cheval.

— Exactement.

— S'il n'y en a plus au distributeur, tu peux peut-être faire un prêt. Maman a eu tout un tas d'argent comme ça à Manhattan.

Papa s'est renfrogné puis il a poussé un long soupir.

Clemesta m'a donné un coup de sabot dans les côtes.

— C'était censé être un secret.

J'ai mis ma main devant ma bouche.

— C'est sorti tout seul.

Clemesta s'est indignée.

— C'est pas la première fois, hein ?

Un homme se tenait à côté de notre voiture. C'était un agent de police, son talkie-walkie crépitait et son insigne brillait au soleil. Il nous a regardés alors qu'on s'approchait des portières pour les ouvrir. Il a très doucement touché le bord de son chapeau de police.

— Vous vous êtes bien amusés ? a-t-il demandé.

Il était très près de mon côté. J'ai regardé Papa qui ne bougeait pas, n'ouvrait pas la voiture, ne disait pas un mot.

— Ouais, ai-je répondu au policier. C'était rigolo.

Mon cœur s'est emballé parce que je mentais. J'espérais que le policier ne s'en rendrait pas compte. Peut-être qu'ils ont le droit de t'arrêter et de te mettre en prison pour ça. J'ai pincé la peau sous mon pouce. L'agent de police a tourné la tête vers Papa. Il était toujours au même endroit devant la voiture, comme s'il était pétrifié. Il a ouvert la bouche pour dire quelque chose mais au même moment, le policier a levé les bras, et deux garçons sont venus vers lui en courant.

Papa les a regardés. Il a passé la main sur son visage pour l'essuyer, puis il est lentement entré dans la Jeep.

Au feu, il a regardé dans les rétroviseurs. D'abord dans celui du milieu puis dans ceux des côtés. Arrivés au stop, il y a encore jeté un œil.

— Qu'est-ce que tu regardes ?

— Rien.

— Est-ce que le policier nous suit ?

— Non.

Il a continué à regarder dans les rétroviseurs.

— Il va nous prendre en chasse, l'ai-je prévenu en me retournant pour voir la route derrière. C'est parce que j'ai dit un mensonge.

— Quoi ?

— Il va venir après nous parce que j'ai menti.

Papa s'est retourné, les yeux grands comme des soucoupes.

— Qu'est-ce que tu lui as raconté, Dolly ?

— J'ai dit que je m'étais amusée à Dollywood. Et c'est pas vrai. Pas entièrement. Parce que tu étais tout énervé.

— Bon sang !

Papa s'est essuyé le visage. Ses mains tremblaient.

— Tu es encore en colère ?

— Non, non, Doll.

Il a jeté un nouveau coup d'œil dans les rétroviseurs, puis il a sorti un cachet de son flacon pour le faire fondre sur sa langue. Il a ouvert les vitres et laissé le vent lui fouetter le visage.

On a roulé sur la route déserte, on a tourné devant un panneau sur lequel était écrit : BIENVENUE À. Je n'ai pas pu lire le nom de la ville parce qu'il faisait trop noir. Tout ce que je pouvais voir, c'était qu'elle fichait la trouille, comme si les mobile homes et les arbres cachaient plein de choses affreuses.

Par la vitre, on sentait une odeur d'essence, de graisse, de feuilles en décomposition et certainement d'animaux morts.

Papa s'est arrêté au Halfway Motel & Lodge. Ce n'était pas une maison comme chez Darlene, ni un hôtel chic et charmant avec un jacuzzi au milieu de la chambre comme le Chambersburg Comfort Lodge. C'était plutôt un bâtiment carré et jaunâtre dont la peinture était quasiment tout effritée. Le panneau de bienvenue était cassé et il n'y avait que quelques camionnettes sur le parking. À côté de l'hôtel se trouvait un bar. Sur l'enseigne, une flèche clignotante rouge pointait en direction de l'entrée et dessus, il était écrit : VENEZ VOUS ÉCLATER, LES CHÉRIS.

Papa s'est retourné pour regarder pendant qu'il déchargeait nos bagages.

Clemesta a tressailli.

— Ça a l'air dégoûtant là-dedans.

L'ouverture de la porte du motel a déclenché un bruit de cloches. La télé diffusait à plein volume un match de catch entre deux hommes qui criaient et grognaient en se fonçant l'un dans l'autre. Ils avaient l'air GROTESQUES, c'est-à-dire vraiment ridicules.

Le réceptionniste du motel avait des tatouages tout autour des bras : le visage d'une femme mais aussi un dragon, une tête de mort et une dame de cœur. Il avait l'arcade sourcilière percée et une barre dans le nez qui devait tout le temps être pleine de morve.

— On n'accepte que le liquide, a-t-il annoncé. Et la clim ne marche pas.

Il a frotté sa main sur sa bedaine qui dépassait de son T-shirt. Il était très blanc. Il avait la peau luisante et une rangée de boutons sur le front. L'un d'entre eux semblait sur le point d'éclater et de répandre son pus jaune sur nous, alors je me suis écartée de la réception au cas où.

L'ascenseur ne fonctionnait pas donc on a pris l'escalier. Notre chambre sentait la fumée et les vêtements mal séchés. Une vieille boîte carrée faisait office de télé et, dans la salle de bains, la cuvette des WC était cassée. Une personne dégoûtante et malpolie avait oublié de tirer la chasse alors il y avait un gros machin marron qui flottait dans l'eau, Papa nous en a vite débarrassés.

— C'est seulement pour une nuit, a-t-il affirmé quand il a vu ma tête.

Il a allumé la chaîne ennuyeuse des informations à la télé et a regardé l'écran flou pendant quelques minutes avant d'éteindre le poste. Il m'a vue debout dans mon coin, mon sac Walmart au bras.

— Viens par là, a-t-il dit.

Je me suis approchée du lit.

— Je ne suis pas en colère. Je ne t'en veux jamais, Doll.

Il a ouvert grand les yeux, comme pour un duel de regards. J'ai ouvert les miens et j'ai fixé son regard.

— Tu as les yeux tristes ce soir, lui ai-je fait remarquer.

Il a cligné des paupières et j'ai gagné. Personne n'a pouffé de rire.

— Je suis prête à rentrer à la maison maintenant. Je ne veux plus d'aventures. Je veux Maman.

Papa a dégluti. Il a expiré et acquiescé.

— Ouais. D'accord.

Il s'est frotté le visage avec les deux mains, comme si c'était un masque qu'il pouvait enlever.

— On va rentrer.

Il est parti aux toilettes. Même si la porte était fermée, je l'entendais faire pipi. Ça a duré super longtemps.

J'ai appuyé sur mon ventre dur comme un ballon et je me suis assise sur le lit. Il grinçait et faisait un bruit mou au milieu comme s'il avait cent ans et qu'il était sur le point de mourir de la tuberculose. La moquette était pleine de trous de cigarette et il y avait une grosse tache marron juste à côté de mon lit. Du sang, sans aucun doute.

J'ai bâillé trois fois de suite.

— C'est l'heure de se coucher ?

— Ouais.

Papa a ouvert le sac qui contenait nos brosses à dents et mon pyjama, et il a tout sorti.

— Tu veux te laver ?

J'ai regardé mes mains. Mes ongles étaient sales et mes doigts tout collants, mais je ne voulais pas aller dans cette salle de bains dégoûtante. J'étais sûre qu'un liquide marron et visqueux allait sortir de la douche. Peut-être même que le gros machin marron était revenu.

— Je ferai ça demain.

J'ai enfilé mon haut de pyjama et j'ai regardé les couvertures qui sentaient mauvais.

— C'est seulement pour une nuit, a répété Papa.

— Tu vas te coucher ?

— Heu… J'ai deux ou trois trucs à faire. Je serai par là, ou si je ne suis pas là, c'est que je suis parti chercher quelque chose à la voiture. D'accord ?

— Mais je ne veux pas rester toute seule.

Papa a secoué la tête.

— OK. Je serai là.

— Promis ?

— Ouais.

— Promis, juré ?

— Bien sûr. Et si je ne suis pas là, c'est que je suis allé chercher quelque chose à la voiture. Tu te rappelles ?

Je me suis glissée sous les couvertures. Elles étaient lourdes et sales, et je ne voulais pas les avoir près de la bouche au cas où j'avalerais des particules microscopiques de saleté. Je me suis allongée sur le dos et j'ai regardé le plafond. Il était plein de moisissures. J'ai frémi de dégoût, et les punaises de lit ont commencé à se pourlécher les babines.

Je n'ai pas demandé à Papa de me border. Je l'ai observé en train d'attendre devant la fenêtre, le regard fixé sur la rue.

— Je voudrais qu'on soit déjà rentrés à la maison, ai-je confié à Clemesta.

Cela n'allait pas empêcher ce vœu de se réaliser : le dire à Clemesta, ce n'est pas comme en parler à une personne normale.

Elle m'a embrassé la joue.

— Oh, Dolly. Je ne crois pas qu'on va rentrer à la maison.

J'ai fermé les yeux et tout s'est arrêté pendant un grand moment. Je me suis réveillée pour aller aux toilettes. La chambre était sombre, mais il y avait encore de la lumière qui provenait des réverbères dans la rue alors je n'ai pas allumé pour me rendre dans la salle de bains. En sortant, sans le faire exprès, ma main a appuyé sur l'interrupteur. « Désolée », ai-je dit, parce que je pensais que j'avais peut-être réveillé Papa. Mais en fait, il n'était pas là. Son lit n'était même pas défait.

— Papa, ai-je appelé, même si je savais que c'était idiot parce qu'il n'avait nulle part où se cacher.

J'ai jeté un coup d'œil derrière le voilage couvert de taches marron auquel était accroché un papillon de nuit mort, et j'ai regardé pour voir si la Jeep était encore garée dans le parking. Elle était là où Papa l'avait laissée, mais il n'était pas dedans en train de chercher quoi que ce soit.

— Il est dans ce bar, a pesté Clemesta. J'en suis sûre.

J'ai regardé l'enseigne lumineuse et la flèche rouge indiquant la direction du malheur.

— Il avait promis.

— C'est une promesse qu'il ne tient jamais, a soupiré Clemesta.

— Je voudrais lui casser la figure.

— Moi aussi. Et lui donner des coups de pied dans les chevilles et lui faire une brûlure indienne sur le bras.

— Il le mérite. S'il avait un tableau de bonne conduite, je lui enlèverais tous ses bons points et je le ferais recommencer à zéro.

— Tu peux pleurer si tu veux, m'a suggéré Clemesta. Moi-même, je pleure un peu.

Je suis retournée me nicher sous les couvertures.

— Je ne pleure pas parce que j'ai peur, ai-je déclaré. Je pleure parce que je suis folle de rage.

Clemesta m'a caressé la joue.

— Oh, Dolly. Il ne mérite pas une petite fille comme toi.

J'ai fait la moue.

— Pour la peine, je ne vais pas me coucher, tiens !

J'ai allumé la télé et j'ai zappé. Il y avait un film d'horreur et un autre sur deux adultes qui COUCHAIENT ENSEMBLE. Je n'ai pas changé de chaîne même si c'était dégoûtant. Dégoûtant, dégueulasse et répugnant, comme TU SAIS QUI.

— Tout est sa faute, ai-je lâché à Clemesta. C'est lui le responsable de tout ça.

— Dolly. Je crois que c'est seulement une partie de l'histoire. Et je pense que tu fais exprès de ne pas te rappeler le reste.

J'ai fermé les yeux.

— Chut, lui ai-je dit. Ferme les yeux. On va faire un tour de magie qui va nous faire partir d'ici. Regarde ! On est de retour à la maison, dans notre lit sous les couvertures bleues à nuages blancs. Clemesta ?

— Je suis en train de le faire.

— Très bien. Maintenant, imagine qu'on est au lit, le ventre bien rempli parce que Maman nous a préparé un délicieux dîner.

— Des spaghettis ?

— Ouais. Et de la glace au dessert, celle avec trois parfums dans le pot.

— Je l'aime bien, celle-là, mais la meilleure, c'est framboise.

— Idem. Bref. Imagine qu'on a déjà mis les poupées au lit et qu'on a fini notre histoire. Maintenant, on se blottit sous nos couvertures et Maman nous fait un câlin et des bisous spéciaux pour faire un gros-dodo-sans-cauchemars. Tu te rappelles comment on fait ces bisous ?

Clemesta a fait signe que oui.

— Un bisou esquimau avec le nez, un bisou papillon avec les cils et un bisou de Maman sur la joue.

— Excellent. Maintenant, on est très fatiguées.

— Je suis fatiguée, a dit Clemesta en bâillant.

— Ouais, alors regarde les étoiles et les planètes fluorescentes que Maman a collées au plafond pour nous.

— Je ne vois que du moisi.

— Parce que tu n'as pas fait le tour de magie comme je t'ai demandé. Concentre-toi, et regarde le plafond qui est en fait celui de la maison et répète, « Bonne nuit, joli univers, et merci de briller toute la nuit et de veiller sur nous ». Dis-le et puis comme ça, on va s'endormir.

Plus tard, la porte a fait un grand bruit et je me suis encore réveillée. C'était Papa. Il ne tenait même pas debout normalement, il n'arrêtait pas de tomber et il puait comme un camion poubelle qui attend au milieu de la rue pour avaler les ordures.

— Je te déteste, ai-je grogné.

— Dolly, a dit Papa, mais ses yeux étaient à peine entrouverts. Je suis un raté, ma chérie, j'ai tout foutu en l'air. J'essaie de bien faire, mais je finis toujours par tout foirer. Toute ma vie, je n'ai fait que merder. Rien que merder !

Il a donné un coup de poing dans le lit avant de tomber dessus. Ses yeux étaient fermés et il les a recouverts de sa main.

— Je vais arranger les choses, tu vas voir. Toi et moi, on va prendre un nouveau départ, Doll. Tout sera mieux. Ça va être super.

Il a arrêté de parler et s'est mis à ronfler, encore tout habillé, les pieds traînant sur la moquette.

Mardi

LE MATIN, PAPA ÉTAIT EN TRAIN de dormir et de ronfler, toujours vêtu des vêtements de la veille.

— C'est le matin, ai-je crié très fort. Debout.

Papa a ouvert un œil et grogné.

— Debout. C'est l'heure de rentrer à la maison.

— Il faut que je dorme encore. Ma tête.

— Imbécile de Papa.

J'ai jeté un oreiller par terre.

— Il était vraiment très soûl, a dit Clemesta. C'est un ivrogne et un alcoolique.

— Je sais.

— Ce n'est pas un comportement d'adulte responsable. Vraiment pas.

J'ai acquiescé.

— C'est un comportement honteux et répugnant. Maman avait raison. On ne devrait pas vivre avec lui.

J'ai remonté les couvertures sur ma tête pour faire le noir.

— Je suis un papillon dans un cocon. Je suis sur le point de naître. Quand tu verras mes ailes, tu devras pousser un cri de surprise tellement elles seront belles.

Clemesta a tiré sur les couvertures.

— Mais Dolly, tu ne comprends pas ?

Je suis restée silencieuse dans mon beau cocon, sombre et chaud. C'était calme, paisible et agréable de se sentir comme une chenille dans son abri bien douillet au lieu d'être une petite fille perdue dans les pires coins bizarres de l'Amérique.

— Quelque chose ne tourne pas rond, a poursuivi Clemesta. Je le sens.

Elle a frappé à mon cocon avec son sabot.

— Dolly. Tu te rappelles quand on a vu cette pancarte sur le camion de glaces la semaine dernière ? Celle qui disait, « Si vous voyez quelque chose de suspect, signalez-le ».

— Hum.

— Je crois que cette aventure est suspecte. C'est pas bon d'être suspect. Dolly !

J'ai ouvert mon cocon pour en sortir. Mes belles ailes étaient cassées pour toujours et ne pourraient jamais voler.

— Tu as tout gâché, Clemesta !

Elle a pris une mine désolée, mais elle semblait plus soucieuse qu'autre chose.

J'ai trouvé ma brosse et je me suis coiffée.

— Je vais te brosser les cheveux après, lui ai-je dit.

— Aïe, tu tires trop fort.

— Oui. Je suis d'une humeur massacrante.

J'ai regardé sa crinière lustrée et les petits os de son cou. J'ai tressé sa queue en essayant de ne pas trop tirer dessus.

— C'est magnifique, ai-je commenté avant de la prendre dans la main. Quoi qu'il en soit, on va rentrer à la maison quand Papa sera réveillé, et tout ira pour le mieux.

Clemesta s'est mordu la lèvre.

— Je ne crois pas, non.

— Qu'est-ce que tu veux dire ?

— Je ne crois pas que Papa veuille rentrer. Je pense qu'il est trop en colère. Et il y a autre chose.

J'ai secoué la tête.

— J'ai mal au crâne. Au ventre aussi. Je parie que c'est le scorbut, à cause de toutes les COCHONNERIES que j'ai mangées et le manque d'éléments NUTRITIFS, puis aussi le fait d'être restée assise dans la voiture pendant tout ce temps. Ou peut-être que je souffre du mal du pays.

Clemesta a touché son bas-ventre avec ses sabots.
— Je ne me sens pas très bien non plus.

J'ai regardé Papa. Je n'éprouvais plus aucune pitié pour lui. J'étais triste pour Maman qui devait vivre avec lui et M. l'Ours en Colère dans son ventre. Il m'avait emmenée dans une aventure pendant qu'elle était partie en week-end entre copines, mais on était toujours sur la route. Certainement que, quand je serai rentrée à la maison, Maman dira, « Oh, Dolly, mon amour, tu m'as tellement manqué ! ». Elle se mettra à genoux et dira, « Je suis désolée pour mon plan vraiment stupide, je ne ferai jamais plus rien de la sorte et maintenant, tout peut redevenir comme avant ». Alors, elle me prendra dans ses bras et je sentirai son odeur de Maman, chèvrefeuille et guimauve, ses cheveux me chatouilleront les joues, elle me fera un million de bisous et je ne me sentirai plus mal, j'aurai l'impression de flotter sur un nuage.

J'ai fermé les yeux très fort pour lui envoyer des bouffées d'amour par télépathie, ce sont comme des décharges d'amour qui vont directement au cœur. Elles disent, « Dolly t'aime » et rendent Maman très heureuse.

— Je me demande ce que Maman fait en ce moment. Certainement sa gym. Puis elle se fera belle pour la journée et prendra une photo pour mettre sur son téléphone, comme ça tout le monde pourra écrire « Canon », « Trop belle » et « OMG ». Je suis sûre que ça va être une bonne journée avec beaucoup de messages et des émojis flamme. Elle aime bien ça.

Clemesta avait la tête perdue dans les étoiles.

— Quoi ?

— Rien, a-t-elle dit en haussant les épaules. J'essaie de résoudre une énigme.

Les ronflements de mon papa honteux et répugnant s'intensifiaient. Son haleine sentait fort. ALCOOLIQUE, ça rime avec PIQUE-NIQUE et avec BUBONIQUE. C'est une peste qui a tué des millions de gens et ils ont tous été entassés sur des chariots et jetés au feu pour être brûlés.

Papa allait dormir pendant cent ans et je n'aurai rien à faire de la journée. Je ne pourrai même pas jouer avec son téléphone qu'il a jeté dans les buissons comme une peau de banane tellement il avait perdu la raison. J'ai poussé un grand soupir.

— Je m'ennuie, Clemesta, ai-je gémi. Ses ronflements m'ennuient.

Papa n'a pas bougé d'un pouce.

J'ai trouvé la télécommande et j'ai allumé la télé. J'ai mis le son très fort. Il n'y avait que des chaînes d'information. Des chaînes d'information et des publicités. Je suis repassée sur celle qui diffusait un talk-show parce que CETTE CONNASSE était assise sur un fauteuil en train de rire à gorge déployée. CETTE CONNASSE était la meilleure amie de Maman à Hollywood mais un jour, elle lui a VOLÉ UN RÔLE. C'était une série connue qui comptait huit saisons à ce moment-là et Maman avait déjà signé un contrat mais CETTE CONNASSE l'a poignardée cent fois dans le dos et a pris le rôle. Maintenant, elle est primée lors de cérémonies et Maman la foudroie du regard à travers le poste pour la faire tomber quand elle monte les marches pour rejoindre la scène.

J'aime bien ces soirées-là parce que, Maman et moi, on met ses plus belles robes de Floride et elle s'occupe de mon maquillage et de ma coiffure. Aussi, j'ai le droit de porter ses bijoux et on fait semblant d'être invitées à la remise de prix. On applaudit quand les gentilles actrices gagnent, mais on siffle CETTE CONNASSE et on lui dit qu'elle est moche, qu'elle ne ressemble plus à rien, qu'elle devient trop vieille et qu'elle n'a plus de petit copain.

Papa ne participe pas aux remises de prix. Il ne joue pratiquement à aucun de nos jeux. Il joue seulement au papa. Quand il me voit maquillée dans les robes à paillettes sexy de Maman, il pique une colère et dit que c'est INDÉCENT. Maman lui réplique, « Qu'est-ce que tu connais à la décence ? » et il quitte la pièce et des fois même, la maison.

Je ne voulais plus voir CETTE CONNASSE. J'ai éteint la télé. Je n'avais rien à faire. Si j'avais été dans ma chambre, j'aurais eu un million de choses avec lesquelles jouer, comme ma collection d'objets archéologiques découverts dans le jardin qui datent de l'époque des hommes des cavernes et des dinosaures, mes coquillages ramassés sur la plage, mon pot rempli des plus beaux trésors et mes feuilles d'arbre sur lesquelles sont écrits des messages secrets que moi seule peux décoder. Une des feuilles vient de la planète Nefaria et dessus, on peut lire : « Tu as été choisie. » Je dois trouver la prochaine pour découvrir la suite.

J'ai aussi ma maison de poupées, dont Savannah dit qu'elle est mieux que son hôtel Lego parce qu'elle est unique et spéciale. Papa l'a fabriquée pour moi avec des morceaux de bois parce que Maman disait qu'il n'y avait pas assez d'argent pour acheter la vraie maison que j'avais vue dans le magasin de jouets et que j'avais mise sur ma liste de Noël pour être récompensée de ma conduite exemplaire. Celle-là était en plastique, les murs roses et le toit blanc, et elle possédait des lumières qui pouvaient s'allumer pour de vrai.

Ça a pris une éternité à Papa pour construire ma maison de poupées en bois parce qu'il peut être décevant. Il ne s'y est mis qu'à la suite d'une grande dispute avec Maman, après laquelle il s'est réservé un week-end entier et n'est sorti du sous-sol qu'une fois la maison terminée. Elle a un étage et quatre pièces ; et un jour que Maman était la meilleure des mamans, elle a construit tout le mobilier pour l'intérieur. Elle s'est servie de morceaux de carton, a peint des jardinières aux vitres et cousu des coussins et des rideaux à partir de chutes de tissu de ses vieux vêtements. C'était une chouette journée pendant laquelle je n'ai pas eu besoin de disparaître par magie.

Dans la maison, j'ai une maman et un papa qui sont en fait des vampires Monster High que j'ai eus à mon dernier anniversaire. J'ai aussi leur fille : une magnifique Barbie. Il n'y a pas de reine cheval magique parce qu'on n'en a pas encore trouvé, alors à la place, j'ai découpé la tête d'un cheval dans un catalogue et je l'ai collée sur les jambes d'un bonhomme Lego. C'est seulement temporaire, alors ça ne dérange pas Clemesta.

La maman et le papa de la maison s'embrassent et font des bruits de bisous. Ils ne se disputent jamais et n'ont pas de factures à payer parce que tout est gratuit. Tout le monde joue à cache-cache ensemble et la petite fille est excellente au tennis et lit très bien. Tous les soirs avant d'éteindre la lumière, je les mets dans leur lit et tire les rideaux pour qu'ils fassent de beaux rêves. Ils n'ont pas d'attrape-rêves, mais ils ne font jamais de cauchemar de toute façon.

Ça faisait des nuits qu'ils n'avaient plus personne pour les border : ils pleuraient certainement toute la journée. Ça aussi, c'était la faute de Papa.

J'ai rejeté les couvertures et sauté hors du lit.

— Je crois qu'il va falloir que je m'occupe toute seule, ai-je rouspété très fort.

Je me suis dirigée vers les sacs Walmart et je les ai vidés sur la moquette. Je les ai froissés pour qu'ils fassent beaucoup de bruit. J'ai sorti le cahier et les crayons, et j'ai fait un dessin d'aigle à tête blanche et un autre d'un tigre coupant un homme en deux avec ses dents. J'ai dessiné des yeux marron tristes au monsieur et je lui ai mis un badge Value Motors. Si Maman avait été avec moi, elle aurait pu m'aider. Elle est très forte en dessin et on aime bien en faire ensemble. Elle appelle ça nos COLLABORATIONS. Elle dessine parfaitement les mains, les chaussures et les têtes d'animaux, et moi je dessine très bien le reste.

De nos collaborations, celle que je préfère s'appelle le Pays magique. On a passé deux semaines entières à travailler dessus. On a colorié les dessins, saupoudré de paillettes certaines fleurs pour faire de la poudre magique et collé des becs en papier aux toucans. C'était tellement beau que

Maman l'a encadré et mis dans sa chambre. Certainement pour se sentir mieux les jours où elle N'ARRIVE PAS À SORTIR DU LIT, parce que c'est impossible de rester triste ou en colère si on regarde les paillettes suffisamment longtemps. Leur éclat va droit au cœur et après, on se sent d'attaque, mais je n'avais aucune paillette avec moi ni rien pour me remonter le moral.

La pointe du crayon rouge s'est cassée. Je n'ai pas pu finir de colorier le sang de l'homme que le tigre était en train de manger. J'ai pris tous les autres crayons pour aussi casser leur pointe. Ces crayons étaient nuls de toute façon, beaucoup moins bien que ceux que j'ai à la maison.

J'ai regardé tous les nouveaux vêtements que Papa m'avait achetés. Je n'en aimais aucun. Je voulais mes anciens vêtements. J'ai pris mon legging mauve et je l'ai enfilé, même s'il avait des taches de chocolat sur le devant et qu'il ne sentait plus du tout les fleurs fraîches.

J'ai repéré la carte de Papa par terre à côté de son sac de voyage. J'ai essayé de la lire. Un endroit appelé Toluca était entouré d'un cercle.

— C'est au Mexique, ai-je chuchoté à Clemesta.

Elle a fait des yeux comme des grosses billes.

— C'est carrément un autre pays.

— Eh bien, on ne peut pas y aller. Ça prendrait un temps fou.

Le sac de voyage de Papa était par terre. Je l'ai ouvert et j'ai vu une chemise dépasser ainsi qu'un de mes pulls. Je l'ai sorti. Il sentait la maison, Maman et sa lessive. Je l'ai serré dans mes bras. J'aurais voulu que Maman soit là pour me prendre dans ses bras.

J'ai regardé à l'intérieur du sac, mes yeux se sont écarquillés. Papa avait des tas et des tas de rouleaux de billets.

— Il y en a pour un million de dollars.

Clemesta a regardé.

— Pourquoi est-ce qu'il a tout ça ?

Elle semblait soucieuse et de plus en plus méfiante.

— Qu'est-ce qu'il y a d'autre là-dedans ?

J'ai plongé la main dedans et j'ai senti quelque chose de dur. Je l'ai sorti. C'était la photographie encadrée de Papa, Maman et moi bébé qui se trouve normalement sur l'étagère de notre salon, à côté d'un bol que j'ai fabriqué en cours de poterie quand j'avais cinq ans.

— Pourquoi est-ce qu'il a pris ça ?

Clemesta a regardé la photo puis a détourné le regard.

— Il veut garder un souvenir.

— Maman est tellement belle, ai-je dit.

Soudain, l'eau s'est mise à couler dans la douche et ça m'a fait peur. J'ai remis le cadre à sa place.

J'ai fouillé dans l'autre sac Walmart à la place.

— Regarde, me suis-je écriée, j'avais complètement oublié le tutu.

Je l'ai enfilé et j'ai dansé pour voir comment ça faisait de porter une jupe flottante.

— Tu as l'air d'une véritable ballerine, m'a assuré Clemesta. Mais je dois me concentrer pour me souvenir de quelque chose.

— Je n'arrive toujours pas à faire un grand jeté.

— Tu y arriveras certainement la semaine prochaine. Mais écoute-moi, Dolly.

— Pas maintenant.

J'ai fait dix sauts de polichinelle et dix abdominaux. Maman en fait généralement cent et c'est pour ça que les gens disent qu'elle est superbe.

Papa a ouvert un œil pour me regarder.

— Tu te débrouilles bien, a-t-il commenté.

Tais-toi, ai-je répondu dans ma tête. Il s'est retourné et s'est remis à ronfler.

J'ai fait le tour de la pièce, mais il n'y avait rien d'intéressant à faire. J'ai fini le dernier Twizzlers. Je me suis brossé les dents. Dans le miroir, j'ai vu que ma dent qui bouge était de moins en moins bien attachée. J'étais sûre que la petite souris serait furieuse si je perdais ma dent dans cet hôtel puant parce qu'il faudrait qu'elle vienne la chercher ici. Dans ce cas, elle ne laisserait à coup sûr que quelques petits billets et un message qui dirait : « S'il te plaît, ne reste plus dans des motels dégoûtants. PS : tu as des dents belles et saines. Je te suis très reconnaissante. »

Papa ronflait comme un cochon et aurait dû dormir dans une porcherie plutôt que dans un lit. Il ne méritait ni amour ni gentillesse de ma part, alors j'ai tout gardé pour moi. On a le droit de faire ça et personne ne peut t'obliger à faire le contraire. Comme quand Maman me suppliait d'être gentille avec TU SAIS QUI et qu'à chaque fois, je devenais un petit cube de glace.

— Elle est adorable, affirmait-il à Maman, mais dans ma tête, je le découpais en morceaux à l'aide d'une épée invisible et mortelle.

Il n'était même pas censé faire partie de nos vies mais un jour, alors qu'on était parties en MISSION TOP SECRET à Manhattan, on lui est tombées dessus. Les portes de l'ascenseur se sont ouvertes et il a dit, « Anna Kalina ! » et les yeux de Maman ont failli sortir de sa tête.

— Eh bien, ça alors ! s'est-elle exclamée. Ça fait un bail.

Elle souriait de toutes ses dents et ses yeux pétillaient. On est allés dans le hall pour que TU SAIS QUI et Maman puissent discuter. J'ai bu un soda et j'ai réduit le dessous-de-verre sur lequel il était servi en confettis. Maman riait, jetait ses cheveux en arrière et se penchait sans arrêt en avant pour lui toucher le genou et après, TU SAIS QUI l'a serrée très fort dans ses bras pendant au moins cent minutes et a dit, « Je t'appelle ». Maman a répondu, « J'espère bien ».

Dans le métro en rentrant à la maison, Maman flottait sur un nuage très haut dans le ciel et souriait à tout le monde.

— Oh, Dolly, c'est magique de voir le destin à l'œuvre, tu ne trouves pas ?

Je ne voyais rien de magique dans TU SAIS QUI, mais j'ai promis de me taire quand Maman a dit, « Ce sera notre secret à toutes les deux ». Après, j'ai fourré le secret dans ma BOÎTE ULTRASECRÈTE, mais avant, j'ai craché dessus parce que je savais déjà à ce moment-là que c'était un mauvais présage, comme une malédiction ou une peste qui t'enlève tous tes proches, ou leur fait faire des choses idiotes.

J'ai regardé le réveil sur la table à côté du lit. Il indiquait 11:17. Mon ventre avait faim même si c'était un ballon tout dur parce que je ne faisais plus la grosse commission.

Papa avait laissé un tas de billets sur la table, tout chiffonnés comme des vieux mouchoirs. À côté d'eux se trouvait un paquet de cigarettes dont il manquait la moitié, sans aucun doute aspirée par ses poumons. Ils allaient être noirs et pourris pour le reste de sa vie. Ça lui apprendra.

— Je prends de l'argent, ai-je informé Clemesta. Il y a un distributeur automatique au rez-de-chaussée. On va encore devoir avaler des COCHONNERIES pour le petit déjeuner, mais au moins, on ne va pas mourir de faim.

— Il devrait avoir honte ! a clamé Clemesta.

Elle a plissé les yeux et, d'un regard noir, a lancé un sort de malédiction à Papa.

Les couloirs du motel sentaient le cendrier et la moquette sale sur laquelle on avait écrasé beaucoup de choses : des chewing-gums, de la bière et du pus. Il y avait une machine à glaçons tout au fond, mais quelqu'un avait accroché un petit mot qui disait HORS SERVICE. Tout semblait cassé dans le coin, alors ça ne m'a pas trop surprise.

J'ai pris l'escalier pour descendre à l'accueil. Le réceptionniste de la veille portait toujours le même T-shirt trop grand et il parlait à une dame qui criait en même temps qu'elle essayait de faire taire son bébé qui pleurait.

— Je vous l'ai déjà dit, s'est agacé le réceptionniste. Il faut libérer sa chambre tous les vingt-huit jours. C'est la loi.

— On a nulle part où aller. Le bébé. Qu'est-ce que je suis censée foutre du bébé, moi ?

Le réceptionniste a haussé les épaules et la dame a renversé la poubelle en donnant un coup de pied dedans avant de partir furieuse avec sa valise et son bébé suspendu à la hanche. Je me suis présentée au bureau de réception.

— Hum, ai-je fait. Est-ce que vous avez un distributeur automatique ?

— Là-bas, a montré le réceptionniste.

Il est passé de mon côté du bureau pour ramasser les ordures sur la moquette. Quand il s'est baissé, ses fesses m'ont fait une grimace. J'ai fermé les yeux et je me suis éloignée à grands pas.

Postée devant l'appareil, j'ai essayé de faire entrer un billet dans la fente. Il l'a recraché. J'ai réessayé et il a recommencé, comme quelqu'un qui tirerait la langue.

— Il ne prend pas les billets aussi gros, a dit une voix.

Du regard, j'ai fait le tour de la pièce. Il y avait une petite fille qui m'observait. Elle avait les bras croisés et se tenait appuyée contre le mur. Elle suçait sa queue-de-cheval comme si c'était un bonbon et non des cheveux ternes que Maman qualifierait même de MITEUX. C'est l'opposé des cheveux brillants, et on ne devrait pas en trouver sur les gens, mais plutôt sur les mites.

— Je m'appelle Crystal, s'est présentée la fille. Je peux t'aider à faire de la monnaie si tu veux.

Je la fixais du regard. Maigre et osseuse, elle portait des chaussures pointues trop grandes pour elle, et ses genoux égratignés après une chute sur le gravier étaient couverts de sang.

— Alors, tu viens ? Je mords pas.

J'ai pensé à Papa en haut, ronflant, dégoûtant, ne s'inquiétant même pas d'écorcher notre grand amour avec encore des mensonges et encore des promesses non tenues. Ça lui servirait de leçon, s'il se réveillait et que je n'étais pas là. Ça lui ferait du bien de s'inquiéter et d'avoir peur comme moi pendant la nuit. Papa devient fou de colère quand il croit qu'on va l'abandonner, alors na ! Rien à faire et tant pis pour lui, parce que c'est exactement ce qu'il mérite.

— Mais c'est irresponsable, a avancé Clemesta.

— Rien à fiche, lui ai-je répondu en la glissant sous mon bras. Personne dans cette famille n'est responsable.

J'ai suivi Crystal sur le parking dehors. Elle avançait très vite, même avec ses chaussures trop grandes. Elle avait les genoux en dedans quand elle marchait, c'était un peu comme s'ils essayaient de s'embrasser. Il y avait beaucoup de fissures sur le trottoir et je faisais tout mon possible pour que les trolls ne m'attrapent pas les doigts de pied.

— T'es résidente permanente ? a demandé Crystal.

Sa queue-de-cheval se balançait quand elle marchait.

— Nous, on est ici depuis novembre, a-t-elle continué. C'est mieux maintenant qu'il fait plus chaud.

— C'est quoi, un résident permanent ?

— C'est quand tu vis dans une chambre d'hôtel, a expliqué Crystal. Genre, c'est ta maison.

J'ai fait non de la tête.

— On est seulement ici pour une nuit.

Crystal a haussé les épaules.

— Alors on peut être amies pour la journée.

— Où est-ce qu'on va ?

— D'abord, on va faire du ramassage. C'est sur le chemin. Là.

Elle m'a tendu un sac-poubelle et m'a fait entrer dans un jardin public en passant sous la clôture. La pelouse était morte, marron et pleine de mauvaises herbes, et la plupart des installations de l'aire de jeux avaient l'air cassées, rouillées ou dangereuses. Il n'y avait pas d'enfants en train de jouer ni de gens promenant leur chien ou faisant du yoga. Il n'y avait que nous et notre sac-poubelle.

— Tu m'as pas dit ton nom, a dit Crystal en lançant deux canettes vides dans le sac.

— Je m'appelle Dolly.

— Heureuse de faire ta connaissance, Dolly.

On s'est serré la main comme on est censé le faire quand on rencontre une personne nouvelle et sympathique.

— Tu es militante pour le climat ? lui ai-je demandé.

— Hein ?

— C'est pas pour ça que tu ramasses les ordures ? Pour rendre la planète propre et agréable ?

Crystal a froncé les sourcils.

— C'est pour l'argent de la consigne. C'est 5 cents par canette. Certaines semaines, ça peut monter jusqu'à 50 dollars, mais on doit travailler comme des fous, genre, toute la journée.

— Oh ! me suis-je exclamée. Je ne savais pas qu'on pouvait se faire de l'argent comme ça.

— Si, si. Tout ce que tu dois faire, c'est ramasser les canettes, c'est un peu comme de l'argent gratuit.

J'ai jeté un œil sous un buisson où j'ai déniché une canette.

— C'est trop bien de chercher des ordures.

Crystal a farfouillé dans la poubelle. Elle mâchonnait toujours sa queue-de-cheval qui était trempée de salive.

— Pourquoi est-ce que tu vis dans un motel ? ai-je demandé.

J'essayais d'éviter de marcher dans des crottes que personne n'avait ramassées.

— Ma mère a été renvoyée de son travail l'an dernier. Alors on a perdu notre maison. En fait, on ne l'a pas réellement perdue, genre : on ne pouvait plus la trouver. C'est la banque qui nous l'a enlevée.

Elle a passé la main dans ses cheveux pour dégager sa frange des yeux. Ils étaient bleu clair, transparents et perçants. Elle ressemblait à une princesse des glaces. Ou à une magicienne.

— C'était une belle maison. On avait un jardin et une table de cuisine pour faire les devoirs. Maintenant, je les fais par terre pendant que mon frère Charlie regarde la télé. Il aime bien l'émission où ils rénovent des maisons.

Elle a haussé les épaules.

— Bref, c'est pas si mal, en fait. C'est mieux ici que dans le foyer où on était avant. Là, c'était affreux. La bouffe était dégueulasse.

Elle a fait semblant de vomir puis elle a craché par terre pour de vrai.

— Hé, fais attention à ça, m'a-t-elle mise en garde. Si tu te fais piquer, tu peux mourir de la maladie des drogués.

J'ai baissé les yeux sur mes chaussures. Par terre, il y avait trois seringues avec des aiguilles pointues et mortelles. Une canette de Mountain Dew se trouvait à côté, mais je ne l'ai pas ramassée, Crystal non plus d'ailleurs.

On est allées de l'autre côté du jardin.

— Pourquoi est-ce que tu n'es pas à l'école ? m'a-t-elle interrogée.

— Hum, je suis partie à l'aventure avec Papa.

— Quel genre d'aventure ?

J'ai soupiré.

— Une aventure idiote. Mais on rentre à la maison aujourd'hui. Je manque beaucoup à ma maman.

Crystal a arrêté de ramasser des canettes pour triturer une marque de piqûre sur son bras.

— Moi, c'est pour ça que je ne suis pas à l'école, a-t-elle dit. Ils ont dû la fermer pour tuer tous les insectes. Il y avait une infestation. Certains enfants sont tombés vraiment malades.

J'ai regardé de plus près et j'ai vu toute une rangée de petites piqûres rouges à l'intérieur de son bras. Elle en avait gratté certaines et elles étaient à vif.

— Ça fait mal ?

— Ça gratte vachement.

Crystal a labouré sa peau avec ses ongles puis a passé de la salive dessus.

— Moi aussi, je fais ça. Ça marche bien.

Elle s'est baissée pour attraper une canette et l'a jetée dans le sac.

— T'as quel âge ? a-t-elle demandé.

— J'ai sept ans et presque trois mois.

— Moi, j'ai sept ans et demi. Mais tout le monde dit que je suis petite pour mon âge. Je devrais certainement aller voir le docteur.

— C'est peut-être le scorbut ?

Crystal a haussé les épaules.

— J'ai eu la varicelle avant. J'ai encore une cicatrice.

Elle m'a tendu la joue pour me montrer le petit cratère qui se trouvait près de son nez.

— Moi, j'ai une cicatrice de quand je me suis brûlé la main sur le four. Ma maman faisait cuire des cookies, mais elle les a oubliés et s'est endormie, alors j'ai essayé de les sortir avant qu'ils brûlent. Ça n'a pas fait trop mal. Seulement un petit peu. Et j'ai pu manger les cookies après.

Crystal s'est agrippé le ventre.

— Arrête ! Maintenant, je veux des cookies. Une centaine de cookies.

— Un millier ! Je pourrais en manger un millier.

— Avec du lait ! a crié Crystal.

— Et de la glace !

— Avec des morceaux de caramel !

— Et un million de vermicelles au chocolat !

On a crié de plus en plus fort, puis on s'est jetées dans l'herbe. On était PLIÉES EN QUATRE. Les yeux bleus de Crystal étincelaient au soleil et c'était très agréable de l'avoir comme amie.

J'ai épousseté l'herbe sur mes genoux.

— Tu connais la danse classique ?

— Oui, oui, a-t-elle répondu.

Elle s'est levée et m'a montré ses pirouettes. Ses longues jambes maigres restaient parfaitement droites.

— Tu es douée, ai-je dit.

J'étais un peu jalouse, mais j'ai décidé qu'elle méritait d'avoir un TALENT SPÉCIAL parce qu'elle avait perdu sa maison.

— Mais je suis meilleure en sauts, me suis-je vantée.

J'ai posé Clemesta et j'ai montré à Crystal le saut auquel je m'entraînais souvent.

— C'est joli, a commenté Crystal. Et ton tutu aussi.

Je l'ai aplati avec les doigts.

— C'était une occasion, lui ai-je expliqué. C'est la seule raison pour laquelle Papa l'a acheté. Je ne suis pas pourrie-gâtée ni rien, tu sais.

Crystal a regardé Clemesta qui se reposait sur l'herbe. Elle a caressé sa crinière.

— C'est la chose la plus précieuse que je possède. Elle est magique. Elle parle aussi, mais seulement à moi. C'est ma protectrice et mon ange gardien. Mais c'est aussi une reine cheval.

J'ai attendu que Crystal me traite de menteuse ou de bébé comme les filles de ma classe, mais elle a simplement acquiescé. Elle a caressé Clemesta tout doucement pour ne pas l'effrayer. Clemesta l'aimait bien.

— J'ai le vieux lion en peluche de Charlie, a-t-elle dit, mais il ne parle pas.

— Les lions sont de bons animaux protecteurs. Il te protégera.

— J'espère.

On a ramassé encore quelques canettes. Le soleil brillait dans le ciel et un avion est passé au-dessus de nous. Sa traînée blanche s'est imprimée dans le bleu, deux longues lignes qui montraient la direction à suivre.

— Un jour, je serai pilote d'avion, a déclaré Crystal. J'emmènerai les gens en vacances à Hawaï.

— J'aime bien ton nom. J'ai oublié de te le dire.

Crystal a passé le sac-poubelle par-dessus son épaule.

— C'est parce que je suis née la peau luisante et brillante comme le cristal. C'est ce que dit ma mère. Charlie m'appelle Crystal Meth, mais c'est un con.

Quelqu'un a crié, « Qui est ton amie, Crystal ? » et Crystal a sursauté. Elle a immédiatement perdu son sourire.

— Qu'est-ce que tu veux, Shayna ?

Shayna était bien plus grande que nous, peut-être même plus âgée que Lucy, mon ancienne baby-sitter. Elle portait une robe moulante et des bottes de cow-boy abîmées. Ses cheveux étaient ternes comme ceux de Crystal, rasés d'un côté et longs de l'autre. Elle a tendu le bras pour retirer la queue-de-cheval de Crystal de sa bouche.

— Arrête de sucer ça. Je t'ai déjà dit que c'était pas bon.

Crystal a chassé la main de Shayna.

— Présente-moi ta copine, a demandé Shayna.

Crystal a regardé la pelouse.

— C'est Dolly, a-t-elle balbutié.

Shayna a souri.

— Eh bien, bonjour, Dolly. Je suis la grande sœur de Crystal, Shayna.

Elle a arraché le sac-poubelle des mains de Crystal et a regardé dedans.

— C'est tout ?

— On a pas encore fini.

— On jouait, ai-je expliqué.

Shayna m'a regardée de la tête aux pieds. Elle avait les yeux noirs et perçants d'un requin cruel et affamé.

— On s'en va maintenant, a prévenu Crystal en me prenant par la main pour m'entraîner avec elle.

— Vous allez où ? a voulu savoir Shayna.

— Crystal va m'aider à changer mon billet pour le distributeur. Il est trop gros.

Les yeux de Shayna se sont écarquillés.

— C'est vrai ? a-t-elle répliqué tout sourire. Eh bien, je pense que je ferais bien de vous aider. Comme je suis plus âgée.

— Non, Shayna, s'est écriée Crystal. Laisse-nous tranquilles.

On aurait dit qu'elle allait pleurer.

Shayna m'a souri.

— Donne-moi ce billet, Dolly.

J'ai cherché Crystal du regard. Elle a secoué la tête mais seulement un peu pour que Shayna ne puisse pas voir. J'ai croisé les doigts derrière mon dos.

— Je ne l'ai pas. Je l'ai laissé au motel.

Shayna a plissé les yeux.

— Tu es sûre ?

J'ai fait oui de la tête.

— Eh bien, j'espère que tu sais que c'est un péché de mentir, Dolly. Et qu'on n'aime pas les menteuses par ici. Pas vrai, Crystal ?

Crystal tapait du pied.

— S'il te plaîîîîît, Shayna, a-t-elle chouiné, mais cette dernière l'a ignorée.

Elle a approché son visage tellement près du mien que je pouvais sentir son haleine sur ma joue. Ça sentait le pourri. Elle a eu un sourire de méchante sorcière aux dents jaunes et pointues.

— Passe-moi le billet, Dolly.

J'ai mis la main dans le haut de mon legging et je l'ai sorti.

— Ça, c'est une gentille fille, a ironisé Shayna.

Elle m'a arraché le billet des doigts et a fait demi-tour pour s'en aller.

— Allez, les filles, a-t-elle lancé, on se magne.

Crystal n'a pas parlé pendant qu'on suivait Shayna en ville. On est passées devant une quincaillerie, un magasin de pêche et un café-restaurant. Tout le reste était fermé, des planches clouées aux fenêtres. Il n'y avait même pas d'épicerie, ni de traiteur ou de fleuriste, alors personne dans le coin ne devait acheter des trucs comme ça, même pour la fête des Mères. Sur la porte d'une maison, il y avait une grande pancarte sur laquelle était écrit : PROPRIÉTÉ CONDAMNÉE. Je ne me rappelais plus ce que ça voulait dire, certainement quelque chose comme DAMNÉ ou MAUDIT. Tout avait l'air damné ou maudit par ici.

Crystal a perdu une de ses chaussures et s'est arrêtée pour la remettre.

— Chaussure à la con, a-t-elle geint.

— Chez Wendy's, on pourra faire de la monnaie, a déclaré Shayna.

Elle a touché son ventre comme si c'était lui qui parlait.

— Ouais, je suis d'humeur pour un Wendy's.

Crystal n'a pas répondu et moi non plus. On s'est contentées de traverser la rue à sa suite. Au comptoir, Shayna a commandé des cheeseburgers au bacon, des nuggets de poulet, des nachos au fromage et au chili, des frites et des chocolats glacés. Elle a payé et, quand la dame derrière le comptoir lui a rendu la monnaie, elle l'a glissée dans sa poche.

— C'est à moi, lui ai-je fait remarquer.

— Je te la rendrai plus tard.

Elle m'a fait un clin d'œil et j'ai tout de suite su que c'était un mensonge.

On a porté nos plateaux jusqu'à une table. Le restaurant était plein de vieux messieurs en T-shirt délavé, une casquette de base-ball sur la tête. Il y avait aussi beaucoup de femmes bedonnantes entourées de leurs enfants à qui elles enfonçaient des frites dans la bouche en regardant la télé.

Shayna a mangé comme un chien affamé qui n'aurait pas vu de nourriture depuis au moins cent jours. Crystal a seulement picoré quelques nuggets. Elle évitait mon regard.

J'ai essayé de lancer un REGARD QUI TUE à Shayna pour lui apprendre à gâcher notre journée, mais elle n'a rien remarqué. Elle était sans doute tellement mauvaise qu'elle était IMMUNISÉE. J'ai mangé mes frites et retiré le bacon de mon cheeseburger. Il était rose et brillant comme une langue.

Quand Shayna a fini de manger, elle s'est enfoncée dans sa chaise et a caressé son ventre.

— Ça fait du bien. Pas vrai, Crystal ? C'est meilleur que ces merdes de la banque alimentaire.

Crystal l'a regardée de travers.

— Ne fais pas ça, s'est indignée Shayna. Je prends soin de toi.

Elle s'est tournée vers moi.

— Crystal a la peau sur les os, tu ne trouves pas, Dolly ? On peut compter ses côtes.

Je ne savais pas quoi dire. J'ai serré Clemesta.

— Cette fille est un véritable danger public, m'a-t-elle prévenue. On devrait rentrer au motel.

J'ai fini mon chocolat glacé et je me suis essuyé les mains sur ma serviette.

— Il faut que je me sauve, ai-je annoncé. Mon papa va commencer à s'inquiéter.

— Comme tu veux, a persiflé Shayna. Nous, on n'est pas pressées.

— Mais… Je ne sais pas comment rentrer.

Crystal s'est levée.

— Je vais te ramener, a-t-elle dit, mais Shayna l'a attrapée par le bras.

— Attends un peu. Il faudrait d'abord s'assurer que ça vaille le coup.

Crystal a tenté de se défaire de la prise de Shayna, mais cette dernière la tenait fermement.

Elle m'a regardée et des larmes ont commencé à couler le long de ses joues. Elle n'était pas belle quand elle pleurait.

J'ai dégluti. Je voulais pleurer moi aussi, mais j'ai fait en sorte de retenir mes larmes dans leurs poches spéciales.

— Qu'est-ce que tu veux, Shayna ?

Elle a encore fait son stupide sourire bidon et forcé. J'ai souhaité qu'elle se fasse dévorer par des loups, lentement et par petites bouchées, pour que ça lui fasse très mal.

— Eh bien. Je suis quelqu'un de raisonnable. Je vais garder ta monnaie. Et Crystal va prendre ton tutu.

On a marché vers le motel sans rien dire. On a dû prendre un chemin différent, car je n'ai rien reconnu. Je me serais à coup sûr perdue pour toujours si j'avais essayé de retrouver mon chemin toute seule.

On est passées devant une grande clôture sur laquelle était écrit DÉFENSE D'ENTRER tout autour. À l'intérieur, tout était brûlé, noir et grillé. On aurait dit une fête foraine datant d'une époque où la ville n'était pas encore pleine de méchantes CONNASSES comme Shayna. Certainement qu'un jour tout avait pris feu. J'étais sûre que beaucoup de méchantes personnes étaient mortes brûlées. Ça me ravissait. Quelqu'un aurait aussi dû mettre le feu à Shayna.

Elle a chanté pendant tout le trajet du retour. Elle a essayé de faire quelques mouvements de danse, mais c'était une danseuse atroce et elle avait simplement l'air ridicule avec sa botte de cow-boy au talon cassé qui cliquetait sur le trottoir. Les canettes à recycler de Crystal tintaient comme des cloches et le tutu flottait autour de ses jambes maigrelettes. Elle devait sans cesse s'arrêter pour le remonter et empêcher qu'il ne tombe de ses hanches microscopiques.

Dès qu'on est arrivées au motel, Shayna s'est sauvée. Crystal se tenait devant moi et me regardait avec ses yeux bleu transparent pleins de larmes. Elle n'a pas ouvert la bouche. Elle ne m'a pas rendu mon tutu non plus.

Je me suis éloignée en furie.

— Quelle sorcière, ai-je dit à Clemesta.

— Certainement une TRAÎNÉE, en plus. Une méchante TRAÎNÉE, à moitié CONNASSE sur les bords.

On a monté l'escalier en tapant des pieds et on a frappé à la porte. Papa a ouvert immédiatement.

— Bon sang, Dolly, où étais-tu passée ?

Il était douché, les cheveux plaqués en arrière. Il ne puait plus la cigarette ni les médicaments. Il dégageait au contraire une odeur fraîche et fruitée. Son visage était déformé par la colère, mais aussi pâle et fantomatique, comme s'il avait eu la plus grande frayeur de sa vie.

— J'étais en train de devenir dingue. Je ne savais pas où tu étais. Je croyais qu'il t'était arrivé quelque chose d'horrible, que tu t'étais enfuie ou que quelqu'un t'avait enlevée ou que la police… bon sang.

Il s'est passé les mains sur le visage et s'est allongé sur le lit.

— J'ai cru que tu étais partie.

Je l'ai regardé, j'étais tellement en colère que je n'ai même pas pu dire un seul mot, j'ai tout gardé en moi et j'ai fermé la bouche avant de m'enfuir dans la salle de bains en courant et de claquer la porte derrière moi.

Cette idiote de Shayna. Cet imbécile de Papa. Ces aventures à la noix. J'ai regardé mon reflet dans le miroir et je lui ai donné une grande claque. Tout était nul.

J'aurais aimé que Clemesta soit avec moi, mais je l'avais laissée de l'autre côté de la porte.

Je lui ai parlé en utilisant la télépathie et elle m'a répondu tout de suite.

— Je veux rentrer à la maison.

— Je sais, a compati Clemesta.

— Je veux que tout redevienne comme avant.

Elle m'a envoyé des bisous télépathiques. Ça m'a aidée à me sentir un peu mieux, mais j'avais toujours mal au ventre comme si quelqu'un me malaxait les entrailles avec ses poings.

Papa a frappé à la porte.

— Laisse-moi entrer, Dolly.

Je n'ai rien dit.

— S'il te plaît, Dolly.

Il ne criait plus, sa voix était douce, comme quand il est le papa désolé qui fait plein de promesses et demande une autre chance en disant, « Ça va changer » et « Je vais faire plus d'efforts ».

— Je suis désolé. J'ai eu tellement peur. Je ne veux pas te perdre. Tu comprends ? Je ne pourrais pas vivre sans toi, Dolly.

Sa voix s'est brisée.

— Tu es la seule chose qui compte pour moi. Tu es ma raison de vivre, Doll. Rien d'autre n'a d'importance.

J'ai ouvert la porte, mais seulement un petit peu.

— Pardonne-moi, tu veux ? a demandé Papa.

Il m'a touché la joue et je ne l'ai pas repoussé. Ses yeux se sont assombris et il a posé la main sur mon front.

— Bon sang. Tu es brûlante.

— Je suis en colère. C'est pour ça.

Je voulais lui parler de Shayna mais ma voix me semblait bizarre, comme si les mots restaient coincés.

— Et puis je t'en veux, ai-je ajouté.

Papa a commencé à tournoyer dans la pièce et j'ai essayé de l'attraper du regard.

— Bon sang, Doll ! s'est-il exclamé.

Il m'a prise dans ses bras quand mes jambes sont devenues toutes flagadas. Mon ventre s'est soulevé et puis il y a eu du vomi partout, alors je me suis mise à pleurer à cause du mauvais goût dans ma bouche, c'étaient les Twizzlers, les frites et aussi une sensation brûlante et coupante. Papa a soulevé la lunette des WC et a rapproché ma tête de la cuvette.

— Je ne veux pas mettre la tête là-dedans, ai-je supplié.

J'ai encore vomi deux fois, puis tout est devenu noir.

J'ai cligné des yeux et j'étais au lit. Papa me tenait dans ses bras et passait une compresse froide sur mon front. L'eau dégoulinait sur mon visage.

— Je crève de chaud. Je crève de chaud.

Papa avait encore des yeux effrayés, comme ceux du coyote pris au piège dans le documentaire. Je me suis souvenue que l'animal ne survivait pas quand il n'avait plus que trois pattes. Les autres coyotes le mangeaient.

— Tu as de la fièvre, m'a fait savoir Papa. On va la faire tomber.

Je sentais toujours le goût de vomi dans ma bouche.

— J'ai besoin de médicaments. Maman me donne des médicaments contre la fièvre. Le médicament violet.

Papa a appuyé la compresse mais ma peau transformait l'eau fraîche en lave brûlante.

J'ai pleuré.

— Appelle une ambulance. Appelle le docteur.

Je me suis mise à frissonner, mais je transpirais en même temps et tout me paraissait humide. Papa s'est pris la tête entre les mains.

— Bordel de merde.

J'ai pleuré encore plus.

— J'ai besoin de Maman. Elle saura comment faire pour me guérir. Toi, tu ne sais rien, rien de rien.

Ma voix était très rauque et les larmes me remontaient dans la gorge au lieu de me couler des yeux. Mon corps pesait une tonne et je ne voyais plus rien.

Papa a acquiescé.

— Je sais, ma chérie, je sais. Je suis désolé. Je suis tellement désolé.

— Tu pleures, toi aussi ? ai-je demandé et tout est redevenu noir.

Quand j'ai rouvert les yeux, Papa était au-dessus de moi, un verre d'eau à la main.

— Bois ça.

Il a mis une cuillerée de quelque chose dans ma bouche et j'ai avalé. Il avait enfilé ses chaussures. Mon pyjama était trempé de sueur et Papa me l'a retiré pour me mettre un T-shirt. Tout tournoyait autour de moi, mais mon corps était dur comme de la brique.

J'ai fermé les yeux et laissé tout devenir noir.

— Pardon, a dit une voix. Tout est ma faute.

Je n'arrivais pas à savoir si c'était Papa ou moi.

Mercredi

PAPA ÉTAIT ASSIS PAR TERRE dans un coin de la pièce. Il était immobile et semblait très loin, même si son corps était bien présent.

— Bonjour, a-t-il dit.

Ses yeux étaient rouges et brillants, et on y lisait à la fois l'inquiétude, la peur, la fatigue, la tristesse et l'amour.

— Tu m'as regardée dormir ?

— Ouais.

— Toute la nuit ?

Il a acquiescé.

— La plus grande partie de la nuit. Je voulais m'assurer que tu allais bien. Que la fièvre était bien tombée.

— Oh. Je n'ai plus de température ?

Papa a secoué la tête.

— Elle est descendue pendant ton sommeil.

Les rideaux étaient tirés, mais un rayon de lumière passait au travers. La poussière dansait dedans.

— J'étais très malade.

— Je sais.

— J'ai eu peur.

— Moi aussi.

Papa s'est approché du lit. Il a touché mon front, le caressant doucement comme si j'étais un oisillon fragile.

— Tu te sens mieux ?

— Un peu.

— Et… et comment va Clemesta ?

— Clemesta ?

— Ouais.

J'ai regardé Clemesta, bordée sous les couvertures à côté de moi. Papa avait dû la mettre là après que je m'étais endormie.

— Bonjour, Clemesta. Mon trésor à moi.

Elle a ouvert les yeux.

— Papa veut savoir comment tu vas…

— Oh ! Je crois qu'il essaie simplement de rentrer dans tes bonnes grâces. Pour se faire pardonner pour toutes les choses infâmes qu'il a faites.

— J'aime bien qu'il se donne du mal. Il est gentil quand il fait des efforts.

— Non, je ne trouve pas qu'il soit gentil.

Elle a croisé les sabots et s'est mise à bouder. J'ai rabattu les couvertures sur sa tête. Papa me regardait, les yeux brillants. Il était attentif à tout ce que je faisais, comme si j'étais la chose la plus précieuse au monde.

— Clemesta va bien. Elle est prête à prendre son petit déjeuner. À partir de maintenant, on doit manger de la VRAIE NOURRITURE. Nutritive et pleine de vitamines. Fini les COCHONNERIES.

Papa a souri.

— D'accord.

Il a pris ma main dans la sienne et l'a posée sur son cœur.

— À partir de maintenant, je vais mieux m'occuper de toi.

Ses yeux marron étaient grands ouverts et sérieux.

— Je te le promets. Tu vois ?

Il a croisé les doigts. J'ai secoué la tête.

— Non, ai-je grimacé. Ça ne marche pas quand c'est toi qui le fais.

Je suis allée me laver dans la salle de bains. À cause de la maladie, j'avais le visage couvert de taches et mes cheveux, collés par la fièvre, étaient en désordre. J'étais contente que Papa soit le papa désolé qui se rappelle que je compte plus que tout et qu'il se sente rongé par la honte de ne pas s'être bien occupé de moi. Je ressentais encore de la colère, alors j'ai essayé de m'en débarrasser comme Maman le fait pendant ses exercices de méditation. Inspirer pour faire entrer l'amour, expirer pour faire sortir toute la colère, la tristesse et la méchanceté. C'est comme ça que ça fonctionne, et après tu es une personne heureuse et nouvelle, et tu pardonnes aux gens qui t'ont fait du mal. Sauf s'il s'agit de CETTE CONNASSE ou de TU SAIS QUI. Les gens comme ça, on ne leur pardonne jamais.

Le motel Cracra offrait une toute petite bouteille de shampoing, mais ni savon ni après-shampoing, alors je me suis rincé plusieurs fois les cheveux pour les nettoyer. Après je les ai démêlés, puis je me suis brossé les dents. À la fin, j'étais PROPRE COMME UN SOU NEUF et je dégageais une odeur fraîche et fruitée. Mon ventre allait mieux, mais je sentais quelque chose de nouveau, comme si une grosse pierre se trouvait à l'intérieur et pesait de tout son poids. Je la sentais tout particulièrement quand je pensais à Maman seule à la maison sans nous.

— C'est parce que tu te souviens, a expliqué Clemesta.

Je lui ai posé la serviette sur la tête.

— Allez, sèche-toi.

J'ai mis mon nouveau short. Il était serré autour des jambes, alors j'ai tiré sur les bords pour le détendre et éviter qu'il me pince. J'avais certainement pris des tonnes avec toutes les COCHONNERIES que Papa m'avait donné à manger. Maman allait lui en vouloir pour ça. Et pour l'autre chose aussi.

— Tu es jolie, a dit Papa quand je suis sortie de la salle de bains.

— Le short est trop serré. Ou je suis trop grosse.

— Tu es parfaite.

— Non. Je ne suis pas parfaite du tout.

J'ai regardé Papa ranger nos affaires dans les sacs Walmart et fermer son bagage qui contenait tout l'argent. Il a glissé le paquet de cigarettes dans son jean, même s'il aurait été mieux à la poubelle.

Je l'ai regardé dans les yeux.

— Je veux appeler Maman. J'ai besoin de lui parler.

Papa a hoché la tête.

— Ouais, bien sûr.

— On peut l'appeler maintenant ?

— Eh bien, ce téléphone ne fonctionne pas. J'ai essayé hier.

— Oh.

— On va s'arrêter quelque part. Et trouver une cabine téléphonique.

J'ai acquiescé.

— Parce que Maman a besoin d'entendre ma voix.

Papa a baissé ses yeux tristes.

— Je sais, ma chérie.

— Et Mlle Ellis ?

— Quoi ?

— Est-ce qu'elle sait que je manque encore l'école ? Aujourd'hui, ça fait trois jours que je n'y vais pas. Lundi, mardi et mercredi.

— Oh, oui. Je lui ai dit lundi que tu ne viendrais pas pendant plusieurs jours. Elle est d'accord.

— Mais je vais rater beaucoup de leçons.

— Tu vas tout rattraper. Elle me l'a assuré.

— Parce que j'ai le cerveau bien développé.

— Exactement.

J'ai enfoncé mes doigts dans mon ventre. J'ai ramassé Clemesta et je l'ai serrée contre moi.

— On rentre à la maison maintenant, hein ? C'est ce que tu as dit.

Papa a fait signe que oui.

— Ouais, on rentre.

Le réceptionniste à l'accueil faisait glisser sa langue autour d'un beignet, léchant tout le glaçage rose. Il portait encore le même T-shirt, mais je n'ai pas pensé à vérifier si ses boutons d'acné avaient éclaté. Sa tête était tournée de façon à regarder la télé accrochée au mur. La voix disait : « Les dernières nouvelles concernant le kidnapping de… » et les yeux du réceptionniste sont allés de la télé à moi. Il a ouvert grand la bouche et j'ai senti la main de Papa me pousser fort dans le dos pour me faire passer la porte.

Il m'a saisie par la main et m'a tirée jusqu'à la voiture sans s'arrêter, même quand j'ai dit « Aïe ! », ou quand j'ai failli trébucher. Il m'a poussée à l'intérieur, a grimpé à l'avant et a démarré sans attacher sa ceinture ni même poser les sacs sur le siège à côté de lui. Il est sorti du parking à toute vitesse avec les affaires sur les genoux et l'avertisseur sonore de la ceinture qui bipait très fort dans nos oreilles.

Alors que la voiture filait, j'ai vu le réceptionniste devant le motel. Shayna était à côté de lui et je l'ai entendue crier, « Je vous avais bien dit que c'était Dolly Rust ! ».

Papa conduisait très vite, faisant crisser les freins puis repartant de plus belle. On est arrivés à un feu rouge et il l'a grillé. Clemesta et moi, on s'est accrochées à la banquette arrière et on a souhaité de toutes nos forces qu'on n'aille pas s'écraser contre un poteau.

— Il est en colère parce que j'ai dit mon vrai nom à Shayna et Crystal. Et maintenant, il va avoir des ennuis parce qu'il ne m'a pas amenée à l'école.

Clemesta a fait signe que non.

— C'est pas ça.

Papa a braqué d'un seul coup et on a glissé sur la banquette. Il essayait de déplier sa carte, mais il n'arrivait pas à l'aplatir d'une seule main.

— Attends, ai-je dit, et j'ai attrapé la carte pour la défroisser, puis je l'ai posée sur le siège du passager.

Papa regardait dans son rétroviseur latéral et surveillait les voitures derrière nous. Il avait le regard fou.

— Tu es colère après moi ? Parce que le gars du motel sait comment je m'appelle ?

Papa a secoué la tête.

— Je ne suis pas en colère après toi, Doll. Jamais.

Il a bifurqué à la sortie suivante, alors on s'est retrouvés sur une route déserte, avec juste des arbres verts et touffus de chaque côté. Papa roulait encore très vite et j'ai eu cette sensation dans le ventre, comme quand l'ouragan avait été sur le point de s'abattre sur New York. Les gens avaient dû rester chez eux, acheter des lampes torches, de la nourriture et se mettre à l'abri dans leur foyer, et j'avais eu peur que la tempête détruise tout, qu'elle rase tout le quartier et le réduise en miettes.

En fin de compte, ce n'était même pas effrayant, parce que Maman, Papa et moi, on a passé toute la journée en pyjama et Papa a fait des grands bols de pop-corn qu'il remplissait à nouveau dès qu'ils étaient vides, et on a regardé des films et joué à des jeux de société. Quand il y a eu une coupure d'électricité, on a allumé des bougies et on a raconté des histoires de fantômes chacun notre tour. Maman et Papa se sont endormis sur des couvertures dans le salon, tout tordus et enroulés dans les bras l'un de l'autre. Clemesta et moi, on s'est fait un lit à côté d'eux et on est tous restés comme ça jusqu'au matin et la tempête était passée.

— On va bien s'amuser aujourd'hui aussi, hein ? Là, ça fait peur, mais bientôt, ce sera passé. Pas vrai ?

Clemesta a mis son sabot à la bouche pour ronger ses ongles de cheval.

— Dolly, ça va mal.

J'ai regardé les yeux de Papa dans le rétroviseur. Ils étaient de nouveau exorbités.

— C'est quoi, un KIDNAPPING ? ai-je demandé.

Ses mains tremblaient sur le volant.

— C'est comme voler. Sauf que le kidnappeur ne vole pas des objets ou de l'argent, mais une personne.

J'ai essayé d'accrocher son regard dans le rétroviseur, mais il ne m'a pas regardée, il fixait la route droit devant.

J'ai retiré mes chaussures. Les vitres de la Jeep commençaient à être sales. Ça rendait le paysage flou.

On a traversé deux autres villes ennuyeuses, en passant devant des maisons délabrées où plus personne ne tondait le gazon ni ne ramassait les canettes de bière vides lancées sur la pelouse. La plupart des maisons n'étaient même pas de vraies maisons, c'étaient juste des vieux mobile homes sur des parpaings.

KIDNAPPING, KIDNAPPING.

J'ai arraché la croûte sur ma jambe.

— Ne fais pas ça, m'a prévenue Clemesta. Ça va saigner. Tu vas avoir une cicatrice.

— Peut-être que je veux une cicatrice.

J'ai soulevé le bout de peau marronnasse jusqu'à ce qu'il se détache. Le sang a

coulé et la peau dessous n'était pas contente.

— Papa. On rentre à la maison, hein ?

— Oui, oui.

J'ai observé le sang couler lentement le long de ma jambe.

On est passés devant un monsieur assis sous son porche qui buvait une canette de bière en regardant défiler les voitures. Il se grattait sous son short en jean sale, et le rembourrage jaune du canapé sur lequel il était assis ressortait en dégoulinant. Il y avait un drapeau confédéré sur son porche, sa croix bleue flottait dans le vent.

J'ai coiffé mes cheveux mouillés en passant mes doigts dedans pour les sécher, puis j'ai pris le peigne en plastique et brossé tous les nœuds de l'épaisse crinière de Clemesta.

— Tu es superbe, lui ai-je dit. Même si tu peux être une enquiquineuse des fois.

— IDEM. Et je ne fais que prendre soin de toi. C'est ma mission.

— Je sais. Tu es un très bon cheval de protection. Sauf que tu ne nous as pas protégées de Shayna.

Clemesta a baissé la tête.

— Mais ne t'inquiète pas. Je te parie qu'un rat va lui donner la peste bubonique.

Ce n'est pas grave de souhaiter de mauvaises choses aux gens qui sont méchants, parce qu'ils le méritent.

« OPOSSUM MORT ! »

« DRAPEAU, DRAPEAU, DRAPEAU. »

DIEU VOIT TOUT.

— Vraiment ? Même ce qu'il y a dans ma BOÎTE ULTRASECRÈTE ?

Clemesta m'a regardée.

— Pourquoi ? Tu te souviens de ce qu'il y a dedans ?

— Non.

— Je crois que tu mens.

— Nan, c'est pas vrai.

— Si, tu mens.

Sur le bord de la route, il y avait écrit : BIENVENUE EN ALABAMA.

— Hé, c'est un autre État. Pourquoi est-ce qu'on ne revient pas par la même route ?

— C'est plus rapide comme ça, m'a expliqué Papa.

J'ai essayé de me souvenir de la carte du monde accrochée dans la cuisine. On voit tous les pays et tous les États d'Amérique, mais je n'arrivais pas à retrouver si l'Alabama était au-dessus ou en dessous de là où on était. De retour à la maison, je planterai des aiguilles sur la carte pour marquer tous les endroits où on sera passés pendant cette aventure. Puis je l'apporterai en classe pour montrer à Mlle Ellis et elle dira, « Bon sang, Dolly, tu es une vraie globe-trotteuse ».

Alabama, ai-je répété dans ma tête. J'aime beaucoup ce mot parce qu'il me fait enrouler la langue dans le fond de la bouche et on dirait un poème.

Alabama. Alabama.

Il y avait une fille dans mon école qui s'appelait Alabama, mais elle a déménagé à Los Angeles avec sa famille parce que sa grande sœur est devenue une actrice célèbre dans une série télé. Un jour, Maman et moi, on a regardé un épisode, mais Maman a éteint en plein milieu.

— Si ça c'est du talent, je veux bien me faire nonne, a-t-elle déclaré.

Los Angeles est la ville où LES RÊVES DEVIENNENT RÉALITÉ. C'est comme ça que Maman me l'a présentée. TU SAIS QUI en parle de la même façon.

— Tu vas adorer, m'a-t-il prévenu.

— Je te déteste, lui ai-je rétorqué.

J'ai tiré la langue même si c'est malpoli et qu'on ne donne pas de bons points aux petites filles malpolies.

TU SAIS QUI a dit qu'il avait un rôle pour Maman dans sa nouvelle série, qu'elle allait être de nouveau célèbre et qu'on n'aurait plus à se soucier des factures et de M. l'Ours en Colère.

— J'ai passé toutes ces années à attendre que les choses s'arrangent, a dit Maman. À attendre qu'il se ressaisisse et redevienne l'homme qu'il était quand je l'ai rencontré.

— Les choses ne changeront jamais, Anna, a répondu TU SAIS QUI. Il faut que tu l'acceptes.

Maman a soupiré.

— Il ne me regarde même plus, a-t-elle continué. Je lui rappelle trop tout ce qu'il a perdu. La vie qu'il avait. Alors bon.

Maman s'est frotté les yeux puis a souri.

— Tu es là, maintenant, a-t-elle poursuivi. Mon chevalier servant.

TU SAIS QUI a pris sa main alors je lui ai jeté le pire mauvais sort que je connaisse.

— Où est ce satané serveur ? s'est-il exclamé. Je lui avais demandé de m'apporter la sauce à part.

Le simple fait de penser à TU SAIS QUI me rendait tellement furieuse que j'ai serré les poings très fort pour donner des coups.

— Tout va bien, Dolly, m'a assuré Clemesta. Il ne peut plus rien gâcher à présent.

— Ça n'a pas l'air de te rendre heureuse ?

Elle a tiré sur les petits poils de ses sabots.

— Et si on se trompait à son sujet ? Et s'il essayait vraiment de l'aider ?

— Petite sotte, les mamans ne peuvent pas avoir d'amis garçons. Et TU SAIS QUI est vraiment, mais vraiment de vraiment, le pire. Rita a même mis Maman en garde contre lui. Elle lui a dit, « Fais attention, Anna. Il te fait miroiter des choses, mais il n'a jamais été sincère. Et ce n'est pas juste l'idée d'accéder à cette célébrité qui t'obsède. C'est vos vies ». Tu vois ? Tout le monde sait que c'est un monstre.

Elle a froncé les sourcils, formant un M pour le MOURON qu'elle se faisait.

— Je ne sais pas, Dolly. Je crois qu'on s'est peut-être trompées.

Papa m'a lancé un regard dans le rétroviseur. Il souriait, mais c'était un sourire crispé.

— On va… on va se garer dans pas longtemps. Pour manger.

J'ai fait la moue.

— Tu es sûr qu'on roule dans la direction de la maison ?

Papa a gardé les yeux rivés sur la route.

— Ouais. J'en suis certain.

Je me frottais la peau des bras, qui changeait de couleur au soleil. Certainement que chez nous, il faisait encore froid et qu'il pleuvait. Maman dirait, « C'est un temps parfait pour les grenouilles » et je porterai mes bottes de pluie bleues à semelle jaune. Elles sont en caoutchouc, imperméables, et résistent aux éclaboussures, comme ça je peux sauter dans les flaques, un truc vraiment super amusant, surtout dans le jardin où elles sont bien profondes. Des fois, Maman chausse elle aussi ses bottes de pluie, alors on fait un Concours d'éclaboussures et à la fin, on est tellement couvertes de boue qu'on doit se débarrasser de tous nos vêtements à la porte de derrière avant de rentrer dans la maison. Des fois, Maman se déshabille complètement, et on fait la danse fofolle des nudistes en secouant nos fesses nues sous la pluie. Maman s'en fiche si la voisine Mme Mistry nous voit et rapporte tout à Papa.

— Je ne pense pas qu'elle aille très bien, a confié cette dernière à Papa, au sujet de Maman, la dernière fois qu'elle l'a vu.

J'étais dans l'allée avec lui ; on se préparait à se rendre au parc où je m'entraîne à faire des figures à vélo. Mme Mistry est venue nous voir et a déversé ses COMMÉRAGES sur Papa. Ça l'a tellement mis de mauvaise humeur que, quand on est arrivés au parc, il est allé s'asseoir sur un banc et ne m'a pas aidée à faire du vélo. Quand on est rentrés à la maison, Papa a pris Maman dans ses bras et lui a caressé le visage en disant, « Je suis là, je suis là », et elle a posé sa tête contre son épaule avant de fermer les yeux et de fondre. Les bras de Papa autour d'elle étaient larges et forts, comme ces bouées de sauvetage qu'on lance aux personnes qui se noient dans des lacs.

Mon ventre a fait un bruit et j'ai appuyé sur mon nombril des deux mains. C'est par là que le bébé est attaché à sa maman quand il est dans son ventre. Ça s'appelle la GESTATION, et si tu es un bébé éléphant, tu passes vingt-deux mois là-dedans, mais si tu es un bébé humain, ça n'en dure que neuf.

Maman garde un album du temps où elle était enceinte de moi. Sur une des photos, belle et souriante, elle porte une longue robe bleue sans manches et un grand chapeau de paille qui lui couvre la moitié du visage. Elle a les mains posées en coupe sur son ventre (c'est moi dedans) et elle le tient tendrement comme si c'était quelque chose d'extrêmement précieux.

— Tu avais hâte que je sorte ? lui ai-je demandé.

— Oui. C'était un très grand jour.

— Tu savais déjà que je serais une fille ?

— Non. Mais je l'espérais.

— Tu m'as tout de suite aimée ?

— Oh, oui. Pour toujours et à jamais.

J'adore cette photo.

Je me suis demandé si Maman ressentait quelque chose dans son ventre quand j'étais loin d'elle, comme une douleur due au manque et à la solitude, ou si une voix spéciale lui chuchotait, « Dolly n'est pas là, Dolly n'est pas là, quelque chose ne tourne pas rond car Dolly n'est pas là ».

— Quelque chose ne tourne pas rond, a dit Clemesta.

— Non, ai-je répliqué. On rentre à la maison maintenant.

Clemesta a fermé les yeux. Je pense qu'elle réfléchissait à ce qui n'allait pas.

Papa s'est garé sur un parking devant un centre commercial. Carré, en béton et plat - on aurait dit qu'ils manquaient de couleurs pour égayer l'endroit quand ils l'ont construit.

— J'en ai pour une minute. Attends-moi ici, a ordonné Papa avant de descendre toutes les vitres pour laisser l'air entrer.

— Mais je vais m'ennuyer.

— Je vais faire vite. Et Clemesta va te tenir compagnie.

— J'ai besoin de faire pipi.

— Tu n'y es pas allée au motel ?

— J'ai encore envie. Je vais aller dans le magasin.

Papa s'est gratté la tête.

— Retiens-toi encore un peu. On va trouver un autre endroit.

Il s'est regardé dans le rétroviseur et s'est ébouriffé les cheveux pour les faire tenir droit sur sa tête. Il est sorti de la voiture et a pris la chemise à carreaux dans le sac Walmart. Il l'a enfilée, a remonté le col et s'est recroquevillé comme s'il avait mal au cou.

Les portes d'entrée du magasin l'ont englouti.

J'ai fait bouger ma dent. Elle tenait encore bon. J'ai passé mes bras par la fenêtre et senti le métal chaud de la carrosserie contre ma peau. Il n'y avait pas de brise.

Une dame a poussé son caddie devant la voiture de Papa. Je l'ai regardée soulever le bébé du chariot pour l'installer sur son siège auto. Les yeux du bébé étaient vifs et noirs, sa tête plate sur le dessus comme si elle n'avait jamais fini de grandir pour former un rond. Il a poussé un drôle de gémissement quand la dame lui a attaché sa ceinture. Elle a claqué la porte avant de monter à l'avant. Puis elle est restée là, les mains sur le volant. Elle devait probablement faire la sieste.

Papa n'était toujours pas revenu.

— Peut-être qu'il nous abandonne, s'est inquiétée Clemesta. Il s'est enfui ou un truc dans le genre.

J'ai secoué la tête.

— Il ne nous abandonnerait jamais. Jamais de la vie.

J'ai bâillé, mais pas de fatigue, d'ennui. La dame au bébé à la tête plate est partie. Il ne restait plus que la Jeep et deux autres voitures.

— Ohé, ohé, ai-je lancé dans le parking vide.

Je voulais voir s'il y avait de l'écho. J'ai chanté les paroles de la chanson préférée de Maman. Un monsieur poussait un caddie vers sa voiture, mais il ne s'est pas arrêté pour écouter.

— Fais comme si j'étais sur scène. Tu es le jury et tu dis, « Dolly Rust, vous allez faire sensation ».

Clemesta a secoué la tête.

— J'en ai marre de toujours faire semblant.

Papa est revenu à la voiture, deux sacs à la main. Il a farfouillé dans l'un des deux et en a sorti une casquette de base-ball. Il l'a posée sur sa tête et s'est retourné pour me regarder.

— Tu la trouves bien ?

J'ai levé les deux pouces pour exprimer mon approbation.

— J'en ai une pour toi. Tiens.

— Pas maintenant. Mes cheveux sont beaux et brillants. Je veux les garder détachés.

Papa a pris des lunettes dans le sac et a arraché l'étiquette en plastique avant de les mettre.

— Tu ne portes pas de lunettes.

— J'en ai besoin pour conduire.

— Oh, le menteur, s'est indignée Clemesta.

Papa m'a passé un paquet de crackers, puis une boîte de Cap'n Crunch et deux barres de céréales.

— C'est un petit déjeuner pique-nique, s'est amusé Papa.

— Il n'y a pas de lait.

— Tu plaisantes ? Il n'y a rien de meilleur que les céréales nature.

— J'ai dit de la NOURRITURE SAINE. Comme des JUS VERTS et des fruits.

— Il n'y en avait pas. Les barres de céréales sont quand même un peu bonnes pour la santé.

— Non. D'après Maman, elles sont bourrées de sucre ; il s'y cache comme espion infiltré.

— Ah bon.

On a roulé longtemps parmi les mobile homes qui nous poussaient à détourner le regard. Il y avait des épines à tous les arbres et des yeux à toutes les fenêtres.

— Tu es sûr et certain qu'on roule dans la bonne direction ?

Papa a acquiescé.

— Parce qu'on ne dirait vraiment pas.

J'ai lancé un regard furieux au capitaine Crunch sur la boîte de céréales.

— Tu n'es pas du tout nourrissant.

— Je sais, a-t-il gloussé. Et en plus, je suis plein de sucre.

J'ai ouvert la boîte et j'ai quand même pris une poignée de céréales. J'ai croqué quelques bouchées et essuyé mes mains collantes sur la banquette. J'ai observé la tête de Papa, fixant la route droit devant, sa nouvelle casquette sur la tête. Il a allumé la radio, on a écouté les voix craquer et sauter. KIDNAPPING. KIDNAPPING. Je pensais sans arrêt au visage boutonneux du réceptionniste nous regardant nous en aller. « Dolly Rust ! » avait crié Shayna, mais je ne lui avais jamais dit mon nom de famille.

— Exactement, a confirmé Clemesta, les yeux brillants.

— Fais une sieste, toi, lui ai-je conseillé. On dirait que tu as de la fièvre.

Je l'ai installée sous la banquette.

Papa a ralenti près d'une station-service. À l'arrière, il y avait un parking plein de rangées de vieux tacots rouillés garés au soleil. On aurait dit qu'on était dans un cimetière pour les véhicules morts qui ne rouleraient plus jamais.

Ils étaient quasiment tous marron de rouille. Un vieux bus scolaire jaune tenait sur des briques. Quelqu'un avait certainement volé ses roues. Peut-être qu'il avait aussi embarqué les écoliers avec lui.

Papa s'est arrêté. J'ai ouvert la vitre parce que Clemesta avait accidentellement lâché un prout qui empestait dans la voiture.

On a entendu une voix.

— Je peux vous aider, monsieur ?

Papa s'est retourné. Une femme se tenait sur le pas de la porte de la boutique. Elle avait une cigarette à la bouche ; elle ne l'a même pas enlevée pour parler.

Papa lui a fait un signe de la main.

— Merci. J'en ai pour une minute.

— Tu as l'air bizarre avec tes lunettes, lui ai-je fait remarquer.

Il a approuvé en opinant du chef.

— Je voudrais que tu mettes ta casquette, m'a-t-il demandé. Remonte tes cheveux et enfile-la.

— Je ne veux pas.

— Dolly. S'il te plaît.

J'ai enfoncé mes poings dans mon ventre pour sentir le caillou.

— Est-ce qu'on se déguise ?

— C'est à peu près ça, oui.

— Pourquoi ? On est en danger ?

Papa s'est essuyé le front.

— Un peu, oui.

— Parce que je loupe l'école ?

Il a fait oui de la tête. J'ai donné un coup de chaussure dans la banquette.

— Eh bien, c'était même pas mon idée. Et tu ne m'as jamais demandé mon avis, tu m'as prise dans tes bras et on est partis.

Papa a regardé la dame qui nous attendait devant la boutique.

— Je sais, a-t-il confessé. Je suis désolé. Et tu n'as rien à craindre, il n'y a que moi qui risque quelque chose. Il faut juste qu'on fasse attention pendant un ou deux jours.

J'ai regardé ses yeux marron.

— Jusqu'à ce qu'on rentre à la maison ?

— Ouais.

J'ai desserré ma ceinture de sécurité et enfoncé la casquette sur ma tête. Mes cheveux étaient trop épais et soyeux pour rester emprisonnés, alors ils ont glissé de leur cachette. Papa n'a rien remarqué, il avait déjà pris son sac de voyage et avançait devant.

La dame ne nous a pas souri. Elle marchait avec une canne et elle avait une jambe bandée.

— Vous êtes perdus ?

Elle parlait de manière élastique, comme si les mots sortaient de sa bouche au ralenti.

Papa a enfoncé sa nouvelle casquette sur sa tête.

— Non, m'dame. C'est vos voitures qui nous intéressent.

Il avait lui aussi une drôle de façon de parler, comme s'il jouait la comédie.

— C'est pour acheter ? a demandé la dame.

— Pour échanger contre la Jeep.

La dame a froncé les sourcils.

— Ça n'a pas l'air bien net votre histoire. Vous avez des ennuis ?

Papa a tiré sur sa casquette et j'ai serré Clemesta.

— Non, m'dame. Et je ne voudrais pas vous en causer non plus.

Il est soudain devenu très poli et respectueux, même si la dame ne le méritait pas. Elle nous regardait d'un mauvais œil comme si on était des puces. Papa a ouvert son sac de voyage et sorti deux billets.

— Peut-être qu'avec ça, ça ira mieux ?

La dame a retroussé ses babines comme si elle voulait manger l'argent. Ses dents étaient marron et pointues. Elle s'est mise à tousser, elle devait avoir un CANCER DES POUMONS.

Elle a sorti un mouchoir de son soutien-gorge comme par magie et elle a craché dedans. Elle m'a examinée puis elle a dévisagé Papa.

— Je vous connais ? Vos têtes me disent quelque chose.

Papa a fait signe que non.

— On est de passage.

— Bon, a-t-elle repris avant d'attraper l'argent et de le glisser dans son soutien-gorge, où se trouvaient le mouchoir sale et, sans aucun doute, une vingtaine d'autres objets divers et variés. Vous m'avez l'air bien sympathiques. Attendez-moi là.

Elle a disparu à l'intérieur de la boutique et nous a abandonnés, Papa et moi, en plein soleil.

Dès qu'elle a disparu, je me suis tournée vers Papa.

— Qu'est-ce que tu fais ? Ces voitures sont horribles et tu en as une super bien. C'est une Jeep Renegade au cas où tu aurais oublié !

Papa a fait craquer sa mâchoire.

— Je sais, Doll. Fais-moi confiance.

— Moi, je ne lui fais pas confiance, a affirmé Clemesta. C'est rien qu'un gros menteur.

— Clemesta ! Ne dis pas ça.

— Mais c'est la vérité, s'est-elle indignée.

J'ai regardé Papa.

— Et arrête de parler comme ça. Je n'aime pas ça. Je ne te reconnais plus.

La dame est ressortie.

— Suivez-moi.

Papa a pris ma main et on l'a suivie. Elle boitait sur sa canne et on a dû s'arrêter deux fois pour qu'elle reprenne son souffle.

Enfin, elle a désigné une voiture bleue rouillée.

— Prenez la Ford. C'est une bonne caisse.

Elle s'est remise à tousser et je m'attendais à la voir ressortir son mouchoir comme par magie, mais cette fois, elle s'est contentée de cracher un mollard gluant par terre.

Papa a observé la voiture puis s'est tourné vers la dame.

— Vous plaisantez ?

— C'est tout ce que j'ai. Enfin, sans paperasse… J'imagine que c'est ce que vous voulez, a-t-elle dit en levant sa canne avant de la diriger vers Papa.

Il a ouvert la portière de la voiture et regardé à l'intérieur.

— Comme je vous le disais, c'est une bonne bagnole.

On est retournés à la Jeep sans attendre la vieille dame. Papa a ouvert le coffre et pris les sacs Walmart, il est monté à l'avant et a ramassé tout ce qui se trouvait dans la boîte à gants. Il tenait fermement son sac de voyage et moi, je surveillais le bagage du regard pour m'assurer qu'aucun billet ne s'en échappait. C'était clair que la vieille dame n'irait pas contacter les objets trouvés si elle mettait la main sur nos dollars. Elle les cacherait directement dans son soutien-gorge.

Clemesta était folle de rage.

— Je n'aime pas ça du tout, a-t-elle déclaré.

— Je sais.

— Mais réfléchis, Dolly, réfléchis ! Avec ton cerveau développé, tu devrais finir par comprendre.

La dame est arrivée en boitant, la respiration sifflante.

— Vous avez fini ?

Elle transpirait au soleil et elle avait des auréoles de sueur sous les deux bras.

Papa lui a donné les clefs de la Jeep, et elle les a glissées dans sa poche comme si elles lui avaient toujours appartenu.

Ça puait dans la nouvelle-vieille voiture, comme si quelqu'un était en train d'y pourrir. Les sièges étaient tout collants, ils grattaient et se décousaient. À l'arrière, une seule ceinture fonctionnait et le tissu de la banquette était à moitié déchiré.

— C'est seulement pour quelques jours, a dit Papa.

Il a tourné la clef de contact et la voiture a fait teuf-teuf-teuf. J'espérais secrètement qu'elle ne démarre pas, mais elle s'est mise en marche et en moins de deux, on était repartis sur la route, à rouler sans fin dans la vieille Ford rouillée.

Mon short avait dessiné deux lignes sur mes jambes. On aurait dit des visages tristes.

— Pourquoi est-ce que tu m'as empêchée d'aller à l'école pour cette aventure idiote ? On aurait pu partir aux vacances de Pâques, ou à Noël.

Papa a serré le poing.

— Je ne comptais... Je suis désolé. C'était une erreur. Je n'ai pas bien réfléchi.

Il a pris une gorgée d'eau et s'est aspergé le visage. L'eau a mouillé le siège, mais il s'en fichait parce que la voiture était déjà en piteux état.

— Eh bien, maintenant, on risque d'avoir de gros problèmes. Maman sera furieuse après toi. Et moi aussi, je suis un peu furieuse.

Papa a dégluti.

— Ça va s'arranger. On va bientôt... être à la maison.

J'ai inspiré profondément et essayé de laisser sortir la colère. J'ai compté jusqu'à cinq, puis à l'envers à partir de cinq.

— Est-ce qu'on doit rester déguisés jusqu'à ce qu'on rentre ?

— Ouais.

— Comme si on était en MISSION SECRÈTE.

Papa a approuvé d'un signe de tête.

— Exactement.

— Je sais garder les secrets, ai-je confié à Papa.

— Non, tu en es incapable, m'a glissé Clemesta à l'oreille.

Le caillou dans mon ventre s'est mis à tourner.

La voiture n'arrêtait pas d'avoir des ratés, comme si elle aussi avait une mauvaise toux à cause de la cigarette. J'étais certaine que la vieille dame était en train de cracher partout dans notre Jeep. Ça m'a fait penser à M. Abdul chez nous, dont la toux n'avait jamais été aussi dégoûtante même s'il fumait lui aussi.

Je lui manquais sûrement beaucoup. Je devais manquer à tout le monde chez nous, mais à Maman plus qu'à tous les autres. Je l'imaginais en larmes, regardant ma photo et l'embrassant, tout en faisant attention de ne pas la mouiller. Pauvre Maman. C'était probablement le pire moment de sa vie, et elle devait enchaîner les jours où elle N'ARRIVE PAS À SORTIR DU LIT. Je lui ai envoyé un bisou télépathique, et un de la part de Papa aussi.

Allez, ai-je dit, *nous sommes tous à nouveau amis, inutile de se mettre en colère.*

J'ai baissé les vitres jusqu'en bas pour ne pas avoir à respirer l'odeur de la voiture. Dehors, ça sentait l'air frais et les arbres, et la fumée quand on passait devant une maison où ils faisaient un feu pour brûler leurs déchets dans leur jardin.

— Il faut toujours que je fasse pipi.

— On va trouver un endroit. On va bientôt s'arrêter.

J'ai pris Clemesta sous la banquette.

— Je me souviens du mot que je cherchais dans ma tête. C'est la MÉTAMORPHOSE. C'est quand la chenille devient un papillon.

Clemesta a soupiré. Elle m'a caressé la joue.

— Alors, tu ne veux pas comprendre ?

Elle m'a embrassé les paupières et s'est collée contre moi. Un truc m'est venu à l'esprit au sujet d'une autre mission secrète et d'une promesse faite à Maman, mais j'ai rangé ça de force dans la boîte PAS MAINTENANT de mon cerveau. Ensuite, je l'ai fermée à double tour et j'ai jeté la clef.

Papa a marmonné quelque chose, puis il s'est rangé sur le bord d'un champ. Il aurait pu s'arrêter en plein milieu de la route, personne ne nous aurait remarqués de toute façon parce qu'il n'y avait pas une voiture à l'horizon. On était les seules personnes vivantes de l'État.

Papa cherchait quelque chose sur la carte. J'ai regardé dehors. Il y avait de l'herbe, des arbres et une croix blanche en bois. Un oiseau noir se tenait sur une de ses branches.

— Tu vois cet oiseau ? ai-je demandé à Papa. C'est un mauvais présage.

— Comment tu le sais ?

— C'est Clemesta qui me l'a dit.

Il a trouvé du doigt ce qu'il cherchait sur la carte, puis il a replié celle-ci de façon à garder l'endroit visible.

— C'est un corbeau à cœur moche, ai-je précisé. Ça signifie que quelqu'un ment.

On a démarré et les yeux noirs de l'oiseau ont transpercé mon âme.

— Oui, lui ai-je confessé. Je sais.

J'ai plongé la main dans la boîte de céréales et avalé une autre bouchée sucrée de Cap'n Crunch.

— J'espère que je ne vais pas attraper le scorbut, ai-je soufflé à l'intention de Clemesta.

— Il est certainement déjà trop tard, a-t-elle répliqué en reniflant, à cause de cette aventure idiote.

— En plus, personne ne me demande jamais ce que je veux faire. Ils se contentent tous de faire ce qu'ils veulent et me trimbalent avec eux.

C'est pour ton propre bien, Dolly. C'est ce que Maman disait de son plan. Ou peut-être que c'était TU SAIS QUI ?

Papa a tendu la main vers l'arrière pour serrer mon genou.

— Tout va bien se passer, a-t-il déclaré.

Il avait la main moite et chaude.

KIDNAPPING. KIDNAPPEUR, ça rime avec PRODUCTEUR. TU SAIS QUI est producteur. Les producteurs produisent des productions. Les producteurs produisent des KIDNAPPINGS. La meilleure façon de faire pleurer quelqu'un, c'est de lui voler quelque chose qu'il aime. Un jour, j'ai volé une dinde en plastique à Lina alors que j'étais venue jouer chez elle. Je voulais l'avoir pour pouvoir préparer un merveilleux repas de Thanksgiving à mes poupées, mais dès que je suis rentrée à la maison, la maman de Lina a appelé pour dire que je devais la rendre. J'entendais Lina pleurer dans le fond, comme si elle était déchirée par la tristesse. Elle avait deux dindes différentes, mais j'ai quand même dû rendre celle que j'avais prise le lendemain.

On n'est plus allées jouer l'une chez l'autre après ça.

Papa a pris une sortie pour cheminer ensuite sur une route bordée d'arbres touffus. En fait, on aurait dit que la route rétrécissait de plus en plus sous la végétation, jusqu'à devenir noire et disparaître à jamais.

— Qu'est-ce qu'on fait ici ? s'est interrogée Clemesta.

— Aucune idée. Mais on est dans la nature sauvage, ça c'est sûr.

Papa a bifurqué encore une fois avant de garer la voiture devant un petit chalet en bois. PARC NATIONAL, annonçait la pancarte. Il a désigné ma nouvelle casquette qui se trouvait sur la banquette arrière.

— Tu veux bien la remettre ?

— Elle ne tient pas.

Il a froncé les sourcils.

— Ouais. Mets-la quand même. Et... on va faire comme si on s'appelait autrement. Au cas où on nous demande.

— J'aime bien mon nom.

— Je sais. C'est seulement pour de faux. Pour notre mission secrète. Moi, je vais m'appeler Mike. Et toi ?

— Margot.

— Tu devrais prendre un nom de garçon. Comme ça, ton déguisement sera encore mieux.

J'ai observé Papa qui portait sa casquette et ses lunettes.

— Ton déguisement est excellent, ai-je convenu. Je ne te reconnais pas du tout.

Papa a plissé le front.

— S'il te plaît, Doll.

J'ai ouvert la portière.

— Je vais m'appeler Joshua.

À l'intérieur, un monsieur dans l'uniforme des parcs nationaux était en train de rapper en tirant sur son jean au niveau de l'entrejambe. Quand il nous a vus, il s'est arrêté et a appuyé sur son téléphone.

— Pris en flagrant délit ! a-t-il plaisanté.

Ses yeux étaient très clairs, il semblait content de nous accueillir dans son chalet.

— Bienvenue dans le plus bel endroit du Sud, a-t-il déclaré.

Il était très grand et maigre comme une tige.

— On aimerait camper ce soir, a dit Papa.

— Eh bien, monsieur, vous êtes au bon endroit.

Il nous a dit qu'il s'appelait Travis et qu'il était garde forestier, ce qui signifiait qu'il connaissait le parc sur le bout des doigts. Alors j'ai regardé ses doigts : les lettres *L-O-V-E* étaient inscrites dessus et il y avait un cœur tatoué sur le dos de sa main. Travis faisait beaucoup de gestes en parlant.

— Vous êtes venus en caravane ou vous souhaitez planter votre tente ?

— Vous louez des tentes ? a demandé Papa.

Travis a secoué la tête.

— Non, monsieur, désolé. Sachez que les chalets sont très confortables. Ça coûte plus cher, mais vous aurez une cuisine et une salle de bains, et vous ne perdrez pas de temps à monter votre tente. Personnellement, je préfère, c'est plus confortable. En tout cas, le parc est pratiquement vide ce soir. Vous pouvez choisir celui que vous voulez.

Je tenais Clemesta derrière mon dos parce qu'elle avait peur des yeux fous de Travis.

Papa faisait le tour du coin supérette du chalet, prenant du bois, des allumettes, des bougies et des guimauves.

— Vous n'avez pas de légumes ? ai-je demandé.

Travis a secoué la tête.

— Les légumes, c'est pas de la nourriture pour le camping. Et à mon avis, c'est pas de la nourriture tout court.

Il a ri, et j'ai pensé qu'il avait certainement le scorbut, vu son attitude.

Papa a ajouté deux boîtes de cassoulet à ses achats.

Je l'ai surpris en train de loucher en direction de l'étagère de bières. Je lui ai lancé un REGARD PERÇANT, le genre de regard qui peut refroidir n'importe qui en moins de deux.

— Je ne vais pas boire. Je te le promets.

— Très bien, ai-je répondu, même si c'était la promesse qu'il brisait le plus souvent.

Travis nous a donné une carte qui expliquait comment trouver le chalet de camping, puis il a noté quelques chemins de randonnée au stylo rouge.

— Mais vous pouvez rouler jusque-là, ça vous évite d'avoir à trop marcher. Beaucoup de gens font ça.

J'ai regardé sa main. Le mot tatoué sur ses autres doigts était *F-E-A-R*.

— Pourquoi est-ce qu'on fait du camping ?

Papa et moi, on est remontés dans la voiture, et il a descendu le chemin escarpé.

— Il nous faut un endroit pour dormir. Et j'ai pensé que ça te plairait. C'est sympa et calme, on ne sera pas gênés par les voisins.

— Je n'ai jamais fait de camping.

— Je sais.

— Et toi ?

— Si. Pas loin d'ici en fait. Il y a longtemps de ça. J'étais encore tout gosse.

On est arrivés au chalet, qui était en fait une jolie maison en bois et en pierre située au milieu des arbres au lieu d'être dans une rue. Il y avait un porche sous lequel on pouvait s'asseoir pour regarder les étoiles, un endroit pour faire un feu et, sur le pas de la porte, la forêt et la nature. C'était très calme et on pouvait entendre les oiseaux parler entre eux et les insectes gratter sous les feuilles. Je préférais cet endroit à tous ceux dans lesquels on avait séjourné depuis le Chambersburg Comfort Lodge, et Papa devait ressentir la même chose parce qu'il est resté à la porte à regarder tout autour de lui et à respirer l'air frais, et qu'il souriait pour la première fois de la journée.

Le chalet ressemblait à une vraie maison, mais en plus petit. Il y avait une chambre avec un lit, une cuisine, une table et une salle de bains minus dans laquelle la baignoire faisait la taille d'une douche. Je me suis précipité aux toilettes. Mon urine était très jaune, c'était probablement la faute des Cap'n Crunch.

Après avoir déballé nos affaires, Papa a sorti la carte de Travis et regardé les différents sentiers de randonnée.

— Et si on partait explorer un peu les alentours ? a-t-il proposé.

— Pour de vrai ?

— Oui, ça va être amusant.

J'ai souri.

— Chouette, on va recommencer à s'amuser. Et je peux garder la carte comme souvenir ? Je veux la ranger avec celle de Dollywood et ta carte routière, comme ça j'aurai plein de cartes de l'Amérique et je saurai toujours comment trouver tous les endroits et les habitants du pays.

Le visage de Papa s'est chiffonné.

— Quoi ?

— Tu es géniale, a-t-il dit. C'est tout.

Le chemin de randonnée était rocailleux à certains endroits et plat à d'autres. Je marchais dans les pas de Papa en regardant autour de nous. On a gravi un chemin escarpé puis on a commencé à tourner en rond, alors je me suis arrêtée pour resserrer mes lacets.

— Je trouve que c'est un chouette moment dans notre aventure, ai-je noté.

— Moi aussi.

— Tu peux dire IDEM. Ça veut dire PAREIL.

Papa a souri.

— Est-ce que ça ressemblait à ça quand tu étais petit ?

Papa a plissé les yeux.

— Je ne sais pas trop. Les choses semblent toujours différentes dans nos souvenirs.

— Différentes comment ?

— Des fois, elles ont l'air mieux. D'autres fois, elles semblent plus lointaines.

J'ai enjambé une grosse pierre. Il y avait une odeur de terre et de bois dans l'air.

— Qui t'emmenait faire du camping ?

— Mes parents. Ta mamie et ton papi. Et Joshua venait avec nous, bien sûr.

— Vous vous amusiez bien ?

— Ouais. C'était une des choses les plus chouettes que nous faisions ensemble. On campait ici pendant une semaine, on partait en randonnée, on nageait dans le lac, on mangeait dehors, on faisait griller de la guimauve et on regardait les étoiles. Avec Joshua, on a parcouru chaque centimètre carré de ce parc. On jouait aux pionniers.

— C'est quoi ?

— On faisait comme si on découvrait le pays pour la première fois. Comme si tout était encore intact, que tout était possible, et rien que pour nous.

Il a contemplé la vallée.

— C'était le bon temps.

— Pourquoi est-ce que tu n'es jamais revenu ?

— Je ne sais pas.

Il s'est baissé pour dégager une branche du sentier.

— J'ai déménagé pour partir à l'université. Je ne suis jamais revenu. La vie, c'est comme ça. Parfois, elle t'échappe.

Il s'est tu.

— Tu ne me racontes jamais d'histoires de ton enfance.

— Hum.

— Tu n'étais pas heureux ?

— Si. Seulement, je tenais absolument à m'en aller. Pour mener une vie différente de celle que j'avais eue en grandissant.

Arrivé au sommet d'une colline escarpée, il était à bout de souffle. Moi, il m'en restait encore pas mal. J'ai pris sa main et je l'ai tiré derrière moi.

— Pourquoi tu voulais une vie différente ?

— J'en sais rien… je voulais une vie meilleure. Profiter des mêmes opportunités que les autres. Mener une vie dont je serais fier, au lieu de juste…

Ses yeux marron paraissaient très clairs au soleil.

— Je sais épeler OPPORTUNITÉS.

— Parce que tu es vraiment intelligente.

— Grâce à mon cerceau développé, ouais.

J'ai pensé à ce qu'il avait dit.

— Est-ce que je vais devoir quitter la maison pour trouver des opportunités moi aussi ?

Papa m'a souri, mais c'était un sourire triste et distant qui venait d'une autre époque. Le caillou dans mon ventre s'est encore plus enfoncé.

— Regarde là-bas, m'a indiqué Papa en tendant le doigt.

On se trouvait comme par magie au-dessus d'un magnifique lac étincelant, un réservoir de bleu scintillant au soleil dans lequel se reflétaient les arbres alentour.

— Waouh ! On dirait le paradis, je crois.

Papa a souri.

— Oui, c'est beau.

Je suis allée sur le bord du sentier et j'ai écarté les bras.

— Bonjour Mme la Belle Amérique ! ai-je crié et l'écho s'est envolé jusqu'aux nuages.

Papa a ri et m'a prise par la main pour m'aider à descendre vers le rivage. Autour du lac, il y avait plein de petits galets ronds. Le visage de Papa rayonnait. Il avait l'air réellement heureux, il ne faisait pas simplement semblant comme d'habitude.

Il a retiré ses chaussures, son jean et sa chemise. Il a tout laissé en tas.

— Viens.

— Je n'ai pas de maillot de bain !

— C'est pas grave. Personne ne peut nous voir.

Il avait raison. C'était comme si on était seuls sur une île déserte, ou au bout du monde.

Papa marchait dans l'eau en caleçon. Sa peau s'est hérissée à cause du froid, mais il continuait à avancer.

— Attends-moi.

Je me suis déshabillée et j'ai tendu la main pour qu'il m'aide à franchir les cailloux. On avançait de plus en plus loin dans l'eau froide et puis on a fait la planche et regardé le ciel. Il était grand et vaste comme l'infini.

Papa a fermé les yeux. Il a écarté les bras et dérivé. Alors que je le regardais s'éloigner, j'ai tendu ma main et il l'a prise dans la sienne pour qu'on reste ensemble pour toujours.

On sera toujours ensemble, ai-je dit dans ma tête.

J'ai fermé les yeux, mais pas entièrement. Je regardais le soleil scintiller entre mes cils où il formait comme des petits éclats de diamant. L'eau, silencieuse, sentait le sel. On entendait seulement, dans notre dos, les clapotis des poissons qui rentraient chez eux pour le dîner.

Papa et moi, on flottait comme deux bateaux sur l'eau.

J'ai vu Papa se retourner. Il a mis sa tête sous l'eau et une fois remonté à la surface, il a crié. C'était tellement fort que j'ai plaqué mes mains sur mes oreilles.

— Qu'est-ce que tu fais ?

— Joshua et moi, on faisait ça avant.

Il a plongé, est remonté à la surface en éclaboussant tout autour de lui et a crié de nouveau. Le son de sa voix s'est envolé avant de revenir en écho.

— Essaie pour voir.

— Mais qu'est-ce que tu cries ?

— Tout ce que tu veux, Dolly. Tout ce que tu veux.

Il a encore crié et je m'y suis mise à mon tour, et nos cris se sont mélangés au point qu'on ne pouvait plus distinguer les miens des siens, ce n'était plus qu'un long hurlement que la forêt allait garder pour toujours, comme un secret entre les arbres.

La brume s'est levée. On est sortis de l'eau en frissonnant. Papa a utilisé sa chemise pour m'essuyer. Il s'est assis et a enfilé ses chaussures, il a attendu que je fasse mes lacets en grattant dans les galets.

— Regarde, celui-ci a la forme d'un cœur, a-t-il dit avant de me le poser dans la main. Tu devrais le garder. Je parie qu'il va te porter chance.

Il m'a observée avec cette expression drôlement bizarre, pas tout à fait heureuse, pas tout à fait triste. Quelque part entre les deux.

— Doll, être ton père me comble de bonheur. Tu le sais, hein ?

Ça m'a fait chaud au cœur et remplie de joie, mais ça m'a fait aussi un peu peur.

— J'espère que tu ne l'oublieras jamais. Tu es tout pour moi : la meilleure chose qui me soit jamais arrivée.

J'ai touché son visage.

— Tes yeux sont bizarres. Tout humides.

Il les a essuyés.

— Tout va bien.

— On dirait que tu es tout mou.

— Mou ?

— Ouais, comme si tu étais en train de fondre.

Ses yeux se sont plissés tellement il souriait, puis il m'a regardée de nouveau et cette fois-ci, ils étaient grands ouverts. On s'est lancés dans un duel de regards et j'ai pouffé de rire, mais on ne s'est pas lâchés des yeux : j'ai plongé dans le marron, la tristesse et l'amour.

Ensuite, j'ai glissé le caillou en forme de cœur dans la poche de mon short, et on a suivi le sentier jusqu'au chalet.

Il faisait pratiquement nuit quand on est rentrés. Papa a fait un feu avec le bois qu'il avait acheté à Travis, puis il a ouvert une canette de soda. On s'est assis sous le porche et on a levé la tête pour regarder les étoiles.

— Les étoiles créent des formes dans le ciel qui s'appellent des CONSTELLATIONS, ai-je dit.

Papa a souri.

— Ici, c'est la ceinture d'Orion. Et là, c'est la Lune. Elle est très, très loin de nous, même quand elle est aussi grosse qu'aujourd'hui. On ne peut pas la toucher de la main, même d'un avion. J'aimerais bien que ce soit possible.

Papa a levé la tête vers le ciel. J'ai regardé ses yeux. Son visage brillait à la lumière du feu.

— Et puis, il y a un homme sur la Lune, mais il n'y a pas moyen de s'approcher de lui non plus, ai-je poursuivi. Il t'observe. Il nous observe tous. Il souffre parce qu'il est tout seul, il n'y a personne d'autre avec lui. Il mange du fromage. Tous les jours, il fait des vœux en voyant les étoiles filantes. Il aimerait bien se rendre sur Terre et avoir une femme et une fille, des amis et un doberman. Je crois qu'il était courtier en hypothèques lui aussi.

Papa a tendu la main et l'a posée sur l'arrière de mon crâne.

— On devrait faire ça plus souvent, a-t-il déclaré.

— Quoi ?

Il s'est levé.

— Ça.

Dans le chalet, il a pris les boîtes de cassoulet, une casserole en métal et une cuillère. Il m'a montré comment tenir la casserole au-dessus du feu sans me brûler les doigts, et j'ai remué le dîner jusqu'à ce qu'il soit prêt.

— Les haricots doivent être cuits AL DENTE, ai-je avancé. J'ai vu ça dans une émission de cuisine.

On a mangé notre dîner directement dans la casserole. Papa a bu un autre soda et moi de l'eau parce que je veux être responsable, en bonne santé et aussi rester hydratée.

Quand on a raclé les derniers haricots du fond de la casserole, Papa a dit que c'était l'heure de faire des sandwichs à la guimauve.

— C'est le meilleur moment de la soirée, a-t-il affirmé.

Il m'a expliqué comment faire griller des guimauves au bout d'un pic pour les placer entre deux crackers avant d'ajouter du chocolat pour créer un sandwich tout fondant.

— J'en ai l'eau à la bouche ! me suis-je exclamée.

— Attends un peu de goûter.

Ils étaient chauds, alors on a soufflé dessus pour les refroidir. J'ai léché l'endroit où le chocolat coulait, puis celui où la guimauve dégoulinait. Finalement, j'ai avalé le sandwich en entier. C'était la chose la plus délicieuse que j'avais jamais mangée de toute ma vie et c'est la vérité vraie.

— On remet ça, a dit Papa.

On a refait une tournée, puis encore une autre après, alors seulement on s'est arrêtés pour éviter que l'un de nous vomisse encore d'avoir mangé trop de COCHONNERIES.

Assis sur nos sièges, on a regardé les papillons de nuit voler dans la lumière. J'ai écouté les animaux s'appeler au loin. Des chouettes, des loups et des rats : des animaux NOCTURNES qui préfèrent la nuit au jour.

Le feu me réchauffait la peau et rendait mes yeux larmoyants.

— Est-ce que c'est maintenant qu'on se raconte des histoires ? ai-je demandé.

Papa a bâillé.

— Peut-être qu'on devrait aller se coucher ? La journée a été longue.

— Non. Des histoires ! Comme quand tu étais petit. Il faut que tout soit exactement pareil.

Il a souri.

— Tu as une histoire à me raconter, Dolly ?

— Toi, raconte-m'en une !

— Je n'en connais pas de bonne.

— Raconte-moi encore une histoire de ton enfance.

— Je ne m'en souviens pas.

— Essaie !

Papa a reposé sa tête contre sa chaise et a fermé les yeux.

— D'accord. J'en ai une. Joshua et moi, on faisait des courses de cafards.

— Quoi ?

— Quand on trouvait des cafards dans la maison, on les mettait dans des bocaux. Après on les alignait dans la baignoire pour faire la course.

— Comment ils savaient quand commencer à courir ?

— Eh bien, on leur donnait une pichenette et ils partaient.

— Raconte-moi une autre histoire.

— J'avais l'habitude de tirer les pigeons avec un fusil à plomb que j'avais gagné à la fête foraine. Ensuite, je faisais un feu dans le jardin pour faire cuire les oiseaux et on les mangeait au déjeuner avec Joshua.

— Beurk !

— C'était très bon. Je pourrai t'en faire un jour.

— Non ! ai-je crié, même si je savais que Papa plaisantait.

Il souriait, il était détendu et j'ai pensé qu'il devrait peut-être toujours vivre dans les bois. Alors on serait heureux comme ça tout le temps, Maman, Papa et moi.

— C'était le meilleur endroit ? ai-je demandé.

— Comment ça ?

— De notre aventure. Tu as dit qu'on allait voir le meilleur endroit du monde. J'imagine que c'est ici.

Papa a acquiescé en souriant, puis il est redevenu silencieux.

— Ne sois pas triste, l'ai-je consolé. On va revenir bientôt. On viendra avec Maman la prochaine fois.

Papa a de nouveau approuvé d'un signe de tête. Il a fermé les yeux une minute, comme s'il faisait un vœu, ou qu'il envoyait un baiser télépathique et un message à Maman. « Je t'aime, Anna. Je t'aimerai jusqu'à la fin des temps. »

— J'aime bien tes histoires, lui ai-je dit. J'aimerais que tu me les racontes toutes.

— Toutes mes histoires ne sont pas heureuses.

— Pourquoi ?

Papa s'est frotté les yeux.

— La vie était dure parfois.

— Comment ça ?

— Dure, tout simplement. Pour notre famille. Nous ne possédions pas grand-chose. Après que ton papi a été renvoyé… eh bien, nous avons essayé de survivre. Nous étions si pauvres qu'une année, on n'avait pas assez d'argent pour m'acheter une nouvelle paire de souliers. Mes pieds ne rentraient plus dans aucune de mes anciennes chaussures, alors j'ai essayé d'en voler des neuves dans le magasin de M. Hobson en ville.

— Voler !

Je n'aimais pas penser à Papa faisant de vilaines choses INTERDITES PAR LA LOI. Je n'aimais pas penser qu'il pouvait voler des chaussures, parce que s'il était capable de voler des chaussures, il pouvait très bien voler autre chose. Comme des gens, par exemple.

Il a donné un coup de pied par terre.

— Bref, M. Hobson m'a surpris avec les chaussures sous ma veste. Il m'a autorisé à les garder, mais j'ai dû venir nettoyer le sol de son magasin tous les samedis pendant trois mois.

— Je suis sûre que ton papa était tellement en colère que de la fumée lui est sortie des oreilles.

— Je ne lui ai jamais rien dit, a répondu Papa avant de se taire à nouveau.

Il a rejeté sa tête en arrière et fini son soda.

— Je ne les ai jamais rencontrés, et ils sont tous morts. Tous les gens importants dans ta vie sont morts, à part Maman et moi.

Papa avait les yeux rivés sur le feu.

— Pourquoi est-ce que tu ne parles jamais d'eux ?

Papa a soupiré.

— Je n'aime pas penser à toutes ces personnes qui ne sont plus là.

— Comme Joshua.

— Comme Joshua en particulier.

— Pourquoi ?

Papa a fait craquer sa mâchoire.

— Parce que c'est ma faute.

— Qu'est-ce qui est ta faute ?

— Tout.

— Comme quoi ?

Il a de nouveau soupiré.

— C'est moi qui l'ai fait venir en Floride pour travailler à mes côtés. Lui et sa fiancée, Karlee. Je lui ai appris comment… comment faire des choses qui n'étaient pas totalement honnêtes. Tu veux vraiment que je te raconte tout ça ?

J'ai acquiescé.

— Beaucoup de gens ont perdu leur maison, a poursuivi Papa. Leurs économies. Nous aussi, nous avons tout perdu. Joshua devait beaucoup d'argent. Il en a emprunté à Karlee, et à sa sœur et à leurs parents, puis il y a eu les accusations de fraude…

— C'est quoi, la fraude ?

Papa a secoué la tête.

— C'est comme dire des gros mensonges. C'était le bazar tout ça, tu sais.

Je le regardais.

— Qu'est-ce qui s'est passé alors ?

— Joshua n'a pas supporté. C'était trop pour lui.

Papa s'est frotté les yeux.

— Mais tu connais déjà cette partie.

Il fixait le feu sans ciller. Le bois craquait et un morceau s'est fendu. Tout s'est transformé en cendre.

Papa a secoué la tête, puis il s'est tourné vers moi pour me faire face.

— Tu lui ressembles, a-t-il repris. À chaque fois que je te regarde, je le vois. C'est comme s'il était là en ce moment.

J'ai serré mes mains ensemble. Papa continuait de m'observer. Il y avait plus de tristesse que de marron dans ses yeux.

— Je ne voulais que le bien de ma famille. Au lieu de quoi…

Il a secoué la tête.

Je me suis tournée pour regarder la dernière flamme essayer de survivre. Elle a vacillé deux fois puis s'est éteinte.

Dans les arbres, les chouettes hululaient. C'était un avertissement lancé à tous les animaux pour qu'ils aillent se cacher. Cela signifiait que les PRÉDATEURS NOCTURNES étaient prêts à partir chercher leur dîner. Ils ont des yeux qui brillent dans le noir pour vous repérer dans la nuit.

J'étais contente de rentrer et de fermer la porte derrière nous.

J'ai mis mon pyjama et je me suis brossé les dents. Papa se lavait les dents à côté de moi. On a craché en même temps.

— Fais-moi voir cette dent qui bouge, a-t-il dit.

J'ai ouvert la bouche pour lui montrer et il l'a touchée du doigt.

— Je parie qu'elle va bientôt tomber, m'a-t-il assuré.

— Peut-être qu'elle va se planter dans une pomme. Ou alors je vais éternuer et elle va partir à cent à l'heure. Du genre, atchoum, vlan !

Papa a souri. Il m'a caressé les cheveux.

— Joshua n'a pas eu d'enfants, mais je suis sûr qu'il aurait aimé te connaître.

Il a tiré sur les couvertures et nous avons grimpé dans le lit. J'ai embrassé Clemesta pour lui souhaiter bonne nuit.

— Bisous esquimau, papillon et Maman.

Elle a souri, mais pas franchement.

— C'est super, a-t-elle marmonné d'une voix triste.

Papa a éteint la lampe et s'est appuyé contre l'oreiller.

— On n'a pas appelé Maman, me suis-je soudain rappelée.

— Non.

Il a fermé les yeux.

— Demain.

Puis il a ronflé.

Clemesta m'a mordillé l'oreille.

— Qu'est-ce qui ne va pas ?

— Tout, a-t-elle répondu. Tout va de travers dans cette aventure.

Le corps de Papa était chaud dans le lit et j'ai posé la main sur son torse. Je sentais son cœur battre, vivant, chaud et gorgé de sang.

Bonne nuit, Maman, ai-je dit dans ma tête.

Dehors, les créatures de la nuit affamées ont commencé leur traque, et toute la forêt tremblait de peur.

Jeudi

JE SUIS SORTIE DU LIT aussi silencieusement qu'une souris. J'ai enfilé mes vêtements qui étaient en tas par terre.

Papa dormait, recroquevillé comme un bébé. J'avais de la peine pour lui parce qu'il avait dû quitter sa famille en quête d'opportunités, parce qu'il n'avait pas de chaussures et qu'il avait perdu son entreprise, sa mère, son père et son frère, mais je lui en voulais parce qu'il était responsable de la mort de Tonton Joshua.

— Moi aussi, je lui en veux, m'a confié Clemesta avant de mordre ses lèvres de cheval. Parce que je crois qu'il essaie de s'enfuir avec nous.

— Non, c'est pas vrai. Il nous ramène à la maison.

— Je ne crois pas, non. Je pense qu'on s'éloigne le plus possible de chez nous et je crois savoir pourquoi.

Je me suis démêlé les cheveux et j'ai noué mes tennis avec beaucoup de soin.

— Bonjour, vous ! ai-je salué mes lacets quand ils ont formé des oreilles de gentil lapin.

— Tu ne te souviens toujours de rien ? s'est inquiétée Clemesta.

J'ai secoué la tête.

— Pas encore, non. Allez, on va explorer la jolie forêt. On a qu'à faire comme si on était des pionnières.

La porte du chalet s'est ouverte en craquant. Nos pics pour griller la guimauve se trouvaient à côté du feu éteint.

Les papillons de nuit étaient tous morts, leurs corps tombés par terre comme des pétales de fleurs fanées.

Il faisait bon, frais et beau. En fait, on pouvait sentir les vrais arbres et non pas ceux en carton qui pendent aux rétroviseurs. J'ai respiré leur odeur à pleins poumons et j'ai chassé un petit insecte qui voulait en profiter pour se faufiler dans mon nez.

J'ai essayé d'imaginer Papa en petit garçon se réveillant dans la même forêt.

Je ne connaissais qu'une photo de lui enfant, et je l'avais rarement vue : maigre, perché sur de grandes jambes et les genoux saillants, il lui manquait une dent de devant et ses cheveux lui tombaient sur le front. Il portait un T-shirt à rayures sale, troué sur le devant. Il avait un bâton à la main et il souriait tellement fort que ses yeux étaient réduits à deux fentes. Il avait l'air heureux, comme si rien de mauvais ne lui était jamais arrivé et qu'aucun ours ne vivait encore à l'intérieur de son corps.

Un jour, j'ai demandé à Maman pourquoi Papa ne parlait jamais de l'endroit où il avait grandi, ni de sa maman et de son papa, et elle s'est contentée de soupirer avant de dire, « C'est une longue histoire », sans prendre la peine de me la raconter.

Les adultes sont forts pour ça : quand ils ne veulent pas que tu saches quelque chose, ils mentent ou te font croire que ce n'est pas vrai ; ou bien, ils font en sorte de ne jamais aborder le sujet. En plus, ça ne leur cause jamais d'histoires.

— Des fois si quand même, a objecté Clemesta. Et puis, toi aussi, tu es fortiche pour jouer la comédie.

J'ai posé la main sur le tronc du plus gros arbre.

— Comment vas-tu ? lui ai-je demandé.

Clemesta a secoué la tête.

La forêt se réveillait. En prêtant l'oreille, on pouvait entendre les grenouilles se dire bonjour et le lac remuer les galets pour leur donner une forme de cœur. Les PRÉDATEURS NOCTURNES avaient le ventre plein, ils ronflaient dans leur grotte. Tous les animaux pouvaient sortir en sécurité.

Certains pleuraient car leurs proches s'étaient fait dévorer pendant la nuit.

Clemesta et moi, on a contourné le chalet pour se rendre sur le bord du sentier.

— On n'a pas le droit de dépasser cette ligne. Cela pourrait se révéler dangereux.

Clemesta a froncé les cils.

— Je crois que le véritable danger, c'est Papa.

— Clemesta ! Tu me tapes sur les nerfs.

Je suis partie d'un pas lourd examiner un autre arbre.

— Celui-là doit avoir un million d'années, ai-je dit. Une famille d'écureuils y a construit sa maison. Ils s'appellent les Noisettovitch.

J'ai touché dans ma poche le galet en forme de cœur que Papa m'avait donné.

— Il m'aime beaucoup. De tout son cœur, et pour la vie.

Clemesta a acquiescé.

— Il t'aime trop.

— Non, il m'aime juste comme il faut.

— Il faut qu'on rentre à la maison, s'est écriée Clemesta.

— Mais on rentre à la maison. Combien de fois va-t-il falloir que je te le répète ? Allez, viens maintenant, on joue aux pionnières. Dis, « Regarde, on a découvert cette immense terre nouvelle » et « L'Amérique est un pays magnifique ! » et puis « Je déclare cette terre nôtre, et autorise tous ceux qui y viennent à vivre en paix et dans la joie ».

— Regarde la belle Amérique, a commencé Clemesta, mais elle n'y mettait pas tout son cœur et ne jouait pas du tout l'excitation d'une véritable pionnière.

— Faisons un feu, chère pionnière, ai-je proposé. Je vais aller chercher du petit bois pour nous préparer un délicieux repas.

J'ai ramassé deux brindilles et une feuille pour démarrer le feu.

— Dolly, m'a demandé Clemesta. As-tu regardé dans la boîte PAS MAINTENANT de ton cerveau ? Je crois que tu devrais le faire.

— Silence, cheval. Tout roule comme sur des patins à roulettes, alors ne te laisse pas emporter par ton imagination au point de perdre les pédales.

— Dolly, s'il te plaît. Penses-y seulement un instant et ça va te revenir.

J'ai donné un coup de pied dans un caillou et il a dévalé la montagne.

— Arrête, Clemesta ! Arrête de me forcer à me rappeler coûte que coûte.

Je l'ai balancée contre le tronc d'un arbre.

— Voilà, puisque tu fais l'imbécile, je ne veux plus te voir. Je vais te laisser toute seule le temps que tu réfléchisses à ton comportement.

J'ai arrêté de jouer à la pionnière. À la place, je me suis assise et j'ai gratté la terre en quête de pierres, dans l'espoir de trouver un autre cœur magique. Je le donnerai peut-être à Papa ou je le garderai pour l'offrir à Maman quand je la reverrai. Peut-être qu'elle le méritait plus. Peut-être qu'elle était désolée d'avoir mis au point un plan idiot, qui en plus n'était même pas son idée au départ, mais celle de TU SAIS QUI. Je sais que c'est vrai parce que, quand Maman a commencé à parler avec lui, elle lui a expliqué qu'elle ne voulait pas m'enlever à mon Papa.

— J'ai toujours pensé que ce serait trop cruel, a-t-elle soutenu. Elle l'idolâtre tellement. La plupart du temps, il ne nous remarque pas et pourtant, à ses yeux, il est parfait.

Elle a ravalé ses larmes et TU SAIS QUI a pris sa main.

— Eh bien, ce serait peut-être un moindre mal, a-t-il affirmé.

C'est à ce moment-là qu'il a implanté cette idée diabolique dans la tête de Maman, comme une sorte de graine empoisonnée qui s'est transformée en un mauvais arbre, sombre et épineux.

J'ai essayé d'abattre cet arbre, mais peut-être seulement dans mes rêves. M. l'Ours en Colère était là, lui aussi. Je crois qu'il a mangé TU SAIS QUI et qu'il l'a vomi dans les toilettes. Le résultat n'était pas beau à voir.

J'ai ramassé un autre caillou et je l'ai jeté le plus loin possible. Il a roulé le long de la montagne, assommant à coup sûr un méchant rat des forêts dans sa chute. Ça a sans doute rendu service au parc national, alors ils allaient organiser une fête. J'ai donné un autre coup de pied dans un caillou pour le détacher du sol et le lancer.

Un malpropre avait jeté deux canettes de bière vides par terre.

J'ai entendu la porte de notre chalet s'ouvrir. Papa m'a appelée et j'ai couru le retrouver.

Il s'étirait les bras au-dessus de la tête.

— Tu as bien dormi ?

— Ouais.

— Bien.

J'ai surveillé Clemesta du coin de l'œil. Je sentais ma dent qui bouge remuer contre ma langue.

— Je suis prête à partir. On peut rentrer à la maison maintenant. Je promets de ne pas me plaindre de rouler toute la journée ni de m'ennuyer à l'arrière.

Papa a frotté sa barbe de trois jours. Il a regardé le brouillard embrasser le sommet des arbres.

— Je suis déçu de partir.

— Mais il le faut. On rentre à la maison.

Papa a acquiescé.

— Bien sûr.

— Promis ?

Il a de nouveau approuvé d'un signe de tête.

Le caillou dans mon ventre s'est encore enfoncé un peu plus profondément. Clemesta, au coin contre son arbre, m'a envoyé un mot dans la tête avec ses pouvoirs télépathiques. MENTEUR. Je l'ai rangé dans la boîte PAS MAINTENANT et suis allée chercher mes affaires dans le chalet.

Avant de partir, Papa a ramassé sa casquette de base-ball et ses lunettes.

— C'est ton déguisement pour notre mission secrète. Pour rentrer plus vite à la maison.

— Exactement.

Papa a fait démarrer la voiture et on s'est engagés sur le chemin par lequel on était arrivés.

— Au revoir, mes belles, ai-je crié aux montagnes avant de dire, ÉCUREUIL MORT, en repérant du sang rouge étalé comme de la peinture sur le bord de la route.

— C'est probablement Mme Noisettovitch, a indiqué Clemesta.

— Non !

Elle a haussé les épaules.

— J'essaie juste d'être honnête. C'est bien d'être franche de temps en temps.

— Je suis honnête, ai-je répliqué.

— Ha ! s'est exclamée Clemesta d'un air dédaigneux.

Papa a frappé le tableau de bord puis a déclaré qu'il fallait qu'on s'arrête prendre de l'essence.

— Je déteste cette voiture minable, ai-je grommelé. Elle est grotesque, lamentable et bonne à rien.

Papa a fait le plein puis il m'a observée par la vitre.

— Attends ici, a-t-il dit.

J'ai levé les yeux au ciel dans ma tête.

Je me suis débarrassée de mes chaussures, mais j'ai gardé mes chaussettes parce que je ne voulais pas que mes pieds touchent le tapis dégoûtant certainement infesté de punaises et de maladies mortelles et contagieuses que j'aurais pu attraper par les orteils.

Papa est revenu avec une bouteille d'eau, deux journaux et une banane couverte de taches noires. Il a jeté les journaux par terre du côté passager, mais j'ai quand même réussi à lire les mots « Dans l'affaire de la disparition » avant qu'il ne les retourne.

— Certainement des histoires de magie, en ai-je conclu.

— Oh, par pitié, a lâché Clemesta.

Elle a croisé ses bras de cheval et s'est tournée pour regarder par la vitre.

Papa m'a tendu la banane.

— Il n'y avait rien de plus sain.

Je l'ai posée sur la banquette arrière.
— Elle est pourrie. Ça va me rendre malade.

Papa a encore pris les petites routes de campagne. Ça me manquait de ne plus rouler sur les autoroutes. Au moins, il y avait des choses à voir. Ici, c'étaient que des arbres, le silence et des millions de kilomètres de route vierge. La route, toujours la route. La route sait. La route sait tout, sans aucun doute. Elle entend tout le monde parler et collectionne les secrets.
— Comme toi, a fait observer Clemesta.
— Je déteste les secrets, me suis-je défendue. Je ne veux plus les collectionner. Je veux seulement collectionner les coquillages et les papillons maintenant.

Papa ne disait pas grand-chose. Il n'arrêtait pas de m'observer dans le rétroviseur, ce qui attirait mon attention. Alors il détournait les yeux.
On a dépassé des mobile homes cachés derrière des arbres et entourés de tas d'ordures. J'en ai vu un, on aurait dit que son contenu avait été entièrement déversé sur sa pelouse. Il y avait un canapé, un frigo, un barbecue renversé et une piscine gonflable crevée et pleine de feuilles. Un chien attaché à une chaîne a couru aussi près de la clôture que possible sans s'arracher la tête. Il poussait des jappements furieux et disait, « Allez-vous-en, étrangers. Vous n'avez rien à faire ici ! ». Un petit garçon en T-shirt blanc s'est approché et lui a donné une chiquenaude sur les oreilles pour le faire taire. L'enfant est ensuite retourné passer une vieille tondeuse à même la terre comme si c'était un joli gazon vert et pas un tas de pierres.
Je me suis retournée pour le regarder par la vitre.
— Je ne crois pas que ce soit encore l'Amérique, ai-je rapporté.
Le chien a recommencé à aboyer et Clemesta lui a jeté un sort pour qu'il se désintègre dans la semaine. J'étais sûre qu'il ne manquerait à personne.

Plus loin, une peluche gisait le nez dans la boue.

— Pourquoi personne ne la ramasse ? ai-je demandé. Pauvre petite oursonne. J'espère que tu vas bientôt rentrer chez toi.

— Elle ne peut pas, a affirmé Clemesta. Elle est morte.

Papa conduisait lentement. Il suivait une route qui n'allait nulle part, où il n'y avait rien à voir à part les mauvaises herbes et des bandes de terre sur le bas-côté. La voiture a roulé sur des graviers avant de s'arrêter. Papa s'est retourné.

— Dolly, a-t-il commencé. Nous devons faire quelque chose que tu ne vas pas aimer.

Il n'était pas d'humeur à plaisanter ni à sourire. Mon cœur s'est mis à battre la chamade et tout le reste s'est figé.

Papa a fouillé dans un des sacs de courses de la veille avant d'en sortir des ciseaux.

— Pourquoi est-ce que tu as acheté ça ?

— Parce qu'il faut qu'on te coupe les cheveux.

— Pas besoin. Mes cheveux sont brillants et en bonne santé.

— Je sais, a confirmé Papa en acquiesçant. Et je te promets qu'ils vont repousser.

— Pourquoi est-ce que tu dis qu'ils *vont repousser* ?

— Parce qu'il faut les couper.

— Mais j'en ai pas envie.

— Je sais. J'aimerais ne pas avoir à faire ça, mais il ne faut plus que tu ressembles à Dolly pendant un moment. Pendant un tout petit moment seulement.

— Mais je suis Dolly.

— Dolly. Écoute, s'il te plaît.

— Tu me fais peur.

Clemesta m'a serré fermement la main. Elle avait peur elle aussi.

Papa est sorti de la voiture et a ouvert la portière arrière.

— Ne complique pas les choses, s'il te plaît.

— Mais je n'ai rien fait de mal.

— Je te l'ai déjà dit. Il ne faut plus que tu ressembles à Dolly. Le temps qu'on soit en sécurité. Le temps de rentrer à la maison. C'est très important. Je ne te le demanderais pas si ce n'était pas nécessaire.

Je n'ai pas bougé.

— Je vais porter la casquette. Je la mettrai tout le temps.

— Ça ne suffit pas.

Il a tendu la main vers ma ceinture pour la déboucler. Il m'a prise par le bras et m'a tirée.

— Tu me fais mal.

Il n'a pas lâché prise.

— Allez. Sois sage et laisse-moi faire, ce sera fini en moins de temps qu'il ne faut pour le dire. C'est l'histoire de quelques minutes. Et dans quelques jours, tu pourras de nouveau redevenir Dolly. Je te le promets.

— Tu n'arrêtes pas de me faire des promesses. Mais je crois que tu racontes des histoires. Tu n'es qu'un gros menteur.

— S'il te plaît, Dolly.

Il me tenait toujours par le bras.

— Je suis désolé, chérie.

Il m'a regardée avec ses yeux désespérés et suppliants.

— S'il te plaît, Dolly. Je sais que c'est beaucoup demander, mais c'est pour ton bien.

J'ai regardé les ciseaux dans sa main. J'ai retiré mon bras et j'ai frotté la peau rougie par son étreinte.

Je me suis retournée de façon à ce que mes cheveux pendent devant Papa.

Je l'ai entendu inspirer. Puis il a commencé son travail. J'ai mis mes mains sur mes oreilles pour ne pas entendre le bruit des ciseaux coupant mes magnifiques cheveux châtains. Ils flottaient dans les airs, tombaient de plus en plus bas et finissaient par atterrir sur mes chaussettes. Je les chassais d'un coup de pied.

Je me suis mordu la lèvre pour ne pas pleurer.

Papa a épousseté les cheveux collés de mes épaules.

— C'est bon, a-t-il dit.

Je me suis décalée pour ne plus sentir sa main sur mon cou. Je ne voulais plus qu'il me touche. Plus jamais.

Je lui ai jeté un regard plein de colère, puis je me suis baissée pour me regarder dans le rétroviseur. C'était comme si j'étais quelqu'un d'autre. J'avais un peu l'impression d'être brisée en mille morceaux, mais aussi d'être un bloc de glace.

Papa s'est raclé la gorge.

— Je t'ai aussi pris des vêtements neufs. Tu devrais les mettre.

Il m'a tendu un T-shirt et un short. Le T-shirt était vert et à l'effigie de l'Incroyable Hulk.

— Des habits de garçon, ai-je remarqué.

— Ouais. C'est seulement temporaire.

J'ai enlevé mes vêtements et je les ai jetés sur les graviers. J'ai enfilé le short trop grand que j'ai dû retrousser deux fois. Papa m'a regardée et a approuvé d'un signe de tête.

— Ouais, c'est bien.

— Non. Tu m'as enlevé tout ce que j'avais de bien.

Je suis montée dans la voiture et j'ai claqué la portière très fort derrière moi.

Clemesta m'a regardée. J'ai vu qu'elle avait pleuré.

Elle m'a parlé à l'oreille.

— Tu es sûre ? lui ai-je demandé.

Elle a opiné du chef. Elle insistait.

— D'accord, ai-je convenu.

J'ai ouvert la portière et tendu la main.

— Tiens, ai-je dit à Papa. Tu dois aussi t'occuper de Clemesta.

Ensuite Papa s'est assis derrière le volant sans bouger ni conduire.

— Merci, Dolly.

Je n'ai rien répondu. J'ai contemplé mon image dans la vitre. Mes cheveux en tas par terre ressemblaient à un animal mort sur le bord de la route. Mes vêtements traînaient eux aussi par terre, non pas comme un animal mort mais comme un enfant qui aurait disparu à la suite d'un mauvais sort.

Papa est reparti, et comme d'habitude, il a évité les autoroutes pour prendre des routes désertes. Le vent me faisait froid dans le cou maintenant qu'il était dégagé. J'aimais bien sentir le frais sur ma peau car à l'intérieur, je bouillais.

J'ai touché mes cheveux. On aurait dit que c'étaient ceux de quelqu'un d'autre. Ils étaient pointus et piquants, comme un stégosaure. Ceux de Clemesta aussi. Elle avait encore quelques touffes sur la tête et par endroits, on voyait le plastique. Elle ne ressemblait plus à une reine cheval magique, mais je ne le lui ai pas dit. Je l'ai simplement tenue contre moi. Son cœur battait fort, elle était en colère.

On a traversé une autre ville puis une étendue de champs où de nouveaux mobile homes étaient cachés derrière des arbres. La croix bleue de tous les drapeaux nous saluait quand on passait devant, nous rappelant que tout allait de travers.

— Je déteste être ici, ai-je chuchoté à Clemesta. Je déteste tous les endroits où on est allés.

Elle a approuvé. Elle m'a serré la main et a envoyé des baisers en direction de mon cœur triste.

Papa n'arrêtait pas de regarder dans le rétroviseur, comme pour vérifier que j'étais toujours là. Il ne disait rien.

Je te déteste, ai-je lancé à sa nuque.

On roulait. Encore et encore. J'avais le sentiment que plus jamais je n'allais sortir étirer mes jambes, courir, jouer, sentir le sol sous mes pieds, ni aller en classe poser à Mlle Ellis toutes les questions que j'avais notées sur un bloc-notes dans ma tête.

Par exemple : comment ça se fait que des filles comme Jolene restent devant la télé toute la journée au lieu d'aller à l'école ? Comment s'appelle cet arbre de Virginie qui a des fleurs violettes ? Et que veut dire l'autocollant FIERTÉ

BLANCHE sur le coffre des voitures ? J'étais sûre qu'elle aurait toutes les réponses. C'était toujours le cas.

Sur le bord de la route, une affiche pour une soirée amateur : ça m'a fait penser à Maman quand on chante en duo en jouant à *L'Amérique a du talent*. On a aussi de chouettes chorégraphies pour certains morceaux, et on fait comme des danseuses à l'unisson, c'est-à-dire qu'on fait les mêmes mouvements exactement au même moment. Maman est très forte en danse, comme moi, alors j'imagine que c'est un don que je tiens d'elle.

J'ai regardé le soleil se coucher derrière les nuages puis disparaître complètement. Le ciel est devenu tout noir. J'ai frissonné sur la banquette arrière et ça m'a donné la chair de poule.

Papa a pris à droite et on a traversé une autre ville. Deux camions étaient garés devant un restaurant. Une dame se tenait devant l'établissement, elle faisait des ronds de fumée avec sa bouche. Elle a lentement tourné la tête pour nous regarder passer.

J'ai ramassé mes genoux contre mon corps pour me transformer en une petite balle qui pourrait s'en aller en rebondissant. Je sauterais par la fenêtre et rentrerais en rebondissant jusqu'à Crescent Street. J'ai essayé d'utiliser la magie pour exaucer ce vœu, mais ça n'a pas marché.

Il s'est mis à pleuvoir à verse et les vitres se sont couvertes de buée à cause de notre respiration. On ne voyait plus rien. Pas plus loin que le bout de notre nez.

DÉSOLÉE, ai-je écrit sur la vitre embuée. J'ai dessiné un cœur. C'était un message pour Maman.

Le caillou dans mon ventre me faisait mal et Clemesta m'a caressé la joue avec son sabot.

— J'aurais préféré qu'on ne soit jamais partis à l'aventure, lui ai-je avoué.

— Ça n'a jamais été une aventure.

Clemesta a écrit un mot sur la vitre, elle aussi.

KIDNAPPING.

Je me suis serrée dans mes bras. Les essuie-glaces crissaient fort contre le pare-brise.

— Imagine qu'on ait des essuie-cerveau. On pourrait enlever de notre cerveau toutes les choses dont on ne veut pas se souvenir.

— Dolly, arrête de me dire que tu ne te souviens de rien. Ça ne te fera pas oublier.

J'ai fermé les yeux.

Clemesta m'a donné un coup de coude.

— Dolly. J'essaie de te protéger.

— Je sais, ai-je concédé en comptant sur mes doigts. Ça fait six jours qu'on a quitté la maison. C'est long.

— Trop long, a confirmé Clemesta. C'est pour ça qu'on nous recherche.

— Qui ?

— La police.

— Parce que je ne vais pas à l'école ?

— Non. Parce que Papa nous a volées.

J'ai regardé la nuque de Papa. Papa qui m'aimait et voulait me protéger. Papa qui m'aimait tellement, car je l'avais un jour sauvé et j'étais tout pour lui, la meilleure chose qui lui soit arrivée.

— Il ne nous a pas volées, Clemesta, petite idiote. Tu ne peux pas voler quelqu'un qui t'appartient déjà.

La pluie a cessé de tomber mais Papa a oublié d'éteindre les essuie-glaces. Scritch-scratch. Scritch-scratch. J'ai regardé les gouttes de pluie sécher une par une sur ma vitre jusqu'à ce qu'elles aient toutes disparu.

On est passés devant trois croix en bois. À chacune d'elles, un tissu blanc pendait comme si un ange mort était tombé du ciel, ses belles ailes cassées.

J'ai commencé à avoir faim et Clemesta aussi. Son ventre réclamait à manger en poussant des grondements sourds. Papa s'est retourné.

— Tu as faim ?

Je ne voulais pas lui parler.

— Moi aussi, j'ai faim, a-t-il poursuivi. On devrait s'arrêter. Ça a l'air assez désert par ici.

Je me suis mordu les lèvres pour ne pas parler.

— Dolly. Je suis désolé pour tes cheveux. Je te l'ai dit. Comprends-moi, s'il te plaît. J'étais obligé de le faire. Je n'avais pas d'autre choix. Pardonne-moi, ma chérie, s'il te plaît. Je veux juste te protéger.

PROTÉGER. PROTÉGER. PROTÉGER. Tout le monde cherche à me protéger.

— Maman aussi voulait nous protéger, a confirmé Clemesta.

Les yeux de Papa brillaient dans le rétroviseur.

— Tu es une fille courageuse, Dolly. C'est ma petite fille courageuse, ça.

C'est bien d'être courageuse. Mieux que tout le reste : belle, riche ou célèbre. Rien de mieux que le courage, car on ne peut pas le perdre, ni se le faire voler ou l'abandonner en cours de route. Il vous suit jusqu'au bout du monde.

J'ai tiré sur la peau de ma jambe et j'ai rouvert la plaie. Le sang a coulé. La nouvelle peau était en colère parce qu'elle n'avait pas eu le temps de guérir.

Pas de chance, lui ai-je dit. *C'est la vie.*

Rouge est le goût du sang, et celui des vieux outils de jardinage oubliés sur la pelouse en hiver.

HIVER rime avec AMER, mais pas avec CLOCHER ni ACIER. C'est parce que la langue est pleine de CONTRADICTIONS, ça veut dire que les choses devraient suivre des règles mais qu'elles ne le font pas.

LES RÈGLES, C'EST POUR LES IDIOTS. C'est ce que quelqu'un a inscrit sur un mur à côté de mon parc préféré. Dès qu'on sera rentrés à la maison, j'irai là-bas avec Maman, on pique-niquera sur l'herbe puis on fera de la balançoire tellement haut qu'on touchera les nuages. Les nuages auront la forme de cœurs et le soleil brillera. Tout sera parfait parce qu'on sera rentrés sains et saufs, et Papa sera désolé et Maman aussi, alors tout s'arrangera, ce qui signifie que TU SAIS QUI ne nous embêtera plus jamais.

— Je crois que c'est sa faute si nous sommes en danger, ai-je expliqué.

— De quoi est-ce que tu parles ? a demandé Clemesta.

— Certainement que Papa a dû nous emmener avec lui parce que j'ai jeté un sort à TU SAIS QUI et… et je parie qu'il a appelé la police. Tu te rappelles ?

Clemesta m'a regardée avec un visage sans expression.

— Tu te souviens de cette fois où on l'a rencontré à Central Park ? Lui et Maman discutaient pendant que je tournais autour du banc pour lui lancer un vilain sort. Maman a dit, « Je ne sais pas comment je vais pouvoir te remercier pour tout ce que tu fais pour nous », et il a répondu, « Oh, je t'en prie, sans toi, je ne serais jamais sorti du placard tellement j'avais peur que le monde s'écroule si je faisais mon coming out ». Puis Maman a posé sa tête contre son épaule et il a dit, « Tu as toujours été ma caution préférée », et ils ont ri comme si c'était hilarant, alors que ça ne l'était pas.

Clemesta a froncé les sourcils.

— Non, je ne crois pas que ce soit sa faute.

— Si, d'abord. Et Maman n'aurait jamais dû le faire sortir de son placard. Elle aurait dû fermer la porte à clef puis mettre un verrou dessus pour le laisser enfermé dedans, comme ça il n'aurait jamais forcé personne à faire des projets idiots. Alors, je n'aurais pas eu à lui jeter un sort et Papa n'aurait pas eu besoin de nous emmener loin pour nous protéger.

Clemesta a soupiré.

— Je crois que tu connais la vérité mais que tu ne veux pas la regarder en face.

Je me suis frotté les yeux. Ils étaient gonflés, fatigués et me démangeaient parce que j'avais envie de pleurer très fort.

— Non. Il faut juste qu'on rentre à la maison. Tout ira bien dès qu'on sera rentrés.

J'ai trouvé les yeux de Papa dans le rétroviseur.

— On peut de nouveau être amis, ai-je proposé. Je sais que tu t'occupes de moi.

Il a posé sa main contre son cœur. J'imagine qu'il battait à nouveau.

On a traversé deux autres villes, puis Papa a ralenti la voiture à proximité d'un bâtiment devant lequel pendait une tête de cochon. Quelqu'un avait écrit GRILL en grosses lettres le long de la façade de la maison qui était en fait un mobile home. J'ai enfilé ma casquette sans que Papa me le demande.

Dans le restaurant, il n'y avait personne, pas de menu, seulement une ardoise sur laquelle s'étalaient six plats différents. Aucun n'était sain et la personne qui avait écrit était vraiment mauvaise en orthographe. Elle a écrit « Petis pains » et « Taumates », ce qui donne droit à une grosse croix rouge quand tu es dans la classe de Mlle Ellis.

Une fille est arrivée par la porte du fond.

— Qu'est-ce que je vous sers ?

Ses cheveux longs lui tombaient dans le dos, et elle avait un hématome violet sur le bras.

Papa et moi, on s'est assis à l'extérieur. La table donnait sur la route. Il y avait une maison en bois délabrée sur le côté. C'était certainement là que vivait la fille, ou alors qu'elle abattait ses porcelets pour en faire notre repas.

Elle nous a servi nos plats sans rien dire. J'ai pris une des côtes et mordu dedans. La viande avait un goût sucré. Je l'ai reposée pour manger des frites à la place. Elles étaient graisseuses et brûlées. J'ai bu mon soda et senti les bulles qui me faisaient gonfler comme un ballon.

Il ne pleuvait plus, mais il y avait des flaques d'eau partout et le ciel, encore gris et bas, disait au soleil de s'en aller. Papa touchait à peine à son assiette. À chaque fois que je levais la tête, il m'observait, les yeux brillants. On aurait dit qu'ils voulaient me dévorer.

Je suis rentrée demander à la fille si je pouvais utiliser les toilettes. Elle m'a montré une porte. Je me suis lavé les mains avec du savon et j'ai regardé mes cheveux coupés dans le miroir. Ils étaient hirsutes et on ne pouvait même pas savoir qu'ils étaient châtains.

Ne pleure pas, Dolly, ai-je dit à mon image. Mes yeux étaient embués, mais les larmes ne sont pas venues. Il n'y avait rien pour s'essuyer les mains, alors je suis sortie des toilettes pour demander à la fille :

— Je peux avoir une serviette, s'il vous plaît ?

Elle m'en a donné quelques-unes et j'ai observé son bleu. Je n'ai pas pu m'en empêcher. Il était violet foncé et cela signifiait que le sang était juste sous la peau, bouillant de colère après celui qui lui avait fait ça. Je l'ai regardé palpiter et frémir. Il essayait de me dire quelque chose d'important.

— M. l'Ours en Colère, a-t-il dit. C'était M. l'Ours en Colère.

J'ai dégluti. Le caillou dans mon ventre s'est retourné.

La fille a tiré sur sa manche pour recouvrir le bleu. Elle en avait un autre à l'intérieur du bras, mais il semblait moins récent. Elle m'a regardée et son menton a tremblé. J'étais certaine qu'elle entendait beaucoup de « Je suis désolé » après avoir reçu ses bleus. Elle devait entendre des pleurs et des supplications, des « Pardonne-moi, je t'en prie » et des « plus jamais » qui voulaient en fait dire « jusqu'à la prochaine fois ».

Elle ne connaissait pas le maquillage spécial qu'on peut mettre sur les bleus pour les cacher. Maman en a dans l'armoire de la salle de bains à côté du pot de crème qui mange les rides. Ça s'appelle CORRECTEUR INTÉGRAL et ça sent le bonbon.

La fille a ouvert la bouche comme si elle voulait dire quelque chose, mais a finalement refermé ses lèvres.

— Vous avez de beaux cheveux, lui ai-je déclaré.

Elle a cligné des yeux, et son bleu a arrêté de me crier dessus.

Papa a payé l'addition et la fille est restée sur le pas de la porte à nous regarder nous en aller. Elle semblait seule et toute petite.

— Bon voyage ! a lancé la tête de cochon.

L'animal essayait d'être gentil, même si on lui avait tranché la tête et passé le corps au barbecue.

J'ai vu un opossum écrasé sur la route, mais je ne l'ai pas signalé. Je n'étais plus d'humeur à jouer avec des animaux morts.

On est passés devant plusieurs panneaux et Papa a laissé échapper un gros mot.

— Qu'est-ce qu'il y a ?

— J'ai pris la mauvaise direction. Merde.

— Tu ne devrais pas dire merde.

— Ouais. Excuse-moi.

— Est-ce qu'on est perdus ?

— Ouais. Il faut qu'on s'arrête. Pour que je puisse voir où on est.

Papa a fait demi-tour. Je regardais cette sale route qui n'en finissait pas de nous ramener chez nous.

— Quand on sera à la maison, on ne sera plus perdus, ai-je observé. On sera retrouvés.

J'ai fait le vœu que ça se réalise. Clemesta m'a caressé la joue.

— Oh, Dolly, a-t-elle susurré. Ma chère et tendre Dolly.

La voiture a émis une série de bips sonores et Papa a crié :

— Bon Dieu, quoi encore maintenant ?

— Qu'est-ce qui se passe ?

— J'en sais rien, j'en sais rien, a psalmodié Papa en secouant la tête.

La voiture continuait d'émettre son signal sonore. Dans les films, on entend toujours ce son avant que la voiture s'arrête, alors les gens sont coincés et les zombis viennent les manger.

— On n'aurait pas dû donner notre Jeep à la dame qui toussait, ai-je fait remarquer. Cette voiture, c'est un vrai tas de ferraille. Elle est trop nulle. Trop nulle !

Toute ma colère était revenue, alors j'ai essayé de la faire sortir en expirant.

J'ai regardé le ciel obscur, le vide, l'absence de maisons, de gens et de lumières. Qui allait venir nous aider si la voiture tombait en panne ? Comment pourrait-on appeler quelqu'un pour qu'il vienne nous chercher ?

Courageuse, ai-je dit dans ma tête, *souviens-toi que tu es courageuse.*

— Allez, a supplié Papa. Allez !

Il a donné un coup sur le volant pour que la voiture continue de rouler, mais elle a juste crachoté et gargouillé, comme quelqu'un en manque d'oxygène qui rend son dernier souffle. Puis elle s'est arrêtée d'un seul coup, au beau milieu de la route. Papa a essayé de la ranger sur le bas-côté, mais la voiture ne bougeait pas.

Le signal sonore s'était éteint. On n'entendait plus rien du tout, à part des vieux grillons bruyants qui riaient de notre manque de chance.

Papa a crié « Putain ! », puis il l'a répété encore une fois et moi aussi, j'ai dit « Putain ! » parce que j'en avais le droit et que tout le monde s'en fichait ici, dans le fin fond de l'Amérique.

Papa a redonné un coup sur le volant, mais très violent cette fois-ci, avec ses deux poings. Je l'entendais respirer fort par le nez, il était furieux.

— Bordel.

Il s'est enfoncé dans son siège et s'est frotté le visage.

Il a fait un bruit, comme s'il riait ou qu'il pleurait, ou bien qu'il s'étranglait, comme si être coincé au milieu de la route en pleine nuit était la pire chose, ou la plus drôle, qui puisse nous arriver.

J'ai écouté le chant des grenouilles. Elles n'étaient pas méchantes comme les grillons, elles étaient préoccupées par notre situation parce qu'il n'y avait aucune autre voiture dans le coin et que certainement personne n'allait nous trouver. Jamais.

— Il faut que je déplace la bagnole du milieu de la route. Ma petite fille courageuse, est-ce que tu penses pouvoir m'aider ?

J'ai dû m'asseoir sur le siège du conducteur et tenir le volant, comme si je conduisais pour de vrai. Papa est allé pousser derrière et moi, j'ai gardé les deux mains très fort sur le volant. Papa poussait et poussait. Je l'entendais grogner puis j'ai senti la voiture se mettre à rouler. Papa m'a dit « Tourne à droite ! » et j'ai tourné le volant sur la droite. La voiture a bougé et Papa nous a amenés sur un bout de terrain bordé par une clôture grillagée. J'ai gardé les mains sur le volant jusqu'à ce que Papa se penche à la vitre.

— Tu t'es très bien débrouillée.

— Je nous ai sûrement sauvé la vie.

Mes mains tremblaient encore.

Papa a acquiescé.

— Je suis très courageuse. Et intelligente. Parce que j'ai seulement sept ans et que je sais déjà conduire.

— Pas mal, hein ! s'est exclamé Papa.

Il est allé ouvrir le coffre de la voiture. Il a trifouillé dedans puis il l'a refermé d'un grand coup.

— Quel tas de ferraille, s'est-il plaint.

Il a frappé le toit de la voiture.

— Ouais, ai-je confirmé. Cette imbécile de bonne femme. Peut-être qu'elle va s'étouffer en toussant ce soir. Ça lui apprendra à nous donner ce vieux tacot rouillé.

Papa a soupiré.

— Je pense que nous allons devoir passer la nuit ici. Il fait trop sombre pour prospecter aux alentours, et je ne peux pas te laisser toute seule. Alors on va devoir rester là où on est jusqu'à demain matin.

— Oh !

— On va faire tout notre possible pour vous protéger, ont coassé les grenouilles.

La princesse grenouille s'appelait Justica Côa-Côa et elle a dit qu'elle aimait bien aider les gens, sauf les Français qui en avaient après ses cuisses.

Papa est monté à l'arrière pour voir s'il pouvait baisser les sièges à l'horizontale de manière à faire un lit. Il les a tirés dans tous les sens pendant quelques minutes, mais ça n'a rien donné.

— On dirait qu'ils ne s'inclinent pas complètement, a-t-il constaté.

Il a recouvert la banquette avec un de ses T-shirts et m'a fait un oreiller avec un tas de vêtements enroulés. Puis il m'a donné son sweat pour que je m'en serve de couverture.

Je me suis couchée dans mon lit-voiture et Papa a fermé la portière.

Il est monté à l'avant et s'est penché pour retirer quelque chose de la boîte à gants. Puis il a de nouveau ouvert la portière de la voiture.

— Je ne suis pas loin, m'a-t-il prévenue.

Je l'ai regardé par la vitre. Je discernais une petite lumière orange près de sa bouche et un nuage de fumée blanche dans le ciel noir. Je n'aimais pas qu'il fume des cigarettes, mais j'aimais bien regarder la petite lumière briller dans la nuit. Ça me faisait penser à ma galaxie fluorescente au plafond chez nous. Le véritable ciel de l'Alabama était grand et éternel, parsemé d'étoiles vives et scintillantes. Je ne voulais pas qu'il soit beau, mais dans les faits il l'était.

J'ai serré Clemesta dans mes bras.

— Tu es très silencieuse, lui ai-je fait remarquer.

— Je suis très fatiguée.

Elle sentait encore la mousse du Chambersburg Comfort Lodge, mais c'était mélangé avec d'autres odeurs, comme la nourriture graisseuse des snack-bars, les parcs nationaux, le vomi et les larmes.

J'ai entendu un bruit qui m'a fait sursauter. Je me suis demandé s'il y avait des pumas sauvages dans le coin parce qu'ils peuvent repérer les gens à l'odeur puis remonter leurs traces, après ils n'ont plus qu'à se rapprocher tout doucement pour les dévorer s'ils ont faim. Je ne savais rien dire en puma, à part « Bonjour, monsieur le puma ».

Papa était toujours dehors. Il avait fini sa cigarette, mais il restait là, les bras croisés et les yeux perdus dans le vide.

Regarde les étoiles ! ai-je voulu lui dire. *Lève les yeux et admire les lumières dans le ciel au-dessus de toi !*

Mais il continuait de fixer la route devant lui, plongée dans le noir.

— Je me demande si Maman dort déjà. Si ça se trouve, je lui manque tellement qu'elle n'arrive pas à s'endormir.

J'ai glissé mes mains dans les poches de mon short et j'ai serré les poings.

— Oh ! me suis-je exclamée. Mon caillou en forme de cœur du parc national.

J'ai cherché dans mes deux poches, mais il n'était plus là.

— J'ai dû le laisser dans mon autre short.

Clemesta a soupiré.

— Encore une chose de perdue pour toujours.

J'ai essayé de ne pas pleurer.

Papa est monté dans la voiture et on a tous fermé les yeux.

J'étais immobile à l'arrière. J'ai appuyé avec ma langue sur ma dent qui bouge pour me faire mal.

— Tout va bien se passer, nous a assuré Papa.

On s'est tous réveillés en entendant des bang bang bang contre la vitre. J'étais certaine que c'était un puma qui allait la casser et nous engloutir, mais après j'ai vu la lumière vive d'une lampe torche et entendu une voix dire, « Vous ne pouvez pas rester ici ».

Mon cœur s'est mis à battre très vite comme s'il voulait partir en courant. J'ai tiré le sweat de Papa sur ma tête, mais j'ai quand même eu le temps de voir le visage fantomatique à l'extérieur.

J'ai entendu Papa bredouiller quelque chose, mais la personne frappait encore à la vitre.

— Monsieur, monsieur, répétait-elle.

J'ai sorti la tête pour jeter un autre coup d'œil. Papa a baissé sa vitre.

— Excusez-moi, monsieur l'agent, notre voiture est tombée en panne un peu plus tôt. Il faisait déjà noir et je ne voulais pas... eh bien, je suis avec un enfant, alors je ne pouvais pas partir. Je n'ai pas de téléphone pour demander de l'aide.

— Je ne suis pas de la police, a annoncé la voix grave et éraillée.

Papa a mis sa main en visière et plissé les yeux.

— Je ne suis pas de la police, a répété la voix. Mais vous ne pouvez pas rester dormir dans votre voiture ici cette nuit. En particulier avec un enfant à l'arrière.

Je me suis assise. Le monsieur était plus vieux que Papa mais pas autant que Papi. Il avait l'air costaud. Ses épaules étaient énormes, larges et musclées, et son cou épais. Ses yeux étaient amicaux, comme ceux d'un chien de dessin animé qui lèche tes mains et poursuit les vilains chats jusqu'à les faire grimper aux arbres.

— La voiture ne marche plus, a déclaré Papa. On n'ira nulle part ce soir.

Le monsieur a passé sa torche sur l'arrière de la voiture pour me regarder, puis il s'est tourné à nouveau vers Papa.

— Vous allez où ?

— Un peu plus au sud, a répondu Papa. Au Texas.

— C'est encore à quelques heures de route. Vous allez avoir besoin de vous reposer.

Le monsieur m'a de nouveau regardée et je lui ai retourné son regard. J'ai essayé de faire une tête super mignonne pour qu'il nous vienne en aide.

— Eh bien, a-t-il finalement décidé, vous feriez mieux de venir avec moi.

Il se nommait Harlan D. Ingram, mais il a dit que personne ne l'appelait comme ça, que c'était juste le nom inscrit sur son acte de naissance et qu'on devait l'appeler Hank. Il nous a invités à réunir nos affaires et à monter dans sa camionnette garée plus loin.

Je l'ai tout de suite bien aimé parce qu'il me faisait penser à une espèce de génie magique qui arrive de nulle part pour t'accorder un vœu. Le mien, c'était de ne pas dormir dans une voiture en panne sur le bord de la route, et il a tout fait pour que ça n'arrive pas. Peut-être qu'avec tous ses muscles, il était plus du genre Batman que génie, sauf que Batman n'exauce pas les vœux des gens mais combat le crime.

En tout cas, Hank a dit qu'il habitait une grande et vieille maison dans laquelle il y avait assez de place pour nous accueillir et aussi que le bord de la route n'était pas un endroit sûr pour passer la nuit.

— Il y a des sales types par ici. Un peu partout, en fait. Mais ces gars-là cherchent les ennuis. Et ils n'aiment pas trop les gens qui ne sont pas du coin.

Il ne nous a pas dit quel genre d'ennuis ces garçons cherchaient, mais j'étais sûre qu'ils étaient moins dangereux que des pumas.

La camionnette de Hank était énorme, on tenait tous les trois à l'avant sans que nos jambes se touchent. Sur le tableau de bord, une vahiné dansait en se déhanchant quand la voiture roulait.

— Tu es très gentil d'aider les inconnus.

Hank m'a regardée.

— Eh bien, c'est naturel.

— Je m'appelle Joshua.

— Très heureux de faire ta connaissance, Joshua, a dit Hank. D'où venez-vous tous les deux ?

— De New York, ai-je répondu. C'est très loin.

— Tu m'étonnes, a-t-il déclaré avant de se tourner vers Papa. Par contre, vous n'êtes pas originaires du coin, non ?

Papa a secoué la tête.

— C'est bien ce que je pensais. Ça s'entend à votre accent que vous venez d'un autre État.

— On a traversé plein d'États, ai-je soupiré.

Rapidement Hank a annoncé, « Nous voilà chez moi ».

Il faisait très sombre, mais je distinguais une maison cachée derrière plein de grands arbres. Elle était en bois, et peinte en blanc. Elle ne possédait pas beaucoup de fenêtres mais au moins, celles qui étaient visibles n'étaient pas barricadées. Il y avait une lumière sur le porche pour éclairer notre chemin.

— Regardez où vous mettez les pieds, nous a prévenus Hank, parce qu'une marche est fendue.

La maison était en désordre, il y avait un million de choses partout : des tas de journaux à la porte d'entrée, un fauteuil marron qui avait l'air cassé, deux postes de télévision par terre, une guitare, une centaine de cartons et une pile de livres ouverts dans lesquels on avait souligné des passages en rouge, même si écrire dans un livre est un sacrilège.

Un berger allemand est arrivé en courant dans la pièce. Il aboyait. Hank a dit, « Couché, Birney ! », et le chien s'est immédiatement allongé à ses pieds et a gémi comme un CHIEN ACOLYTE très obéissant.

— Il est très énergique, mais il ne ferait pas de mal à une mouche, a expliqué Hank.

— Je peux le caresser ?

— Bien sûr. Seulement, il ne te laissera plus tranquille.

Je me suis baissée pour gratter Birney derrière les oreilles, l'endroit précis où les chiens préfèrent qu'on les gratte. Il m'a léché la main.

— On va être de très bons amis, m'a-t-il assuré. Au fait, Hank est un monsieur très gentil. Il ne va pas vous découper en morceaux pour faire une soupe d'humains.

Hank a tapoté le coussin vert élimé d'une chaise en bois.

— Mettez-vous à l'aise, a-t-il dit à Papa. Je vais vous préparer un verre. On dirait que vous en avez besoin.

Du regard, j'ai lancé des couteaux d'avertissement enflammés à Papa qui a secoué la tête.

— Non merci, ça va comme ça.

— Et toi ? a demandé Hank. Je fais le meilleur chocolat chaud de ce côté du Mississippi.

— Oh, oui, s'il te plaît, lui ai-je répondu bien poliment.

— Viens alors !

J'ai traversé le couloir et je l'ai suivi dans la cuisine.

Il y avait une grande table au milieu de la pièce, presque entièrement recouverte de livres, de journaux et de vaisselle. Des vieilles casseroles et poêles étaient accrochées aux murs, ainsi que deux anciens fusils, trois chapeaux et une hache. Hank devait sans doute être chasseur ou bûcheron.

Il a fouillé dans ses placards et a décroché une petite casserole rouge.

Il l'a essuyée avec un torchon et l'a remplie de lait. Puis il a pris une barre de chocolat et l'a cassée en plusieurs morceaux pour l'incorporer au lait. Il a versé le tout dans une tasse bleue rayée qu'il m'a tendue. Il ne me lâchait pas du regard.

— Comment tu as dit que tu t'appelais déjà ?

J'ai pris la tasse et j'ai plongé les yeux dans la vapeur.

— Joshua, ai-je répondu.

SALE MENTEUSE. C'est comme ça que les papas parlent aux mamans qui ne disent pas la vérité. Les mensonges réveillent M. l'Ours en Colère. Il s'énerve tellement qu'il explose et se transforme en lave. La lave brûle tout sur son passage et le monde entier devient rouge, la couleur du sang.

— C'est super que tu nous aies trouvés, ai-je avoué à Hank.

J'ai emporté très précautionneusement le chocolat chaud en le tenant des deux mains et je me suis assise sur le sol du salon à côté de Birney. Tout était poussiéreux dans la maison, ça me grattait les yeux et me chatouillait le nez. J'ai éternué deux fois et attendu la troisième déflagration, dans l'espoir que mes souhaits se réalisent.

Hank est retourné dans la cuisine chercher un soda pour Papa. Il s'est allumé une pipe et s'est assis dans le fauteuil cassé.

Papa sirotait sa boisson. Il avait l'air vraiment très fatigué. Il a retiré ses fausses lunettes et s'est frotté les yeux. Ses cernes étaient devenus tout noirs.

Hank observait Papa avec beaucoup d'attention. Il a tiré une bouffée de sa pipe et a gardé les yeux braqués sur lui jusqu'à ce qu'il ait recraché la fumée. Il a ensuite posé sa pipe et s'est tourné vers moi.

— Dis bonsoir à ton papa, je vais te montrer ta chambre.

Papa s'est levé.

— Je devrais probablement y aller, au cas où...

— Restez assis, l'a coupé Hank. Je crois qu'il faut qu'on parle.

Papa a dégluti. Il a levé les mains.

— Nous pouvons nous en aller, a-t-il dit à Hank. Nous pouvons nous en aller maintenant.

Hank a secoué la tête et lui a décoché un regard acéré.

— Tu vois, je ne peux pas te laisser faire ça, Joseph, a-t-il répliqué.

Ils se regardaient dans les yeux et c'était comme s'ils faisaient un duel de regards, mais personne ne rigolait.

— Assieds-toi, a ordonné Hank, et Papa a obtempéré.

Je ne sais pas comment Hank avait deviné le vrai nom de Papa, mais j'étais contente qu'on n'ait pas à s'en aller. Birney aussi. Il m'a léché la main et a dit qu'elle avait le goût de quelqu'un de courageux et de gentil.

— Allez, viens, a fait Hank.

Il m'a emmenée dans le couloir. Je voyais l'escalier au bout qui s'enfonçait dans le sous-sol. La lumière y était allumée.

— Qui est en bas ? ai-je demandé.

— Moi, la plupart du temps, a répondu Hank. Je te ferai visiter demain.

— Est-ce que c'est un salon pour jouer à la Xbox ? Le frère de Savannah a tout un sol-sol pour s'amuser avec ses jeux. Mais nous, on n'a pas le droit d'y aller.

— Non. Il n'y a pas de jeux en bas.

Hank a ouvert la porte d'une chambre. Elle contenait un petit lit en bois et un placard.

— C'est la chambre de qui ?

— De celui qui veut.

— Où elle est, ta chambre ?

— Oh. Je ne dors pas beaucoup, tu sais. Quand l'envie me prend, je descends au sous-sol.

Il a sorti des couvertures et des draps bleus du fond du placard, puis je l'ai aidé à faire le lit.

Une fois la porte fermée, je suis restée allongée à regarder le plafond. Je caressais Clemesta là où était sa crinière avant et je sentais le plastique beige dépasser.

— Tu es encore très belle, grâce à ton cœur bon et pur.

— Idem, a-t-elle soufflé.

Elle a collé son museau sur mon cou. Son haleine était chaude. Elle avait oublié de se brosser les dents après le chocolat chaud, mais je n'ai pas mentionné Michel le Microbe.

— On est vraiment très courageuses, hein ?

— Ouais, a soupiré Clemesta. Mais j'en ai marre.

— Eh bien, on n'en a plus pour très longtemps. On sera bientôt à la maison.

Clemesta a fait la grimace.

— Papa a dit à Hank qu'on allait au Texas. On n'habite pas au Texas.

J'ai appuyé sur le caillou dans mon ventre.

— Dolly, tu m'entends ?

J'ai regardé le plafond. Il n'y avait pas d'étoiles accrochées.

Je me suis réveillée pendant la nuit pour aller aux toilettes.

J'ai avancé en silence dans le couloir. La lunette des WC était en bois et elle a gigoté quand je me suis assise dessus. Je me suis essuyée, mais je n'ai pas tiré la chasse parce que j'ai pensé que ça ferait trop de bruit et que ça réveillerait tout le monde. Ce serait inconsidéré, et preuve de mauvaises manières, or je ne voulais pas que Hank regrette de nous avoir porté secours.

J'ai regardé le miroir au-dessus du lavabo. Une grande fêlure le traversait de part en part et ça veut dire sept ans de malheur, comme tout le monde le sait. *Pauvre Hank,* ai-je pensé. C'est triste, tous ces gens qui s'attirent le mauvais œil en cassant un miroir. Le pire, c'est ceux qui n'ont pas de chance alors qu'ils n'ont rien cassé du tout.

Alors que je retournais au lit, j'ai entendu des voix. C'étaient Papa et Hank qui parlaient ensemble au bout du couloir. Je voyais les jambes et les chaussures de Papa, et Hank se trouvait dans l'embrasure de la porte.

— Je n'ai pas réfléchi, expliquait Papa. J'étais aveuglé. Aveuglé. Elle avait une liaison et s'apprêtait à s'enfuir avec ma gosse à l'autre bout du pays. Quelque chose s'est brisé en moi.

Il a frotté ses mains sur ses genoux, s'est penché en avant sur sa chaise.

— J'ai paniqué. J'ai pris la petite et je suis parti.

Hank a traversé la pièce. J'ai entendu des glaçons tinter dans des verres.

— Bois ça, a-t-il conseillé.

Papa a levé son verre plein du liquide doré qu'on trouve souvent dans une carafe en verre.

Hou le menteur, hou le sale menteur ! Encore une promesse qu'il n'a pas tenue.

— J'ai pensé qu'on pouvait disparaître, a-t-il repris. Tout recommencer. Ne jamais revenir. J'ai un vieux copain au Mexique, Diego. Un de ces types qui ont le bras long. Il pourrait nous aider. Nous procurer les bons papiers, faire en sorte qu'on disparaisse pour toujours.

Les chaussures de Hank ont crissé contre le parquet alors qu'il se rasseyait.

— C'est pas une vie ça, d'être en cavale.

— Je sais, a concédé Papa avant d'avaler une grande gorgée de sa boisson. Je sais.

Personne n'a rien dit pendant un moment. Puis Hank a laissé échapper un long soupir.

— On m'a tendu la main dans le temps, a-t-il repris. Quelqu'un m'a sorti d'une mauvaise passe, après une mauvaise décision. Je n'avais certainement pas mérité son aide, mais il me l'a quand même apportée. Alors, je vais vous donner un coup de main, Joseph. Je vais vous aider à avancer.

Après ça, la discussion s'est arrêtée ; il n'y avait plus que le bruit des glaçons dans les verres. J'ai attendu dans le noir. J'entendais mon cœur battre, on aurait dit quelqu'un enfermé dans une boîte qui frappait contre les parois pour en sortir.

Papa a fait un bruit de toux bizarre.

— Je ne suis pas un monstre, a-t-il déclaré, non.

Birney a aboyé deux fois et je suis retournée discrètement au lit. Je me suis glissée sous les couvertures et j'ai répété tout ce que j'avais entendu à l'oreille de Clemesta.

— Je sais, a-t-elle dit. Je m'en souviens.

Elle m'a mordillé l'oreille avec ses dents tranchantes de cheval.

— Et, Dolly, a-t-elle ajouté, tu t'en souviens aussi.

Vendredi

LE MATIN, BIRNEY m'a réveillée. Sa langue me léchait le visage et m'a chatouillée jusqu'à ce que j'ouvre les yeux. Hank a crié, « Le petit déjeuner est prêt ! » et j'ai suivi Birney dans le couloir jusqu'à la cuisine. Il m'a dit qu'il avait gardé la porte de ma chambre toute la nuit pour nous protéger, Clemesta et moi.

— Tu es un chien formidable.

— Je ne le fais pas pour tout le monde. Seulement pour les gens courageux et spéciaux que j'aime beaucoup.

J'ai dessiné un cercle au-dessus de sa tête.

— Les chiens ne vivent pas très longtemps en général, lui ai-je dit, mais avec cette bénédiction spéciale, tu vivras pour toujours.

Birney était très content.

Dans la cuisine, Hank était habillé comme un soldat et portait de grosses bottes noires. Ses manches étaient remontées et il avait un torchon rentré dans sa poche arrière.

— Bonjour. Bien dormi ?

J'ai opiné de la tête.

Devant la cuisinière, il se faisait cuire du bacon dans une poêle. Toute la cuisine sentait le petit déjeuner et mon ventre a bruyamment gargouillé. Cela faisait longtemps que je n'avais pas mangé de vraie nourriture.

Hank a regardé la table encombrée et a froncé les sourcils.

— Je ne reçois vraiment pas souvent, a-t-il déclaré. Et si tu poussais tout ça à l'autre bout de la table pour qu'on puisse s'asseoir et manger comme des gens civilisés.

— Papa dort encore ?

Hank a secoué la tête.

— Ton papa est dehors, il regarde la voiture.

— Quelle voiture ?

— Ma vieille Chevrolet. Ça fait des années qu'elle prend la poussière dans le garage. J'ai proposé à ton Papa de s'en servir.

— Pour nous ramener à la maison.

— C'est ça.

Je me suis affalée sur une chaise.

— J'ai l'impression qu'on est encore très loin.

Le bacon grésillait, Hank a retiré la poêle du feu.

En poussant tout ce qui se trouvait sur la table de l'autre côté, j'ai laissé des marques dans la poussière que j'ai ensuite effacées avec le doigt.

J'ai regardé Hank mettre huit œufs dans une autre poêle. Il les cassait de la main droite, sans les fendre contre le bord d'un bol auparavant comme Maman le fait. Certainement parce qu'il est si fort. Il avait un tatouage sur la partie saillante de son bras, mais ce n'était pas une image. C'étaient juste des chiffres. 05/02/2011. Peut-être que c'était la date d'anniversaire de quelqu'un et qu'il l'avait mise là pour ne pas l'oublier.

— Tu es un vrai soldat de l'armée ?

— Avant, oui.

Hank a jeté un morceau de bacon à Birney qui l'a attrapé en plein vol avant de l'engloutir en une bouchée frénétique.

— Et maintenant, tu fais quoi ?

— Je suis exterminateur, spécialisé dans la capture des oiseaux.

— Pourquoi est-ce qu'il faut capturer les oiseaux ?

Il s'est frotté les mains.

— S'ils sont coincés dans une galerie marchande, ou s'ils nichent dans un supermarché, je dois les attraper.

J'ai ouvert grand les yeux.

— Tu les tues ?

— Oh, non. Je les libère après. C'est ça l'idée.

Il a posé la nourriture sur la table et tiré la chaise à côté de la mienne.

Je souhaitais discuter avec lui des choses dont Papa avait parlé la veille au soir, mais je ne voulais pas qu'il sache que j'avais écouté aux portes. C'est une mauvaise habitude et c'est problématique parce que généralement tu n'as pas toujours les faits 100 % exacts, comme quand quelqu'un dit, « C'est pas vrai » mais que l'autre répond, « N'importe quoi », c'est difficile de savoir qui a raison.

J'ai regardé les bras énormes de Hank. Il pouvait te casser en deux sans le moindre mal.

— Tu savais que les orques sont en fait des dauphins ?

Il a secoué la tête.

— C'est intéressant.

— Je connais plein de choses intéressantes. Je suis toujours à la recherche de nouvelles connaissances. Je les garde toutes dans mon cerveau.

Hank a souri.

— J'ai raté toute une semaine d'école. C'est beaucoup de connaissances que j'ai manquées, et c'est la faute de Papa.

Je me suis pincé la peau avec les ongles.

— Il m'a enlevée. Je crois que ça s'appelle un KIDNAPPING.

Papa est passé par la porte et Hank lui a fait un signe de tête.

— Bonjour, a dit Papa.

Il s'est lavé les mains à l'évier et s'est assis avec nous.

Je l'ai observé du coin de l'œil comme un bon inspecteur de police. Il avait rasé sa barbe de trois jours et portait des vêtements propres. Il avait dû les emprunter à Hank. Il ne sentait pas la boisson dorée de la veille mais peut-être qu'il n'en avait bu qu'un petit peu cette fois-ci.

Il s'est servi une assiette d'œufs au bacon, puis a pris une fourchette.

Hank buvait son café.

— Comment est le moteur ?

— Il tourne au poil. J'ai siphonné l'essence dans la camionnette comme tu m'as conseillé. Le réservoir est à moitié plein, ça sera amplement suffisant pour aller là où on va.

— Bien, a déclaré Hank. C'est bien.

Il a jeté un autre morceau de bacon pour que Birney l'attrape entre ses dents. Ses gencives étaient noir et rose, ce qui voulait certainement dire qu'elles étaient à moitié pourries.

Papa s'est resservi du café et Hank a tendu sa tasse pour en avoir lui aussi.

— Tu ne manges rien, ai-je dit.

Il a haussé les épaules.

— Birney et moi, on se nourrit surtout de boîtes de conserve.

— Pourquoi ?

— Par habitude, j'imagine.

— Eh bien, je trouve ça chouette d'avoir enfin un petit déjeuner sain.

J'ai jeté un regard noir en direction de Papa, mais il était trop occupé à regarder par la fenêtre.

— Quelle belle journée, s'extasiait-il.

Ça me semblait être une journée tout à fait normale et ordinaire, le lever du soleil, le brouillard qui se dissipait et les oiseaux qui cherchaient des vers de terre pour leur petit déjeuner, mais j'imagine que Papa voyait autre chose.

— C'est étrange, la vie, a renchéri Hank, vous ne trouvez pas ?

J'ai laissé Birney lécher mes doigts sous la table avec sa longue langue humide.

Après le petit déjeuner, j'ai suivi Hank au sous-sol. On se serait cru dans une quincaillerie. Il y avait un établi et un million d'outils dont une tronçonneuse, un fer à souder, un immense tas de planches en bois, des rouleaux de grillage et trois grands pots de peinture posés par terre.

— Qu'est-ce que tu fais ici ?

— Je bricole, m'a répondu Hank.

— Genre des travaux manuels ?

— Eh bien, viens voir.

Il s'est dirigé vers le mur. Il y avait un drapeau américain dessus, et en dessous une photographie de deux militaires bras dessus, bras dessous. Ils portaient tous les deux des lunettes de soleil et un bandana sur la tête.

— C'est toi ?

— Il y a très longtemps.

Hank a abaissé un levier et soudain, le mur s'est transformé en une porte en métal qui s'est ouverte sur toute une MAISON SECRÈTE cachée de l'autre côté. Dedans, il y avait deux fauteuils, un lit, une étagère remplie de rangées de boîtes de conserve, de sauce piquante, de papier toilette, d'eau en bouteille, de sodas, de piles, de lampes de poche, de bougies ; une télé gigantesque, des centaines d'armes à feu accrochées au mur, une étagère de livres, un jeu d'échecs sur une table, un rameur et des haltères sur un support. Mes yeux partaient dans tous les sens, essayant de tout voir, sans succès.

— Qu'est-ce que c'est ? lui ai-je demandé.

— Ça s'appelle un bunker, m'a appris Hank.

— Comme un abri secret ?

— C'est un peu ça.

— Comme un ABRI ANTITEMPÊTE. Pour se protéger.

J'ai regardé Hank, ses habits militaires, ses énormes muscles et ses grosses rangers qui pouvaient vous envoyer sur Mars d'un coup de pied aux fesses.

— Mais qui pourrait te faire du mal ?

Hank a haussé les épaules.

— On ne sait jamais de qui on pourrait avoir besoin de se protéger.

— Genre des inconnus ?

Hank s'est frotté le menton.

— Pas seulement. Parfois aussi des gens qu'on connaît. Ça peut rapidement devenir le chaos.

— Et qu'est-ce qui se passe alors ?

— Alors, c'est bien d'être prêt.

Je me suis assise sur le lit. Il n'y avait de la place que pour une personne.

— Tu ne vas pas t'ennuyer tout seul là-dedans ?

Hank a souri.

— Ça ne me dérange pas trop. Ça me dérange moins que d'être avec des gens, pour te dire la vérité.

— Qu'est-ce qui te dérange chez les gens ?

Hank a fait la grimace.

— Ils finissent toujours par me décevoir.

— Ouais. Et ils font des trucs idiots.

— À tous les coups, a confirmé Hank.

Le bunker sentait la peinture fraîche et le ciment. Il y avait un verre vide par terre à côté du lit, et un livre ouvert à côté.

— Tu as dormi ici hier soir ?

Hank a acquiescé.

— Il m'arrive de tester l'abri.

— Pour voir si tu aimes bien être ici ?

— Pour voir si j'ai tout ce dont j'ai besoin.

J'ai regardé autour de moi. Accrochée au plafond, il y avait une cage que je n'avais pas encore remarquée. À l'intérieur, un tout petit oiseau se tenait sur un perchoir.

— C'est Lester, m'a informée Hank.

— Qu'est-ce qu'il fait ici ?

Je me suis approchée pour mieux voir.

— Je crois qu'il aime bien être ici. On m'avait demandé de le faire sortir d'un bâtiment en construction, mais il ne voulait pas s'en aller. Il refusait de s'envoler. Je l'ai gardé comme animal de compagnie. J'ai l'impression qu'il apprécie le calme du sous-sol.

— Comment tu as su qu'il s'appelait Lester ?

Hank a tendu son doigt à l'oiseau qui l'a couvert de bisous.

— J'ai connu un Lester autrefois. Lui non plus ne voulait pas me quitter.

J'ai regardé Hank caresser le bec de Lester. Ils partageaient sans aucun doute un amour inconditionnel. C'est le genre d'amour qui ne s'arrête jamais, qu'importent toutes les mauvaises choses que tu fais ou tous les secrets que tu gardes dans ta boîte à secrets. J'étais certaine que

Hank ferait tout pour protéger Lester. Il mourrait pour lui. Il tuerait même.

J'ai observé Hank.

— Je ne m'appelle pas vraiment Joshua. En fait, je suis une fille. Je suis désolée de t'avoir menti.

Il a haussé les épaules.

— Tu es gentille.

Je me suis mordu la lèvre.

— Hank, est-ce que mon Papa a des gros ennuis ?

Il m'a regardée en gonflant ses lèvres. Puis il a laissé échapper un long soupir.

— Tout ce que je sais, c'est que ton papa t'aime beaucoup. Plus que tout au monde. Plus que sa vie, a-t-il affirmé en secouant la tête. Je sais aussi que tout n'est pas noir ou blanc. Les choses sont parfois bien compliquées. De bonnes personnes font de mauvaises choses par erreur. Il faut s'en souvenir. La vie est compliquée. L'amour est compliqué.

— Pourquoi est-ce que ça doit être compliqué ?

— C'est comme ça.

— J'aimerais que ce soit simple. J'aimerais qu'il n'y ait que de l'amour.

Ma gorge s'est serrée et j'ai dégluti avec difficulté.

Hank a fait craquer ses jointures, d'abord celles d'une main puis celles de l'autre. On est restés regarder Lester dans sa cage qui donnait des coups de bec sur les barreaux de métal. Peut-être qu'il ne voulait plus demeurer là. Peut-être qu'il voulait s'envoler et rentrer chez lui, mais qu'il n'était pas capable de le dire à Hank. Il allait être emprisonné à vie.

— Allez. Je pense que ton papa veut prendre la route.

— Je ne peux pas rester ici ? À l'abri.

Hank a fait passer sa main sur son crâne chauve.

— Reste encore un peu. Mais fais attention aux armes.

Je l'ai entendu remonter l'escalier qui craquait. Je suis allée m'asseoir dans un fauteuil. Hank avait un masque à gaz accroché au mur, et deux pistolets et un autre truc qui devait être un canon ou un fusil antizombis.

Je me suis dirigée vers la partie cuisine du bunker et j'ai inspecté toutes les boîtes de conserve alignées sur l'étagère.

— Spaghettis bolognaise, ai-je informé Clemesta. C'est ce qu'on mangerait les lundis soir. Du maïs le mardi, du chili con carne le mercredi, des macaronis le jeudi, encore des spaghettis le vendredi. Du soda, seulement le week-end.

J'ai passé ma main sur les rangées de papier toilette, d'essuie-tout, de grandes boîtes de sel, de sucre et de café. Tout était propre, bien rangé, parfaitement aligné.

J'ai touché le cavalier sur le jeu d'échecs, mais je ne l'ai pas bougé au cas où Hank aurait été au milieu d'une partie.

— On apprendra à jouer aux échecs, ai-je poursuivi, et on apportera des livres, des feuilles de papier et des puzzles. On pourra regarder la télé et aller au lit à heure fixe pour ne pas être fatiguées. La survie, ce n'est certainement pas si compliqué que ça.

— Hum, a fait Clemesta.

Une araignée noire tissait sa toile dans un coin du plancher. Je l'ai écrasée avec ma chaussure pour éviter qu'elle finisse et que plein de bébés araignées éclosent et aillent ensuite mordre Hank et Birney pendant leur sommeil.

Je me suis de nouveau enfoncée dans le fauteuil.

— C'est agréable ici, ai-je remarqué.

Clemesta a secoué la tête.

— Je ne crois pas, non.

— Si. Tu es à l'abri du monde entier et rien de mauvais ne peut t'arriver. C'est comme notre ABRI ANTITEMPÊTE à la maison.

— Tu sais que ce n'est pas vrai.

— Si, d'abord.

Elle a secoué la tête.

— Non, en fait non. Tu te souviens.

— Je ne me souviens de rien. C'est tout embrouillé là-haut. Comme si quelqu'un faisait des œufs brouillés avec mon cerveau.

Clemesta m'a caressé la tête.

— Mais si tu essaies de mettre les choses au clair, ce ne sera plus embrouillé. Tu auras résolu l'affaire, comme une enquête policière.

— Je ne veux pas être détective. Je veux être attrapeuse d'oiseaux. J'irai les faire descendre des arbres et sortir des immeubles où ils sont coincés et je les ramènerai chez eux. Alors ils chanteront des chansons joyeuses, mangeront des graines dans ma main et viendront me voir quand je les appellerai avec un sifflet spécial.

— Il est l'heure d'y aller ! a crié Papa depuis le rez-de-chaussée.

Clemesta m'a lancé un regard transperçant.

— Dolly, je sais que tu as tout compris. Je sais que toi aussi, tu as peur.

J'ai fermé les yeux. Je me suis bouché les oreilles. Copenhague est la capitale du Danemark. Paris est la capitale de la France. Deux fois quatre, huit. On trouve de la vitamine C dans les poivrons, les légumes verts, les kiwis, les brocolis, les baies, les oranges et les tomates.

— Dolly, a soufflé Clemesta. On ne peut pas partir avec Papa. Il faut dire à quelqu'un où on est pour qu'on vienne nous chercher.

— Mais je ne sais pas comment faire.

J'avais la voix gémissante d'une trouillarde, même si j'étais censée être courageuse.

— Eh bien ! s'est exclamée Clemesta, les yeux tout ronds. J'ai vu un téléphone. Ici, dans le sous-sol de Hank. Et tu te souviens du numéro de Maman, hein ? Il est dans ton cerveau-éponge.

J'ai acquiescé en silence.

— Ouais, il est noté dedans.

— Bien. On n'a plus qu'à aller là-bas, de l'autre côté de ce mur, et composer le numéro et... et c'est ce qu'on va faire.

J'ai ravalé ma peur.

— D'accord, ai-je concédé.

On est sorties du bunker sur la pointe des pieds pour aller vers le téléphone. On avait l'impression de commettre un vol, même si c'était juste un coup de téléphone et que ça ne dérangerait probablement pas Hank. J'ai soulevé le combiné et fermé les yeux pour me rappeler le numéro de Maman. Je l'ai composé et ça a commencé à sonner. Une fois, deux fois, trois fois et puis tout à coup, quelqu'un à l'autre bout du fil et j'ai chuchoté, « Maman ! Maman ! » mais ce n'était pas elle. C'était une autre femme et j'ai cru que j'avais fait un faux numéro, mais alors elle a dit :

— Dolly, Dolly, c'est toi ?

— Oui, ai-je répondu. C'est Dolly et je veux parler à ma Maman.

— Oui, Dolly, a répondu la dame. Une petite seconde, d'accord ? Chérie, est-ce que tu peux me dire où…

— Allez !

La voix de Papa se rapprochait et les bottes de Hank martelaient l'escalier.

J'ai laissé tomber le téléphone et j'ai couru à leur rencontre. Mon cœur battait à tout rompre et je l'ai supplié de rester calme.

— Allez, viens, m'a demandé Hank. Vous avez une longue route devant vous.

Il a regardé par-dessus mes épaules. Je n'aurais pas pu dire s'il voyait le téléphone pendu à son cordon. Il n'a rien dit. Il s'est contenté de m'amener à mon père au rez-de-chaussée, son énorme main sur mon bras.

On s'est fait nos adieux à la porte de derrière. Birney a sauté pour me donner une accolade de chien et Hank m'a serré la main.

— Bonne chance, nous a-t-il dit.

Papa et moi, on a traversé la pelouse pour aller à la voiture. Il a essayé de prendre ma main, mais je ne voulais pas la lui donner. Je me suis dégagée et j'ai fait semblant d'avoir besoin de me gratter le bras.

J'ai salué Hank et Birney l'un après l'autre, d'un geste de la main. Hank a jeté un bâton et Birney a couru après. Alors qu'on s'en allait, j'ai vu le drapeau de Hank nous faire un signe d'adieu. La croix bleue ressemblait à un oiseau qui essayait de s'envoler.

La Chevrolet de Hank était une bien meilleure voiture que le tas de ferraille qu'on avait. Elle ne sentait pas mauvais et il n'y avait pas de brûlures de cigarette sur les sièges. Elle roulait sans à-coups et aucun avertisseur sonore ne nous cassait les oreilles.

Papa portait sa casquette de base-ball et ses lunettes. Hank lui avait prêté une nouvelle carte qu'il a dépliée sur le siège avant.

On roulait en silence. J'ai appuyé sur ma dent qui bouge avec ma langue. Je l'ai poussée le plus loin possible, pratiquement jusqu'à ce qu'elle sorte complètement de la gencive. La partie en dessous était lisse et froide. La nouvelle dent ne poussait pas encore, contrairement à quand mon incisive était tombée l'an dernier et que la dent de remplacement était déjà prête. J'ai poussé plus fort avec ma langue, j'ai poussé et encore poussé, même si ça faisait mal.

— Arrête, m'a prévenue Clemesta, tu vas la faire tomber avant qu'elle soit prête.

— Je m'en fiche.

— Tu vas saigner.

— Je m'en fiche de saigner. J'ai pas peur du sang.

En vrai, quand j'ai pensé au sang, mon estomac s'est retourné. Le goût de mon petit déjeuner m'est remonté dans la bouche.

J'ai regardé Papa devant moi, ses mains raides sur le volant et ses yeux calés sur la route. Il n'a même pas remarqué qu'il avait plein de serpents qui s'enroulaient autour de la nuque.

On est passés devant des champs tout verts, des fermes et deux panneaux qui indiquaient des PLANTATIONS. C'était un nouveau mot, mais je ne l'ai pas retenu. On est passés devant deux mobile homes, l'un d'eux était écrasé par un gros arbre qui était tombé. Il y avait peut-être encore des gens dedans. Ils allaient être coincés pendant cent ans avant que quelqu'un s'arrête pour les sauver.

J'ai baissé les yeux pour regarder mes vêtements. Ils étaient couverts d'empreintes de pattes boueuses de Birney. Je me sentais terriblement sale, fatiguée et lésée, comme cette peluche gisant dans la boue que personne ne se donnait la peine de ramasser.

J'ai appuyé encore plus fort contre ma dent avec ma langue.

Un panneau annonçait : BIENVENUE DANS LE MISSISSIPPI – BIENVENUE CHEZ VOUS.

Non, c'est pas vrai, ai-je dit dans ma tête.

— Le Mississippi, c'est un autre État. Tu roules dans la mauvaise direction. Ce n'est pas le chemin de chez nous.

Papa a secoué la tête.

— On n'est plus très loin, maintenant, a-t-il affirmé.

Clemesta m'a poussée avec son sabot.

— C'est un mensonge ! a-t-elle sifflé.

J'ai continué à appuyer sur ma dent.

— Qui a décroché le téléphone de Maman ?

— Certainement la police, a répondu Clemesta.

— Parce qu'ils veulent aider Maman à nous retrouver.

Clemesta a retenu son souffle.

— Quoi ? ai-je demandé.

— Je ne sais pas, Dolly.

Papa m'a regardée dans le rétroviseur.

— Tu sais, avec Joshua, j'allais tous les étés dans le Mississippi. On venait pour la saison des crevettes. On avait un oncle qui louait des bateaux. Il nous payait bien. C'est comme ça qu'on a pu économiser de l'argent pour aller à l'université.

Je n'ai rien répondu. Je ne voulais plus rien savoir de l'enfance de Papa ni entendre que Tonton Joshua aurait aimé faire ma connaissance si Papa ne l'avait pas poussé à se tuer.

J'ai regardé par la vitre. Le Mississippi était plat et marécageux, plein de marais, d'arbres touffus et d'endroits où on pouvait facilement rester coincé à vie sans pouvoir jamais s'en échapper. Ça m'a fait penser au documentaire animalier sur les alligators que j'avais vu. Les alligators aiment vivre dans les rivières, les marais et les marécages du sud-est des États-Unis. Ils vivent sur Terre depuis des millions d'années et leur sang est froid parce qu'ils sont méchants.

J'ai regardé cette émission avec Maman l'après-midi où j'avais la grippe. Elle m'avait fait un bol de soupe avec des minuscules pâtes alphabet dedans. Elle m'avait installée sous la couverture à rayures orange sur le canapé, puis on a regardé tout ce que je voulais à la télé. Elle n'en a jamais eu marre, elle n'a jamais dit qu'il fallait qu'elle aille se vernir les ongles, regarder ses e-mails pour les auditions, faire ses exercices ou répéter ses textes, elle est simplement restée assise à côté de moi à me caresser les cheveux. C'était une super journée même si j'étais malade et que j'avais 39,4 de fièvre.

C'était avant qu'on croise TU SAIS QUI à Manhattan. Tout ce qui s'est passé après a été affreux, parce qu'il est affreux.

— C'est pas vrai, Dolly, m'a contredit Clemesta. Il voulait aider Maman à s'éloigner.

— De quoi ?

— De Papa. Pour qu'on soit en sécurité.

Tout à coup j'ai senti ma dent se détacher. Elle est tombée au fond de ma bouche comme un caillou. J'ai senti un goût de sang, à moitié celui de Maman, à moitié celui de Papa, et entièrement le mien. J'ai avalé.

Je n'ai rien dit à Papa. J'ai gardé la dent sous ma langue comme un secret de plus.

— Crache, s'est inquiétée Clemesta. Tu risques de t'étouffer.

Je n'en avais pas envie, alors je ne l'ai pas fait.

On roulait sans arrêt, et les routes étaient très plates, et le paysage tout autour aussi. Des centres commerciaux en béton, des fast-foods, des stations essence, des marécages. Tout ça se répétait à l'infini.

Papa a tendu le bras pour me toucher la jambe.

— Tu es bien silencieuse derrière. Tu n'as pas d'histoire à me raconter aujourd'hui ?

J'ai secoué la tête.

— Tu veux qu'on joue au jeu des panneaux ? En voilà un. ARMES D'ÉLITE. COMPOSEZ LE 555 – VÉRITÉ DE DIEU.

— Nan, j'ai pas envie.

— Waffle House, a dit Papa.

— Arrête.

— D'accord.

Papa a allumé la radio et la musique a rempli l'habitacle.

— Éteins, ai-je lancé au bout d'un moment.

La chanson qui passait s'appelait *Grâce*, et la GRÂCE c'est comme le PARDON, et c'est une chose à laquelle je ne voulais pas penser.

— Éteins, ai-je répété, et Papa a changé de station.

C'étaient les informations. Il a encore changé.

J'ai bu une gorgée d'eau. Ça se bousculait dans ma tête, plein d'images y défilaient. La boîte PAS MAINTENANT était ouverte, et tout en sortait par paquets.

J'ai fermé les yeux. Il y avait ma chambre avec toutes mes affaires dedans. La maison de poupées, ma collection de dinosaures, les bébés animaux sauvés, le lit défait et mes vêtements par terre. Je n'allais pas avoir de bon point.

La vaisselle du dernier repas, du poisson grillé et des légumes vapeur, était encore sur la table. Maman avait à peine touché à son assiette parce qu'elle avait l'esprit ailleurs. Elle était tellement distraite qu'elle n'avait pas débarrassé après manger.

Mon livre de coloriage *Les Oiseaux exotiques* était sur la table basse avec mes feutres. Dans le couloir, mon sac d'école attendait lundi, tout comme le dictionnaire de l'école, rangé à l'intérieur pour le rendre à Mlle Ellis. La porte de la chambre de Maman était fermée et je n'ai pas regardé à l'intérieur.

J'ai passé ma langue dans l'espace vide de ma bouche. C'était étrange de voir comment quelque chose pouvait être là puis disparaître en un claquement de doigts. S'évaporer en un clin d'œil. L'espace vide me faisait mal, mais ce n'était pas à cause de la douleur. C'était parce qu'il me manquait quelque chose.

J'ai regardé la tête de Papa. J'ai sorti la dent de ma bouche et je l'ai fait glisser dans la poche de mon short.

Clemesta était très silencieuse.

— Dis quelque chose, lui ai-je demandé.

Elle a secoué la tête.

— Je ne peux pas. Je crois que je n'ai plus d'énergie.

Dans la voiture à côté de la nôtre, une fille m'a fait une grimace alors qu'ils nous doublaient. Je lui ai fait un DOIGT D'HONNEUR et, sous le choc de ma GROSSIÈRETÉ INDIGNE, elle a écarquillé les yeux. *C'est pas de chance,* ai-je pensé. Sa maman conduisait. Elles allaient passer un magnifique après-midi alors que moi, j'allais rester toute la journée coincée dans la voiture avec Papa.

J'ai regardé sa main sur le volant, les poils noirs qui poussaient sur ses doigts comme si quelqu'un les avait plantés là. L'or de son alliance ne brillait pas, mais était terne et râpé. On n'aurait pas dit que c'était un bijou précieux.

J'aurais voulu qu'il le soit. J'aurais voulu qu'il soit beau et brillant à la lumière, et l'alliance de Maman aussi. Elle avait rangé la sienne dans une petite boîte sur la dernière étagère du placard de la salle de bains.

— Tu mérites une vie meilleure, Dolly, avait-elle dit.

Meilleure, ça signifie hors du Queens, et sans anneau doré au doigt.

J'ai tiré Clemesta sur mes genoux pour caresser sa crinière courte et piquante. Elle avait du mal à lever la tête. Elle était très faible. On aurait dit qu'elle avait envie de dormir pendant cent ans. Elle voulait certainement se vider la tête et ne plus penser à rien, ni se remémorer aucun souvenir. Elle avait juste besoin d'être un simple cheval ordinaire, pas une reine cheval magique douée de pouvoirs spéciaux et chargée de garder plein de secrets.

Elle a ouvert la bouche et léché ses lèvres sèches.

— Je crois que nous sommes en danger, a-t-elle annoncé avec calme. Je pense que nous risquons de ne pas rentrer à la maison.

J'ai acquiescé, puis je me suis enfoncée dans la banquette. Du pied, j'ai frappé contre le siège de Papa. Et un, et deux, comme des coups de poing. Il s'est retourné pour me regarder.

— Je sais que tu t'ennuies. Je te promets que c'est le dernier jour de route.

— Tant mieux. Je déteste cette aventure.

Papa a opiné. Ses yeux étaient brillants et il les a essuyés.

— Qu'est-ce que tu as ? Pourquoi est-ce que tu me regardes comme ça ?

— Je suis désolé... Je suis désolé. J'aurais aimé que tout se passe mieux. Tout, depuis le début. Tout ce qu'on a fait ensemble.

J'ai croisé les bras et détourné la tête.

— Eh bien, ai-je grogné. La vie est compliquée.

On est passés devant un panneau d'affichage duquel une tête d'alligator sortait, prête à engloutir quelqu'un avec ses énormes mâchoires. Ça m'a fait penser à l'émission de télé où un énorme alligator en retenait un plus petit coincé dans sa gueule. Le gros mâle tenait la petite femelle entre ses dents pendant qu'elle agitait sa queue dans tous les sens pour essayer de s'échapper. On entendait la détonation d'un coup de fusil à chaque fois que sa queue percutait l'eau. Les dents du mâle serraient de plus en plus fort, et plus elle essayait de s'échapper, plus il resserrait sa prise.

Maman avait mis sa main sur mon cœur avant de m'attirer vers elle.

— Ne t'inquiète pas. Il n'y a pas d'alligators ici.

L'alligator tenait bon, et au bout de plusieurs minutes, l'autre a arrêté de bouger.

— Anna, tu sais que je ne peux pas vivre sans toi.

C'est ce que Papa a dit à Maman. Alors elle a pleuré et lui, il a crié.

— J'ai besoin de toi, j'ai besoin de toi, je ne te laisserai pas partir.

M. l'Ours en Colère était là, lui aussi. Il fallait toujours qu'il sorte de sa tanière, quoi qu'on fasse.

Papa a regardé l'heure puis il s'est frotté la tête.

— Faudrait peut-être qu'on t'achète à manger.

— Je veux manger thaï. Ou des raviolis chinois.

— Je ne pense pas qu'ils font ça par ici.

— Eh bien, ils devraient.

On est passés devant le drive-in d'un McDonald's et Papa a fait demi-tour.

— C'est encore des COCHONNERIES. Tu as dit que tu allais bien t'occuper de moi.

Papa a passé commande et au guichet suivant, il a tendu son bras pour prendre notre repas.

— Pourquoi est-ce que tu ne viens pas devant ? m'a-t-il proposé.

— Je reste ici.

J'ai ouvert l'emballage et regardé le cheeseburger. J'en ai mangé la moitié avant de m'attaquer aux frites. Une fois terminées, j'ai fini le reste de mon burger.

Papa s'est retourné sur son siège pour me faire face.

— On mange notre hamburger de la même façon, s'est-il amusé. Je n'avais jamais fait attention à ça.

— Ah. Ouais.

Je me suis essuyé la bouche avec la serviette puis j'ai bu mon milk-shake. Il était trop sucré et trop froid. Au loin, j'entendais les alligators grincer des dents dans les marécages. Affamés, ils attendaient que quelqu'un passe pour se jeter dessus et le tirer vers le fond.

Une voiture s'est garée à côté de la nôtre. Papa a tourné le dos et s'est penché en avant. J'ai mâché la dernière bouchée de mon cheeseburger jusqu'à ce qu'il ne reste plus de jus dans la viande. Le morceau est resté longtemps dans ma bouche avant que je me force à l'avaler.

Quand j'ai eu fini, Papa a froissé tous les papiers d'emballage et les a mis dans le sac en papier marron.

— Vas-y, m'a poussée Clemesta. Fais-le maintenant.

J'ai regardé Papa.

— J'ai besoin d'aller aux toilettes.

— C'est urgent ?

— Ouais.

— Euh… D'accord. Attends.

Il a remis la casquette de base-ball sur ma tête et a baissé la visière devant mon visage.

— Je vais t'attendre dans la voiture.

Le restaurant était vide. Je me suis avancée vers le comptoir. J'ai retiré ma casquette et je l'ai gardée entre les mains.

— Je peux utiliser les toilettes, s'il vous plaît ?

Le monsieur en uniforme McDonald's lisait un gigantesque livre intitulé *Biochimie* qui n'avait pas l'air très intéressant. Il a baissé les yeux pour me regarder. On lisait la gentillesse dans son regard, et aussi la fatigue.

— Les toilettes sont réservées à la clientèle, a-t-il expliqué.

Ses dents étaient très blanches et bien alignées.

— On est clients. On vient de manger au drive-in. Papa et moi.

— Allez, si tu veux. C'est par là.

— Merci.

Je lui ai souri de toutes mes dents et je suis restée plantée devant lui en attendant qu'il me regarde attentivement, au lieu de quoi il s'est replongé dans son livre. Il y avait écrit « Darryl, deuxième assistant » sur le badge accroché à sa chemise.

J'ai fait exprès d'aller dans les WC des femmes. J'ai lavé mes mains avec du savon, puis j'ai regardé mon visage dans le miroir. Même coiffée comme un garçon, je n'avais pas tellement changé si on faisait vraiment attention.

On aurait dit que ma peau était couverte de miel. Je me suis aspergé le visage d'eau et essuyé les joues avec les serviettes en papier marron.

Tu es courageuse, me suis-je dit dans le miroir. *Tu es courageuse et tu vas y arriver.*

Je suis revenue dans le restaurant. Le monsieur au comptoir m'a regardée et j'ai soutenu son regard. J'ai pris une grande inspiration et j'ai rassemblé tout mon courage.

— Je m'appelle Dolly Rust. Dolly Rust. La police est à ma recherche. Et il faut que je rentre chez moi.

Le monsieur a posé son livre et s'est penché par-dessus le comptoir.

— Dolly Rust, a-t-il répété.

Je me suis retournée et j'ai couru vers Papa. J'ai claqué la portière et attaché ma ceinture. Papa a fait démarrer la voiture au moment où le monsieur du McDonald's sortait en parlant au téléphone puis s'avançait rapidement vers nous.

On roulait dans la nuit. Les routes étaient toutes sombres et il n'y avait pas de lampadaires pour nous guider dans le noir.

— Je l'ai fait, ai-je chuchoté à l'oreille de Clemesta et elle a approuvé.

— C'est bien. Tu es une fille courageuse.

Il faisait froid dans la nuit et je me sentais vide. J'ai frissonné et frotté mes jambes pour les réchauffer. Je ne voyais rien par la vitre, et je n'entendais que le bruit des pneus qui fonçaient sur la route. Avec Clemesta, on se serrait fort la main.

J'ai cherché ma dent dans ma poche et je l'ai tenue entre mes doigts, puis j'ai ouvert la vitre et je l'ai lâchée sur la route.

— C'était quoi ? a demandé Papa.

— Ma dent.

— Elle est tombée ?

— Ouais.

— Tu aurais dû la garder pour la petite souris.
J'ai refermé ma vitre.
— La petite souris n'existe pas, c'est un mensonge. Tout n'est que mensonge.

Samedi

DANS MON RÊVE, je conduisais une Ford bleue. Mes mains étaient sur le volant, mais la voiture n'était pas à l'arrêt, elle roulait. Elle allait même trop vite et j'avais vraiment très peur. J'ai regardé derrière moi à la recherche de Papa, et il était là, courant derrière la voiture en la poussant. Il essayait de la faire aller de plus en plus vite, et je criais, « Arrête, s'il te plaît ! », mais il ne m'écoutait pas.

À mon réveil, on ne roulait pas. La voiture était stationnée sur un tronçon de terre au milieu de nulle part. Il n'y avait personne aux alentours, pas de voitures, pas de piétons. Rien que de l'herbe, des grands arbres et une rivière marécageuse qui s'étendait devant nous. Je me suis relevée et j'ai repoussé la veste de Hank. Papa avait dû me couvrir avec la veille.

Je l'ai vu devant la voiture, assis sur le capot. Il regardait le soleil se lever au-dessus de l'eau qui semblait bien calme et transparente. Il y avait une étrange odeur douceâtre dans l'air, comme un fruit trop mûr et légèrement vénéneux.

J'ai regardé si Clemesta allait bien. Elle respirait doucement et dormait encore profondément. Je l'ai embrassée sur le dessus de la tête et je suis descendue de voiture. Mes jambes étaient encore raides. J'espérais que c'était parce que j'étais restée en boule toute la nuit dans la voiture et pas à cause du scorbut.

Désolée, petites jambes, ai-je dit. Elles n'avaient pas eu l'occasion de danser, de faire de l'exercice ni de jouer depuis un bon moment. Ça faisait une semaine qu'on était partis de la maison. En fait, j'avais l'impression que ça faisait cent ans. Cent terribles années de larmes et de misères. Tout allait de travers, mais pas comme dans un dessin rigolo où il faut retrouver les erreurs. Les choses allaient de travers d'une autre façon, et je n'aimais pas ce que je voyais. J'avais même peur de regarder.

— Bonjour, a dit Papa quand je suis sortie.

J'ai regardé l'eau, puis le champ vide à côté de nous.

— On est où ?

— À Orange dans le Texas, a-t-il annoncé.

J'ai froncé les sourcils.

— Ça fait encore un État de plus entre nous et la maison. On a dormi là ?

Papa a secoué la tête.

— J'ai roulé presque toute la nuit. On s'est perdus en chemin.

— Tu te perds tout le temps.

Papa paraissait très fatigué. Sa barbe avait déjà repoussé et les vêtements qu'il avait empruntés à Hank étaient froissés. Il avait une bouteille d'eau dans la main. Il a avalé une gorgée et s'est essuyé la bouche.

— Regarde le soleil se lever. C'est beau, hein ?

J'ai jeté un coup d'œil en direction du ciel et de sa lumière rose pâle. Rien ne me paraissait beau. Tout me semblait aller de travers.

— Pourquoi est-ce que tu t'intéresses au soleil tout à coup ?

Les yeux de Papa étaient perdus dans l'eau, mais en fait ils tentaient de remonter loin dans le temps. Probablement que lui non plus n'aimait pas ce qu'il voyait.

— Je veux pouvoir m'en souvenir.

Le caillou dans mon ventre a tiraillé mes côtes alors qu'il s'entortillait dans mes entrailles.

— Pourquoi est-ce que tu as besoin de t'en souvenir ? Il ne va pas s'en aller.

Papa a tapoté le capot.

— Viens t'asseoir un instant avec moi.

Il a tendu les bras pour me soulever. Le capot de la voiture était chaud contre ma peau. Papa a pris une grande inspiration. Il a formé un poing et l'a pressé dans son autre main. Les jointures ont craqué. J'ai pensé à Travis au parc national. *Love* et *fear*. L'amour et la peur. Peut-être que ce n'étaient pas des opposés finalement. Peut-être que c'était en fait la même chose mais écrite avec des lettres différentes.

J'ai enfoncé ma langue à l'endroit où se trouvait ma dent avant de tomber. *Être là et disparaître en un claquement de doigts.*

— Dolly, il faut que je te dise quelque chose.

J'ai regardé ses yeux marron tristes. Ils étaient tellement gros qu'on avait l'impression qu'ils allaient éclater. Je ne voulais pas qu'il me raconte quoi que ce soit. Je ne voulais pas savoir pourquoi il était triste et disait au revoir au soleil.

— Dolly, a-t-il commencé en me prenant la main, j'ai fait quelque chose de mal.

J'ai secoué la tête. J'ai retiré ma main et me suis assise dessus.

— Doll, écoute. J'ai…

— Non. Arrête.

— Dolly.

— Arrête, Papa. Tu la boucles à triple tour et tu jettes la clef dans l'eau.

— Doll, il faut que je te le dise.

— Non, t'es pas obligé.

— Si, ma chérie. Dolly, j'ai fait du mal à Maman. Je n'ai pas fait exprès, je n'en ai jamais eu l'intention, mais c'est arrivé.

— Non. C'est pas vrai.

— Si, Dolly.

Sa voix s'est brisée, son visage s'est renfrogné et des larmes ont coulé de ses yeux.

— Je lui ai fait vraiment mal, Dolly.

— Tais-toi ! ai-je crié. Tais-toi.

Tout tournait trop vite dans ma tête et le caillou dans mon ventre pesait tellement lourd que j'avais du mal à respirer.

— Doll. J'ai besoin que tu comprennes. Je n'ai pas fait exprès. C'était un accident. J'avais tellement peur. Maman allait partir, elle allait t'emmener très loin avec elle. Pour de bon. Je ne t'aurais plus jamais vue. Tu aurais été… J'étais tellement en colère. Je m'énerve toujours trop et cette fois-ci, je n'ai pas pu me contrôler.

Sa tête est tombée entre ses mains et il a pleurniché comme un gros bébé. Son corps tout entier tremblait. Il était répugnant, et j'avais envie de le frapper et de lui vomir dessus en même temps.

— Ramène-moi à la maison maintenant, ai-je exigé. Ramène-moi voir Maman.

Papa m'a regardée avec ses yeux humides et il a secoué la tête.

— Mais Dolly, a-t-il dégluti. C'est impossible.

— Si c'est possible ! ai-je crié.

— Doll, Maman est morte.

J'ai regardé son visage tout rouge, barbouillé de larmes, de morve et de tristesse.

— Ne dis pas ça ! ai-je crié. C'est pas vrai.

— Si, Dolly.

— Non ! Non, c'est pas vrai ! ai-je hurlé à pleins poumons alors que Papa pleurait, puis je l'ai poussé tellement fort qu'il est tombé de la voiture.

Il est resté par terre comme un pantin désarticulé et je me tenais au-dessus de lui, tremblante. Je pleurais. Je sombrais.

Il s'est relevé et il a essayé de s'approcher de moi, mais je l'ai repoussé.

— Je suis désolé, Dolly. Je suis désolé. C'était un accident, ce n'était pas censé…

— Pourquoi ? Pourquoi est-ce que tu lui as fait du mal ?

Papa a regardé le ciel, puis il a encore sangloté.

— J'ai pété les plombs. Quand j'ai appris qu'elle voyait cet homme, qu'elle allait en secret à Manhattan. Le divorce. Quand j'ai appris qu'elle prévoyait de t'amener à L.A. pour être avec lui et…

— Stew, ai-je crié. Elle est morte à cause de *lui* ?

Je me suis passé les mains sur le visage pour l'essuyer. J'ai essayé d'arrêter de trembler, mais je n'y arrivais pas. J'ai regardé Papa. Il était devenu tout blanc et immobile, comme un fantôme.

— Stew ? a-t-il répété en secouant la tête.

— Oui !

— Stew Ronson ?

— Oui !

Mes poumons brûlaient de toute la haine que je ressentais à l'égard de TU SAIS QUI, dont le nom me coupait la gorge et la faisait saigner.

— Stew ! s'est écrié Papa. Oh, mon Dieu, Stew !

Il a trébuché contre la voiture et a vomi un liquide jaune sur l'herbe morte du Texas.

J'ai enfoncé mon ongle dans ma peau jusqu'à ce qu'elle s'ouvre et me brûle.

— Tu ne m'as pas emmenée au meilleur endroit au monde. Le meilleur endroit au monde, c'était chez nous et tu as tout détruit.

Papa a acquiescé. Il avait la main devant la bouche comme s'il voulait empêcher le moindre son de sortir. Ses larmes coulaient toujours et ses yeux étaient fermés.

— Qu'est-ce qui va nous arriver maintenant ? lui ai-je demandé.

Papa, tremblant, a pris une grande inspiration puis il a dégluti.

— Je t'amène chez tes grands-parents. Ma maman et mon papa.

— Mais ils sont morts. Ils sont morts.

Papa a secoué la tête.

— Non. Je t'ai dit qu'ils étaient morts parce qu'ils ne faisaient plus partie de ma vie et j'ai pensé que ce serait plus facile comme ça. Si tu pensais qu'ils étaient morts.

Il a fermé les yeux.

— Je sais que ça fait beaucoup. Mais après la mort de Joshua, je ne suis jamais revenu chez moi. Je n'ai jamais reparlé à mes parents et je ne les ai plus jamais revus. Ils me tenaient pour responsable de ce qui était arrivé. Ils avaient raison. Ils avaient raison de m'en vouloir. Et je ne voulais pas les faire souffrir davantage.

Il a fait claquer sa mâchoire.

— Parfois, j'ai l'impression que je suis juste bon à faire souffrir les gens.

— C'est vrai ! C'est exactement ce que tu fais.

Je l'ai regardé et, avec mes yeux et ma colère, je l'ai brûlé vif.

Il s'est essuyé le visage.

— Je t'ai amenée ici pour que tu sois en sécurité. Pour que tu sois avec eux et qu'ils s'occupent de toi.

Je me suis figée.

— Et toi, tu seras où ?

Papa s'est détourné.

On a roulé en silence. Papa ne portait plus son déguisement. On le reconnaissait à nouveau.

Clemesta a pris ma main dans ses sabots, mais elle n'a pas dit un mot.

On s'est arrêtés devant une maison en brique à l'air ordinaire. Il y avait un grand arbre au milieu du jardin et une camionnette rouge garée sur le côté.

— Je suis désolée, a murmuré Clemesta. J'ai essayé de te prévenir, Dolly.

Elle était très faible. Elle avait pratiquement perdu tous ses pouvoirs magiques. J'ai déposé un baiser sur sa crinière coupée.

— Tu vas vite te remettre, lui ai-je promis.

— Je ne sais pas. Peut-être pas.

Mon cœur s'est brisé en mille morceaux.

Papa s'est retourné.

— Attends dans la voiture pour le moment. Je vais venir te chercher dans une minute.

Il est sorti en laissant la portière ouverte pour que je puisse avoir de l'air. Il faisait déjà trop chaud. Trop tout. Il a lissé ses cheveux en arrière avant de sonner à la porte.

J'ai bercé Clemesta sur mes genoux, et on a regardé la porte de la maison s'ouvrir.

Une vieille femme a sorti le bout de son nez. Elle portait une chemise de nuit jaune et des chaussons, et dans ma tête, je lui ai dit *bonjour Mamie,* et dans mon ventre, le caillou s'est enfoncé et les papillons ont vomi.

— Je suis à moitié orpheline, maintenant, ai-je déclaré et Clemesta a essuyé une larme sur sa joue.

— Oui ? a fait la vieille dame.

Elle a regardé Papa puis elle a mis la main devant sa bouche.

— Mon Dieu ! s'est-elle exclamée. C'est toi, Joseph ?

Papa a acquiescé.

— Bonjour, Maman.

Tout à coup, on aurait dit un petit garçon plutôt qu'un papa, et il a baissé la tête.

La mamie a poussé un gémissement et lui a donné une gifle, clac. Papa n'a pas bronché.

— Joseph, Joseph, Joseph, a-t-elle répété puis elle s'est arrêtée de parler.

Elle se contentait de le regarder en secouant la tête, dos à la porte, jusqu'à ce que Papa fasse un pas vers elle. Il l'a prise dans ses bras et elle s'est effondrée contre lui comme si elle avait les jambes en coton.

Elle sanglotait.

J'ai senti une grosse boule dans ma gorge et je lui ai dit de fiche le camp.

Clemesta a reniflé.

— C'est tellement triste, Dolly.

— Tout est tellement triste. La Terre entière est triste et tout le monde pleure.

J'ai regardé la mamie qui sanglotait toujours et serrait Papa en secouant la tête. Elle était vieille, mais elle n'avait pas cent ans comme les mamies dans la maison de retraite de Papi, peut-être seulement quatre-vingt-dix ou quatre-vingt-cinq. Je l'ai imaginée en train de s'occuper de moi à la place de Maman et du coup, je l'ai détestée, ce qui n'était pas gentil, mais qu'est-ce que ça pouvait bien faire puisque la Semaine de la gentillesse était terminée et que j'avais vécu la pire semaine de toute ma vie.

La mamie s'est écartée pour regarder Papa, toucher son visage, ses cheveux, et lui frotter les bras.

— Mon fils, mon fils. Qu'est-ce que tu as fait ? On ne parle que de ça à la télé. Ils surveillent la maison. Le shérif Carter est venu hier. C'est vrai ? Est-ce que c'est vrai ce qu'ils disent ?

Papa a reculé d'un pas et s'est essuyé les yeux.

— J'ai fait une connerie. J'ai déconné sur toute la ligne.

La mamie a secoué la tête.

— Oh, Joseph. Mon gentil petit garçon.

J'ai secoué la tête. Elle était folle, la mamie. Il n'était rien de tout ça.

Papa a regardé la voiture.

— Je veux te présenter quelqu'un.

Il s'est approché de moi et a regardé par la vitre.

— Dolly, tu veux bien sortir pour rencontrer ta mamie ?

Je ne voulais absolument pas la rencontrer ni sortir de la voiture, mais je savais que ce n'était pas réellement une question et que je n'avais pas le choix. J'ai posé Clemesta et je suis sortie. La mamie s'était approchée et elle se tenait sur la pelouse, d'où elle me regardait avec attention.

— Maman, c'est Dolly.

Elle s'est accroupie pour me regarder de près. Ses yeux étaient rouges et pleins de larmes, et à certains endroits, sa peau était froissée comme un vieux mouchoir. Ses yeux étaient de la même couleur que ceux de Papa et ils contenaient la même dose de tristesse. Je ne savais pas qu'on pouvait hériter de la tristesse de quelqu'un, mais j'imagine que c'est comme les cheveux ou le don de la danse.

— Dolly. Je suis vraiment enchantée de faire ta connaissance.

J'ai observé son visage. J'aurais aimé le faire disparaître. J'aurais aimé nous faire tous disparaître pour revenir avant que tout se mette à aller mal, quand le monde entier était encore parfait, que personne n'était triste, en colère ou parti pour toujours.

— Elle est magnifique, Joseph, a déclaré la mamie.

Papa a posé la main sur mon épaule et l'a serrée.

— La meilleure chose qui me soit arrivée.

La mamie a souri et ses yeux pleins de larmes se sont mis à pleurer. Elle les a essuyés du revers de la manche.

— Bon sang, Joseph. Espèce d'imbécile.

Ils n'ont rien dit pendant un moment. On est restés là à regarder la pelouse ; l'air poisseux d'Orange nous collait à la peau.

Une voiture est passée et la mamie a regardé dans la rue.

— Venez. On ferait mieux de rentrer, a-t-elle décidé.

Elle nous a conduits dans la cuisine, mais elle ne s'est pas assise.

— Ton père, a-t-elle dit à Papa. Je vais aller le chercher, mais…

Elle a ouvert la bouche pour dire quelque chose mais finalement l'a refermée.

— Eh bien, tu seras toujours notre fils, non ?

Avec Papa, on s'est assis à la table de la cuisine, qui n'était pas en bois comme chez nous, mais en plastique dur et recouverte de rayures. On s'évitait du regard et j'ai éloigné ma main pour qu'il ne puisse pas l'attraper.

On a entendu une grosse voix dans l'autre pièce, puis quelqu'un est arrivé avec fracas dans la cuisine en criant, « C'est pas mon fils ! ». C'était un vieux monsieur et il a attrapé Papa par le col de sa chemise et l'a soulevé.

Je me suis faite toute petite et me suis cachée sous la table. Papa a levé les mains.

— Je sais. Je sais. Je suis désolé, tu ne sais pas à quel point. Je suis venu pour réparer mes torts. S'il te plaît.

La mamie essayait de faire asseoir le grand-père qui n'était pas Papi. Il avait les yeux exorbités.

— Frank, s'il te plaît. Il y a une petite fille. C'est une enfant.

Il m'a regardée sous la table et je lui ai rendu son regard. Il n'avait pas les yeux marron de Papa et ils n'étaient pas larmoyants non plus, ils étaient fous de rage. Il avait les joues rouges, les cheveux blancs, était très grand avec des os longs et fins comme un épouvantail. Il s'est affalé sur une chaise et j'ai regardé son torse monter et descendre comme s'il venait de faire des sauts de polichinelle. La salive au coin de sa bouche montait et descendait aussi, petit ballon blanc qui ne s'envolerait jamais.

Personne n'a rien dit pendant un million d'heures. Assis, la mamie, le papi et Papa se regardaient et m'avaient complètement oubliée sous la table jusqu'à ce que Papa me caresse la tête et me dise de sortir.

La mamie s'est levée et a versé du café dans la machine. Elle a servi un verre de jus en brique et l'a posé devant moi. C'était un jus de fruits rouges, le parfum que j'aime le moins. J'ai quand même dit merci pour lui montrer que je suis bien élevée. Ça aurait fait plaisir à Maman.

— Quel âge as-tu, Dolly ? a-t-elle demandé.

— J'ai sept ans, deux mois et trois semaines.

Elle a eu un sourire triste et a secoué la tête. Elle a versé du café dans trois tasses. Elles avaient toutes un chat dessiné dessus.

— Pourquoi est-ce que tu es venu ici ? a demandé le papi. Toutes ces années… une petite-fille dont nous ne connaissions même pas l'existence, bon sang… et tu reviens maintenant. Comme ça.

Papa a dégluti.

— J'ai préféré vous épargner en disparaissant.

Le papi a renversé du café en cognant sa tasse contre la table.

— Nous épargner ! Tu penses que c'est mieux de perdre deux fils plutôt qu'un ? a-t-il aboyé d'un ton sec, se brisant la voix.

Lui aussi devait avoir un ours en colère à l'intérieur.

La mamie a pris sa main et l'a serrée.

— S'il te plaît, Frank. On a tous commis de graves erreurs, tu ne crois pas ?

Tout le monde est redevenu silencieux. Les aiguilles de l'horloge de la cuisine ont fait trois fois le tour du cadran. Personne n'a épongé le café renversé.

— Qu'as-tu l'intention de faire, mon fils ? a demandé la mamie, les yeux écarquillés et pleins de soucis.

Papa a dégluti.

— J'ai pensé à fuir. Avec Doll. On était en route pour le Mexique. Mais un soir, elle est tombée malade, vraiment malade.

Il m'a regardée en secouant la tête.

— Je me suis rendu compte que je ne pouvais pas lui faire ça. Lui faire payer mes erreurs. La faire souffrir.

Ses mots se sont étouffés et il s'est essuyé les yeux.

La mamie le regardait en retenant son souffle.

— Je vais me rendre à la police. Voilà ce que je vais faire.

La mamie a laissé échapper un long soupir. Elle a acquiescé.

— Tu veux qu'on s'occupe d'elle. C'est pour ça que tu l'as amenée ici.

Papa a fait oui de la tête.

— Anna n'a plus personne ?

— Non, a-t-il répondu.

La mamie a bu une petite gorgée de café de sa tasse chat. Le félin a essayé de me parler, mais je l'ai ignoré.

— Je m'appelle Verena, s'est présenté l'animal.

— Je m'en fiche, lui ai-je répondu. Complètement.

La mamie a baissé le regard sur la table. Ses narines se sont écartées, et les poils gris à l'intérieur sont ressortis.

J'ai fait le tour de la cuisine du regard. Les murs étaient orange. Il y avait des oranges dans une coupe de fruits. Des oranges dans une pièce orange, à Orange. C'était certainement encore un mauvais présage.

— Tu es parti bien longtemps, Joseph, s'est plaint le papi. Tu as quasiment brisé le cœur de ta mère.

— Je sais. Je sais.

Le bruit nous a tous fait sursauter. Il était de plus en plus fort, comme des cris au loin.

— Tout va bien se passer, a fait Papa. Ça va aller.

Il a essayé de me regarder, mais j'ai détourné la tête.

En regardant par la fenêtre, j'ai vu les gyrophares bleus. Trois voitures de police se sont arrêtées dans un crissement de pneus sur le trottoir devant la maison et des agents de police sont sortis des véhicules.

— Tu vas être bien là, Dolly. Tout va bien se passer.

On aurait pu croire à sa voix qu'il était calme, mais le reste de son corps disait le contraire.

La sonnette a retenti et un monsieur a appelé Papa par son nom.

Le papi et la mamie se sont regardés, le visage effrayé, puis ils se sont tournés vers Papa.

— Joseph Rust ! a répété le policier.

Tout le monde s'est levé.

— Vous prendrez bien soin d'elle, a dit Papa. Je n'en doute pas une seconde. Peut-être que vous pourriez... la ramener à New York, ça sera peut-être un peu moins...

Il regardait la mamie, les yeux suppliants, et il hochait la tête comme s'il voulait qu'elle fasse la même chose en retour.

— S'il te plaît, a-t-il imploré et elle a acquiescé, alors il l'a attrapée et serrée entre ses bras.

Il s'est tourné vers le papi. Le vieil homme a fait une grimace et a grogné. Il a pris Papa dans ses bras et des larmes de colère chaudes ont coulé de ses yeux et roulé sur le cou de Papa.

On est allés tous ensemble à la porte d'entrée et on l'a ouverte. Il y avait beaucoup de policiers sur la pelouse. Ils avaient leur arme braquée sur nous. Ils étaient là pour emmener Papa. Les méchants vont en prison. Et Papa était méchant.

— Joseph Rust. Joseph Rust.

Il a levé les mains en l'air.

— Sortez, monsieur, a ordonné le policier.

Papa a commencé à avancer doucement et j'ai fait pareil, en marchant devant lui. La mamie a essayé de me retenir, mais j'ai repoussé ses mains.

— Petite, tu veux bien rester sous le porche, a crié le policier.

Je l'ai ignoré pour rester devant Papa.

— Doll, écarte-toi, m'a demandé Papa.

Je ne l'ai pas écouté. J'ai accroché mes bras autour de sa jambe pour le tenir très fort.

— Laisse-moi, Doll, a insisté Papa, mais je n'ai pas lâché.

J'ai serré de plus en plus fort, pour toujours et à jamais, parce que quand Papa serait parti, tout allait disparaître : notre famille tout entière et tous ceux qui la composent, Maman, Papa et moi ; notre maison, notre quartier et toute notre vie. Quand Papa serait parti, il n'y aurait plus jamais de chez-nous, parce que c'est comme ça quand les gens que tu aimes le plus au monde ne sont plus là. Alors ça devient nulle part et tu n'es plus rien, si ce n'est perdu et brisé.

— S'il te plaît, petite, a lancé le policier. On veut juste parler avec ton papa.

J'ai serré Papa plus fort. En partie en colère, en partie effrayée et en partie désespérée. J'étais très forte, plus forte que je le pensais. Papa a essayé de me repousser avec sa jambe. Je me suis encore plus agrippée, comme un koala sur un eucalyptus.

— Dolly. S'il te plaît.

Je ne te laisserai jamais partir. Je vais m'accrocher pour toujours, ai-je juré tellement fort dans ma tête que ça résonnait.

— Monsieur, monsieur, éloignez-vous de la petite, s'il vous plaît, a commandé le policier.

Tout le monde avait encore son pistolet pointé sur nous. Pan pan et on était morts. Morts comme Maman et tous ensemble au paradis. Ç'aurait été bien. Peut-être mieux que d'être toute seule.

Je retenais Papa, de plus en plus. Je me suis retournée vers lui et je l'ai pris par la taille.

— Doll, s'il te plaît.

On a vacillé, j'ai continué de pousser et il est tombé à genoux. On était face à face, les yeux dans les yeux et j'ai entendu un policier dire, « Donnez-lui une minute ».

Papa a cligné des yeux.

— Je suis désolé, Dolly.

J'ai regardé son visage, son visage idiot, ses yeux rouges de larmes, mais aussi doux et pleins d'amour : en fait, juste les yeux de Papa que j'avais vus pratiquement tous les jours de ma vie. J'ai levé la main pour déchirer sa peau avec mes ongles, lui labourer le visage comme un chat enragé.

— Je te déteste, ai-je rugi.

Papa ne s'est pas écarté.

— Je sais, Doll. Je sais bien.

J'ai reniflé mes larmes et passé mon doigt sur le sang qui jaillissait des égratignures. Ça allait peut-être laisser une cicatrice sur son visage pour toute la vie, alors il se souviendrait de ce jour. J'ai mis ma main sur la joue chaude de Papa puis j'ai posé ma tête sur ses épaules. J'ai fermé les yeux.

— Je ne te déteste pas, ai-je chuchoté.

— Je le sais aussi, a dit Papa.

Les bras passés autour de son cou, je le serrais de plus en plus. De toutes mes forces, je m'accrochais à lui, humais son odeur, ressentais la chaleur de sa peau, entendait le boum-boum de son pouls qui disait qu'il était vivant et faisait encore partie de ce monde.

Papa a murmuré quelque chose à mon oreille et je lui ai chuchoté quelque chose d'autre en retour.

— Je t'aime. Je t'aime même si tu es méchant. Je t'aimerai toujours parce que tu m'appartiens.

On s'est serrés très fort pour la vie et le monde entier a disparu autour de nous.

— Va-t'en maintenant. Il faut qu'ils m'emmènent.

J'ai secoué la tête.

— S'il te plaît. Je ne veux pas qu'ils te fassent du mal.

Il m'a caressé le visage. Il a regardé les policiers tout autour de nous et la mamie qui pleurait doucement sous le porche. Les talkies-walkies de la police ont crépité et un des agents a murmuré quelque chose que je n'ai pas entendu.

Les yeux de Papa allaient dans tous les sens, sur moi et sur tous les gens autour. Il devait avoir mal parce que son visage était déformé. Il m'a embrassée, m'a serrée puis a mis ses deux mains sur mes joues humides.

— Allez, va, Dolly, a-t-il soufflé.

J'ai secoué la tête. Papa m'a regardée avec ses yeux suppliants, puis son visage a changé comme s'il se rappelait quelque chose.

— Où est Clemesta ? a-t-il demandé.

— Clemesta, ai-je répété en réfléchissant. Je crois qu'elle est encore dans la voiture.

Papa a acquiescé.

— Tu devrais aller la chercher, alors.

Il a essuyé son front transpirant du revers de la main.

— Elle va avoir peur toute seule.

J'ai imaginé Clemesta assise sur la banquette arrière, observant la police et leurs armes, se demandant où j'étais partie. Je me suis mordu la lèvre. *Je suis là*, ai-je dit en usant de mes pouvoirs télépathiques, mais je n'étais pas sûre que ça marche encore. Elle était devenue tellement faible.

— Le truc, a repris Papa, c'est que la police va embarquer la voiture. Et elle sera coincée dedans. Tu ne pourras pas la récupérer avant longtemps, très longtemps.

Il me regardait droit dans les yeux.

— S'il te plaît. Va la chercher. Vas-y.

J'ai couru le plus vite possible.

Il y a eu du remue-ménage puis tout est devenu très calme.

Papa est parti dans une des voitures de police, des agents sont venus inspecter la Chevrolet de Hank et ont fait le tour de la maison en secouant la tête. COURAGE COURAGE COURAGE, faisait mon cœur en battant, mais il en avait marre d'être courageux.

La mamie a pris ma main et m'a dit d'entrer dans la maison avec elle. Elle m'a servi un autre verre de jus alors que je n'avais pas encore fini le premier.

— Mamie, a-t-elle déclaré, tu peux m'appeler Mamie si tu veux.

Alors elle a secoué la tête.

— Ou Joy, si tu préfères. C'est mon nom.

J'ai regardé ses yeux tristes. Je tenais Clemesta dans les bras.

— Tout va bien se passer, a-t-elle affirmé.

Sa voix était si faible que je l'entendais à peine.

J'ai repéré le sac de voyage de Papa par terre, à côté de la table de la cuisine. Je ne me rappelais pas l'avoir vu l'apporter dans la maison, mais je l'ai montré du doigt.

— Il y a beaucoup d'argent là-dedans, ai-je chuchoté à Joy.

Elle a froncé les sourcils.

— Est-ce qu'il l'a volé ?

J'ai fait signe que non.

Elle a pris le sac et l'a glissé dans le placard à balais avant de s'asseoir à table.

Le papi ne rentrait pas dans la maison. Il se tenait les bras croisés sous le porche. Un policier connaissait son nom. Je l'ai entendu dire, « Je suis désolé, Frank. Tu dois avoir du mal à y croire ».

Frank n'a rien répondu. Il s'est contenté d'acquiescer en restant planté sous le porche.

Un autre agent est entré dans la cuisine, accompagné d'une dame aux cheveux longs qui, parce qu'elle ne portait pas d'uniforme, avait l'air d'une personne ordinaire et non d'une policière.

— Joy, voici Sandra Woods. Elle travaille à la protection de l'enfance.

— Bonjour, Dolly, a-t-elle dit.

Elle avait un bloc-notes et un stylo.

— C'est moi qui vais t'accompagner au commissariat aujourd'hui.

Joy s'est levée.

— Est-ce vraiment nécessaire, après tout ce qu'elle a vécu ? Elle pourrait rester ici...

— Madame, a fait l'agent de police, je crains que ce soit le protocole.

— Ça va, Joy, ai-je déclaré. Il me reste encore un peu de courage.

Sandra m'a emmenée au commissariat dans sa voiture. Je crois que Joy est venue avec nous, peut-être même encore en chaussons. Clemesta est restée tout le temps avec moi.

Au commissariat, Sandra m'a conduite dans une pièce dans laquelle il y avait une petite table, des poupées, un tas de feuilles de papier, des pastels, des crayons de couleur et des vignettes autocollantes. La pièce était dotée d'une grande vitre, mais on ne voyait pas à travers.

Sandra s'est assise et a tiré une chaise pour moi.

La porte s'est ouverte pour laisser entrer une autre femme. Elle était très grande et elle a dit qu'elle s'appelait l'inspectrice Marshall.

— Eh bien, salut, toi, a-t-elle dit. Tu dois être très courageuse, Dolly, on m'a beaucoup parlé de toi.

J'ai détourné le regard.

Sandra avait son bloc-notes ouvert et son stylo à la main. Elle mâchait un chewing-gum qui sentait la menthe.

— Il t'en est arrivé des choses cette semaine, Dolly, a poursuivi l'inspectrice Marshall. Tu crois que tu peux un peu nous en parler ?

Je l'ai regardée. Je n'ai pas ouvert la bouche.

Elle a montré mes cheveux.

— C'est ton papa qui t'a fait ça ?

— C'est moi qui lui ai demandé.

Sandra a écrit quelque chose avec son stylo, puis a regardé l'inspectrice Marshall comme le font les adultes quand ils veulent en dire beaucoup avec leurs yeux, mais pas avec leur bouche.

— Dolly, a-t-elle repris, tu peux nous raconter ce dont tu te souviens du jour précédant votre départ ? Est-ce que Maman et Papa se sont disputés ?

Je les ai regardées. *Allez vous faire foutre*, avais-je envie de dire, mais peut-être qu'ils peuvent vous mettre en prison pour ça.

Sur mes genoux, Clemesta a tiré sur mon bras.

— Dolly, il faut leur dire la vérité.

J'ai secoué la tête.

— Dolly, a-t-elle insisté en me donnant un coup de sabot dans le ventre. Il le faut.

— Arrête ! ai-je crié. Arrête de me forcer à me rappeler.

Je l'ai prise et je l'ai jetée aussi fort que possible. Elle s'est écrasée contre le mur avant de tomber par terre les quatre fers en l'air. Peut-être qu'elle était morte, elle aussi.

Je l'ai laissée là.

Sandra a regardé Clemesta par terre, mais elle n'a rien dit et n'a pas couru appeler une ambulance. L'inspectrice Marshall a écrit quelque chose sur son bloc-notes.

— Dolly, est-ce que tu sais qui est Stewart Ronson ?

Je me suis mordu la lèvre très fort.

— Il a alerté la police il y a quelques jours. Il était inquiet parce qu'il n'avait pas pu joindre ta maman de la semaine. Il a dit que vous deviez aller à Los Angeles. Elle était censée se rendre à un casting pour sa nouvelle série. C'est bien ça ?

— C'était le petit copain de Maman. Il voulait nous voler à Papa pour toujours.

L'inspectrice Marshall et Sandra ont échangé un regard. Leurs sourcils se sont levés en même temps, puis Sandra a secoué la tête.

— Ce n'était pas le petit copain de ta maman, Dolly. Il est marié à un homme, ma puce. Son mari s'appelle Paul. Tu l'as peut-être rencontré lui aussi ?

Tout s'est figé et je me suis transformée en statue. Je n'arrivais pas à sentir mon pouls ni à reprendre ma respiration. Je me suis mordu la lèvre encore plus fort, mais je ne sentais toujours rien.

J'ai regardé Clemesta recroquevillée par terre. Je voulais lui dire quelque chose, mais elle ne bougeait pas.

— Dolly, a enchaîné Sandra. On aimerait bien que tu nous racontes ce dont tu te souviens.

J'ai fermé les yeux. Je voulais que tout disparaisse, mais c'était là et ça ne voulait pas s'en aller. Maman me prenant à part dans l'après-midi et me disant, « Demain c'est le grand jour ». On allait déménager à Los Angeles et TU SAIS QUI nous aiderait à nous installer. J'irais dans une nouvelle école sans mes amis, sans Mlle Ellis, et Papa ne serait plus là, ni notre maison à Astoria, ni rien de ma vraie vie préférée. Tout allait être nouveau avec Maman et cet idiot de TU SAIS QUI, qui l'aimait et voulait qu'elle soit de nouveau heureuse comme tout.

Je connaissais le PLAN TOP SECRET de Maman depuis trois semaines et j'étais restée bouche cousue. J'avais seulement écrit son projet sur un petit morceau de papier que j'avais glissé dans ma BOÎTE ULTRASECRÈTE pour plus de sûreté. Je ne voulais pas partir mais Maman n'arrêtait pas de répéter, « Je le fais pour toi, Dolly » et « J'ai peur de ce qui peut arriver si on reste ». Elle m'a promis que je m'habituerais vite à la nouveauté et qu'à la fin, tout s'arrangerait et qu'un jour, je comprendrais et lui pardonnerais.

Les affaires de Maman étaient dans une valise secrète au fond de sa penderie et j'étais censée faire mes bagages moi aussi, mais je n'arrivais pas à tout faire entrer dans le sac qu'elle m'avait donné, et je refusais d'abandonner quoi que ce soit.

— Tu auras de nouvelles affaires, m'a assuré Maman. On aura que des choses nouvelles.

Je n'en voulais pas.

J'étais très forte pour garder les secrets, mais j'étais très très fâchée.

Je n'ai pas fini mes bagages. À la place, quand Papa a passé la porte, je lui ai dit, « J'ai quelque chose à te montrer ».

J'ai ouvert la BOÎTE ULTRASECRÈTE et je lui ai dévoilé tous les secrets qu'elle contenait. Je pensais qu'ils étaient tous vrais à cent pour cent. Je croyais que les révéler allait tout arranger et faire revenir les choses comme avant, quand Papa était la PLANCHE DE SALUT de Maman et qu'elle était son ÉTOILE, que j'étais le centre de leur univers et que TU SAIS QUI était totalement absent de nos vies.

Je les ai entendus crier, hurler, beugler et j'ai eu très peur.

— Quelle aventure ? a rugi Maman. Joseph, il faut te faire soigner.

Leurs cris étaient vraiment très forts, ils étaient sérieusement en colère. Maman pleurait et Papa cognait du poing contre les murs. J'avais l'impression que la maison entière tremblait et qu'elle allait s'écrouler à cause du bruit, de la colère et des larmes, alors j'ai quitté mon ABRI ANTITEMPÊTE et me suis dirigée en silence vers leur chambre pour leur dire, « Arrêtez, s'il vous plaît ! ». En arrivant à la porte de la chambre, j'ai vu les mains d'ours en colère de Papa agrippées autour du cou de Maman et j'ai fermé les yeux aussi fort que possible pour disparaître par magie. Je suis allée dans la FORÊT DES FÉES MAGIQUES et elles m'ont donné à manger de la glace au pollen et du jus de pétales, elles ont chanté des berceuses pour que je n'aie plus peur. Tout était agréable et paisible dans la forêt, puis tout à coup, tout est devenu très calme dans la chambre alors j'ai dit au revoir aux fées et j'ai rouvert les yeux.

Papa portait Maman au lit. Il l'a posée doucement et lui a embrassé les yeux pour essuyer ses larmes. Il pleurait lui aussi, il était vraiment désolé, et M. l'Ours en Colère était retourné dans sa grotte. Il avait méchamment griffé Maman, et l'avait sans doute aussi mordue parce qu'elle avait du sang sur la tête, et ça avait fait une auréole sur sa robe en coulant. Papa a remonté les couvertures sous son menton et Maman n'a pas bougé, mais Clemesta si. Je l'avais tenue en main tout ce temps, mais tout à coup elle est tombée par terre et le bruit a fait tourner la tête de Papa. Il m'a vue dans le couloir et il a dit, « Oh Dolly. Oh Dolly ».

Il s'est dirigé vers moi, les yeux troubles.

— Oh Dolly, ne pleure pas. C'était juste un mauvais rêve.

Il m'a portée jusqu'à mon lit. Il est revenu avec un verre d'eau et m'a dit d'avaler deux cachets magiques blancs. Je me suis vite endormie. Le mauvais rêve s'est dissipé comme par magie.

Le lendemain matin, il s'était envolé, et puis on est partis nous aussi.

Sandra et l'inspectrice Marshall me regardaient avec de grands yeux en attendant que je parle, mais je ne pouvais rien dire. Mes mots étaient comme du poison. Ils avaient tué Maman, envoyé Papa en prison et détruit nos vies en mille morceaux. Je ne pourrais jamais retirer ce que j'avais dit et jamais je ne le répéterais.

J'ai entendu la voix de Clemesta à l'autre bout de la pièce. Elle utilisait ses derniers pouvoirs télépathiques, un simple chuchotement.

— Dolly, ne t'inquiète pas. Je comprends.

J'ai bondi de mon siège pour courir vers elle. Je l'ai prise dans mes bras et l'ai couverte de baisers là où elle avait mal.

— Je voulais que tu te souviennes pour nous protéger, a-t-elle murmuré. Mais on ne révélera jamais ce secret.

— Je sais.

Je l'ai serrée contre moi et j'ai doucement bercé son corps brisé dans mes bras.

Puis je me suis rassise sur la chaise et j'ai regardé Sandra et l'inspectrice Marshall. J'ai pris une grande inspiration.

— C'était un accident, ai-je déclaré. C'était un accident et personne n'a rien fait de mal.

Clemesta a pris ma main et l'a serrée avec les dernières forces qui lui restaient. Sandra a toussé et regardé l'inspectrice Marshall. Elles se sont fait un signe de tête. L'inspectrice Marshall a fermé son bloc-notes et m'a adressé un sourire qui voulait dire « pauvre petite orpheline ».

Après, Joy m'a emmenée chez elle.

Frank avait quitté le porche et était assis dans le salon, mais quand il m'a vue, il est parti.

— Ne fais pas attention à lui, m'a conseillé Joy. Il va se calmer.

Il faisait pratiquement nuit. J'ai essayé de ne pas penser à Papa qui allait dormir en prison, ni à Maman qui dormait pour toujours au paradis.

Joy m'a fait faire le tour de la maison où Papa avait passé son enfance. Elle était propre et bien tenue. Tous les rideaux étaient tirés. J'entendais encore les talkies-walkies de la police crépiter dehors.

Joy a ouvert une porte.

— C'était la chambre de ton Papa. Avec Joshua, ils avaient des lits superposés. Ils se bagarraient tous les soirs pour savoir qui allait dormir en haut.

— J'ai des étoiles au plafond à la maison. Elles brillent dans la nuit.

— Ça a l'air magnifique.

— Je te montrerai. Dès que tu m'auras ramenée là-bas.

Joy m'a regardée avec insistance, mais elle n'a rien dit.

La sonnette a retenti et une dame a tendu un plat recouvert de papier aluminium. Joy l'a serrée dans ses bras avant de la débarrasser, puis la dame a disparu dans une maison de l'autre côté de la rue. Joy a fermé la porte, elle a réchauffé le plat et on s'est assis autour de la table de la cuisine pour manger. Frank ne m'a pas regardée. Il faisait beaucoup de bruit en mâchant et il a fait tomber quelque chose sur sa chemise. Joy lui a tendu une serviette. Après quelques bouchées, je n'ai plus eu faim.

Joy n'a pas mangé grand-chose non plus, elle se contentait de me regarder et d'ouvrir la bouche comme pour dire quelque chose puis de la refermer immédiatement.

Après le dîner, elle m'a fait couler un bain. Elle m'a laissée me déshabiller toute seule, certainement pour que je ne sois pas embarrassée devant des inconnus. J'ai retiré mes vêtements et les ai jetés à la poubelle pour ne plus jamais les voir.

Je suis restée longtemps dans le bain, jusqu'à ce que l'eau devienne froide. Tout en moi était glacé, comme si mon cœur avait décidé de s'arrêter de battre. Il était certainement trop triste pour continuer à le faire.

Joy m'attendait dans la chambre. Elle m'a donné une chemise pour dormir. Elle était violette et sentait les fleurs.

Elle a tiré les couvertures et a tapoté le lit pour que je grimpe dedans.

— Tu ne savais même pas que j'existais, ai-je dit.

— J'ai appris ton existence il y a seulement quelques jours.

— Et maintenant tu dois t'occuper de moi.

Elle a approuvé d'un signe de tête.

— Parce qu'il ne reste personne d'autre. Même si tu n'en as pas envie.

— Oh, Dolly.

Elle s'est assise sur le bord du lit comme si elle craignait de me toucher.

— Je suis vraiment très heureuse de m'occuper de toi.

J'ai scruté son visage et j'y ai retrouvé un peu de celui de Papa, ainsi qu'un peu du mien. Elle était certainement en train de mentir. Elle clignait énormément des yeux et se les frottait avec les doigts. J'ai pensé à ce que Frank avait dit à propos de Papa qui avait brisé le cœur de Joy. Je me suis demandé si les cœurs brisés pouvaient être recollés ou s'ils restaient cassés pour toujours.

Joy m'a fait une caresse. Sa main avait des tâches marron mais elle était douce et chaude contre ma peau.

— Est-ce que tu sais, lui ai-je demandé, que Joy est mon deuxième prénom ?

Quand elle a quitté la chambre, j'ai vérifié comment allait Clemesta. Elle avait 39,5 de fièvre. Elle était faible et très malade. Elle allait certainement mourir pendant la nuit, et alors elle ne serait plus une reine cheval magique, mais rien qu'un jouet en plastique à la crinière coupée que je garderais sur une étagère. J'ai caressé son visage et écouté son cœur battre doucement dans sa poitrine, au même rythme que le mien.

— Clemesta. Clemesta, mon cœur.

Ses paupières ont tremblé, mais elle n'a pas ouvert les yeux. Elle n'en avait pas la force. J'ai enfoui mon visage dans son cou, très, très doucement pour ne pas lui faire mal. J'ai inspiré son odeur et caressé sa robe douce et chaude avec mon doigt.

— Clemesta. Tu peux partir si tu dois t'en aller. Ça va aller.

Elle a essayé de sourire et je l'ai doucement embrassée sur chaque paupière. Elles étaient salées à cause des larmes. Je me suis essuyé le visage avant de m'allonger avec précaution sur le coussin, à côté d'elle. J'ai pris son sabot de cheval dans ma main et je l'ai serré.

— Au revoir, Clemesta. Au revoir ma sœur jumelle.

Remerciements

Merci à mon agente, l'incroyable Amy Berkower, pour son dévouement exceptionnel – toujours judicieuse, rassurante et fabuleuse. Merci à Genevieve Gagne-Hawes, non seulement mon éditrice mais aussi une amie – merveilleuse en toute occasion. Merci également à Abigail Barce, Daniel Berkowitz, Maja Nikolic, Peggy Boulos Smith, Natalie Medina, ainsi qu'à Jessica Berger d Writers House, pour leur soutien et leur compréhension.

Merci à la fabuleuse Asya Muchnick pour sa perspicacité, son enthousiasme et son savoir-faire, ce fut un véritable plaisir de travailler avec elle. Pour l'équipe à Little, Brown USA : merci pour tout ce que vous avez fait pour que ce livre voie le jour. Je vous en suis énormément reconnaissante.

Merci à ma mère, Avril, qui m'a toujours encouragée, et à ma sœur Lara pour son amour et son soutien. Merci à ma nièce Rebecca et à mon neveu Nathan, dont l'imagination fertile et débordante m'a permis de mieux comprendre l'esprit des enfants (je vous dois quelques Lego, mes lapins). Merci à mon père, Norman : ce livre est pour toi, avec tout mon amour.

Enfin, merci à Maroje de m'avoir conduite à travers le pays afin de faire des recherches pour l'écriture de ce livre, et d'avoir ensoleillé mes journées.

Composition : Facompo, Rouen

MIXTE
Papier issu de sources responsables
FSC® C003309

L'éditeur de cet ouvrage s'engage dans une démarche de certification FSC® qui contribue à la préservation des forêts pour les générations futures.

Pour en savoir plus :
www.editis.com/engagement-rse/

Imprimé en France par EPAC Technologies
N° d'impression : 4550414305021
Dépôt légal : mai 2021